Hansen – Salzwiesentod

Frank-Peter Hansen

Salzwiesentod

Nordstrand-Krimi

M.-G.-Schmitz-Verlag

Für Hannes und Gudrun

Titelbild und Covergestaltung: leb

Bibliografische Information der Deutschen Bibliothek

Die Deutsche Bibliothek verzeichnet diese Publikation in der Deutschen Nationalbibliographie; detaillierte bibliographische Daten sind im Internet abrufbar über http://dnb.ddb.de

ISBN 978-3-938098-89-9
Nordstrand/Nordsee 2013

Gesamtherstellung und Copyright by M.-G.-Schmitz-Verlag Herrendeich 5, 25845 Nordstrand/Nordsee
04842 900 215 / handy: 0171 8367729 kontakt@schmitz-verlag.de
www.schmitz-verlag.de

Die Zacken eines Blitzes geben für den Bruchteil einer Sekunde den Blick frei auf die sich ungeheuer auftürmende Wolkenfront, die sich von der Nordsee her unaufhaltsam der Insel nähert. Ohrenbetäubendes Krachen. Das unablässige Heulen des wüsten Orkans verschluckt jedes andere Geräusch. Das rythmische Blinken des Leuchtturms von Norderpiep ist da. Wie jede Nacht. Aber der vom Deutschen Wetterdienst für die kommenden Stunden angekündigte Jahrhundertsturm hat dort draußen längst alles absorbiert, was sich ihm in den Weg stellt. Der Tidenhub wird gewaltig sein. Bei allem Aufruhr ist es so, als ob jegliche Kreatur in Nordfriesland in dieser Nacht abduckte, den Atem anhielte und auf der Stelle verharrte. Im sich unendlich dehnenden Raum scheint die Zeit stillzustehen.

I

Verfluchter Mist. Jetzt galt es zu improvisieren. Bereits aus dreißig Metern Entfernung konnte er erkennen, dass die Jungs von der Spurensicherung seinen seit heute Morgen vermissten Schal entdeckt hatten. Der dunkelgrün schimmernde seidene Zwirn lag neben einigen absolut unerheblichen anderen Gegenständen eingetütet auf einer Plane, die circa zehn Meter entfernt von der Leiche ausgebreitet worden war. Als er vorhin den Verlust des edlen Stücks bemerkt hatte, war ihm ein Schreck in die Glieder gefahren. Einerseits, weil er gleich die Befürchtung gehabt hatte, dass er den wertvollen Chinaimport bei seinem nächtlichen Treiben an verräterischer Stelle verloren haben könnte. Andererseits, weil seine Mutter, die ihm das vermutlich sündhaft teure Teil zu seinem letzten Geburtstag geschenkt hatte, aller Wahrscheinlichkeit nach hysterische Anfälle bekommen würde, sollte sie von dem Verlust des Präsents Wind bekommen. Das galt es zu verhindern.

Er hatte zwar damit gerechnet, dass irgendwann einmal etwas schief gehen würde. Aber doch nicht heute. Ausgerechnet an dem Geburtstag seiner Mutter, der er, so wie es aussah, würde absagen müssen. Das allabendliche Beisammensitzen, das zur Feier des Tages mit von Fleischer Jepsen georderten Häppchen unterlegt sein würde, musste, da half alles nichts, auf Morgen verschoben werden. Agathe würde ihn wieder mit Vorwürfen überhäufen, und das Ende vom Lied würde sein, dass sie für wer weiß wie lange nicht mehr mit ihm sprechen würde, obwohl sie doch noch immer zusammenwohnten und sich folglich ständig über den Weg liefen. Das war so ungerecht, wo er sich doch, so lange er denken konnte, immer darum bemüht hatte, es der mittlerweile Zweiundfünfzigjährigen, die sein ein und alles war, recht zu machen. Und wie wurde es ihm gedankt? Hatte sie ihm je so etwas wie Verständnis oder gar Liebe entgegengebracht? Nein! Auf der ganzen Linie Fehlanzeige. Sie hatte sein permanentes Werben um ihre Gunst bestenfalls nicht bemerkt, wenn sie ihn nicht gleich, und das war eigentlich die Regel gewesen, mit einem stets missbilligenden bis angewiderten Blick von sich gewiesen hatte.

Und überhaupt, er hätte sich, weiß Gott, etwas Besseres vorstellen können, als heute Abend bei ständig zunehmendem Wind durch die südwestlich des Holmer Siels gelegenen Salzwiesen zu tapern, auf denen vor ungefähr einer Stunde eine weibliche Leiche entdeckt worden war. Ein später Spaziergänger war über sie gestolpert und hatte umgehend die Kriminalpolizei in Husum alarmiert. Aber er hatte selbst Schuld. Warum hatte er sich nicht wenigstens dieses eine Mal zurückhalten können? Es wäre ja nur ein minimaler Aufschub gewesen. Maximal zwei oder drei Tage. Die extrem aufgetakelte Olle wäre ihm schon nicht durch die Maschen geschlüpft, so wenig wie die anderen drei Weiber, derer er sich im Laufe der letzten paar Jahre sorgsam verteilt auf Nordfriesland auf seine unverwechselbare Art angenommen hatte. Dass er dann allerdings die strangulierten Schicksen entweder auf dieser oder auf der bei Süderhafen gelegenen Salzwiese deponiert hatte, das hatte schon Klasse. Denn was assoziierte Ottonormalverbraucher üblicherweise mit Salz? Konservierung! Bingo. Bloß seine Kollegen waren einfach zu blöd, den tieferen Sinn seines Vorgehens zu erfassen. Liebe oder Zuneigung sollten nicht käuflich und aufzubewahren sein? Lachhaft! Er trat seit gut drei Jahren ein ums andere Mal den Gegenbeweis an. Wenn schon seine überkandidelte Mutter sein unablässiges Werben bestenfalls unbeantwortet ließ, dann besorgte er sich eben auf diese etwas ungewöhnliche Art den Grad von Aufmerksamkeit und Nähe, um den ihn die Liebe seines Lebens immer betrogen hatte. Und durch die Endlagerung machte er sich und denen, die es wissen wollten, klar, dass es ihm um Dauer, Verlässlichkeit und um nichts anderes ging. Vielleicht um ein ganz klein wenig Rache. Aber das konnte man ihm nun wirklich beim besten Willen nicht vorwerfen, so wie die Dinge lagen. Punktum.

Was kursierten nicht alles für Gerüchte um den Serientäter von Nordstrand. Was hatten sich seine Kollegen und ein unlängst extra aus Flensburg angeforderter Kriminalhauptkommissar nicht alles aus den Fingern gesogen. Es war unglaublich! Die Wahrheit lag so nah. Und was musste er sich tagtäglich anhören? Wüste Theorien, eine so abwegig wie die andere. Die dümmste von allen war noch die gewesen, dass ein vermutlich dreißig- bis vierzigjähriger Mann seine Machtphantasien an den weiblichen Opfern ausgelebt habe. Lachhaft! Wo es doch in Wirklichkeit um das genaue Gegenteil ging, um Zuneigung und ewige Liebe. Als der Fachmann aus Flensburg vor ein paar Tagen diese Mutmaßung in seiner Gegenwart geäußert hatte, hätte er fast losgeprustet. Er hatte nur schwer an sich halten können und sich gleich anschließend auf die Toilette begeben, um seiner guten Laune am stillen Örtchen freien Lauf zu lassen. Obwohl es bei Licht besehen nichts zu lachen gab. Denn wie so viele andere Genies vor ihm war auch er mit seinen so wohldurchdachten Taten bislang von niemandem auch nur annähernd verstanden worden. Ein Prophet gilt eben nichts im eigenen Lande, wie es in der Bibel heißt. Größe wird fast zwangsläufig verkannt und lebt im Verborgenen. Einsamkeit ist das Los des großen Mannes.

Der Ermittler schüttelte missmutig seinen Kopf, als er seine bereits vor Ort befindlichen Kollegen, die Jungs von der Spurensicherung und die Frau von der Rechtsmedizin mit einem knappen „Moin“ begrüßte.

„Nun, was haben wir hier Schönes?“

Die in jederlei Hinsicht überflüssige Frage des Neuankömmlings wurde schlicht und ergreifend überhört. Jedenfalls fühlte sich niemand bemüßigt, zu antworten. Dass die vielleicht fünfundvierzigjährige, mit einem dunkelblauen Lodenmantel bekleidete blondhaarige Frau stranguliert worden war, konnte ein Blinder erkennen. Die Würgemale am Hals sprachen eine deutliche Sprache. Genauso wie die unnatürlich aus dem Rachenraum hängende Zunge und die weit aufgerissenen blutunterlaufenen Augen.

„Wat hätt dat nur jümmers mit de Soltwiesn upp seck?“, ließ sich Kollege Güntersen vernehmen. „Deibel noch mol, wat wull uns de Schietkerl mit dat bloß vertelln?“

„Ick weet dat uck nich. Dat is nich mien Speetzialgebiet“, lispelte die aus Hamburg gebürtige Rechtsmedizinerin. „Wat ick weet is, dat düsse nich mehr ganz taufrische Deern wedder mol up de sattsam bekannte Art und Wies ins Jenseits beföördert worden is. Mit sine bloßen Wichsgriffel hät dat Aas de Fruu afmurkst.“

Mit diesen kopfschüttelnd geäußerten Worten erhob sich die Spezialistin und bedeutete den umstehenden Beamten im Weggehen, dass ihr Bericht aller Voraussicht nach morgen Vormittag auf dem Tisch liegen würde. Gleich darauf wurde die vor ihrer Zeit gewaltsam aus dem Leben Gerissene in den hierfür vorgesehenen mattsilbern schimmernden Interimsbehälter aus Zink gelegt und zu dem jenseits des Deichs parkenden Gefährt getragen. Dem Personalausweis war zu entnehmen gewesen, dass es sich um eine gewisse Mechthild Hartensen handelte, die laut Eintrag mitten auf der Insel in England lebte. Man würde Kontakt zu etwaigen Familienmitgliedern aufnehmen und die katastrophale Nachricht überbringen müssen. Man würde sich nach vermeintlichen oder wirklichen Feinden und außerordentlichen Vorkommnissen aus der jüngsten Vergangenheit erkundigen und abschließend darum bitten, dass der Gatte, sofern vorhanden, möglichst bald die Identifizierung des Opfers vornehmen möge. Das Übliche eben.

Keine fünf Minuten später räumte auch der Tross der Spurensicherung das Feld. Die paar Schaulustigen, die sich während der letzten Stunde jenseits der Absperrung versammelt hatten, zerstreuten sich gleichfalls. Zehn Minuten später lagen die Salzwiesen wieder verwaist da. Keine Menschenseele war mehr zu sehen. Lediglich ein paar Schafe grasten am sanft abfallenden Hang des Deiches. Möwen ließen Muscheln aus einigen Metern Höhe auf den Teer des parallel zur Küstenlinie führenden schmalen Fußwegs fallen. Oder sie bearbeiteten mit tänzelndem, schnellem Trippeln das Watt, um auf diese einfallsreiche, wenn auch etwas grotesk anmutende Weise diesen oder jenen Wattwurm dazu zu motivieren, ans Licht des Tages zu streben, wo er mit schnellem Picken in Empfang genommen werden würde.

In nordwestlicher Richtung hatte sich während der letzten Stunde eine schwarze Wolkenfront über den Horizont geschoben. Der vom Wetterbericht für heute Abend angekündigte Orkan mit Sturmflutpotential näherte sich unaufhaltsam der Küstenlinie Schleswig-Holsteins. Schon jetzt, es war bereits ein gutes Stück nach 19 Uhr, und die Dämmerung eines frühsommerlichen Apriltages legte sich langsam über die Insel, tendierte die Windstärke in Böen Richtung sieben oder acht. Es würde eine unruhige Nacht werden.

„Kann ich Sie mal etwas fragen?"

Sein Beifahrer, der bis jetzt geschwiegen und gelangweilt über die vorbei fliegenden Felder und vereinzelt daliegenden Gehöfte geschaut hatte, sah ihn an. Dass er den Schnösel überhaupt hatte mitfahren lassen, war ein Fehler gewesen. Wo er doch in Ruhe darüber hatte nachdenken wollen, wie er seinen Kollegen die Existenz seines Schals an verräterischem Ort hätte plausibel machen können. Sofern sie ihn darauf ansprechen würden. Und jetzt fing das Würstchen aus Flensburg auch noch zu quasseln an. Am liebsten wäre er auf der Stelle in die Eisen gegangen, um den Störenfried aufzufordern, sich einen anderen Dummen zu suchen, mit dem er wieder nach Husum fahren konnte. Aber das wäre denn doch zu verräterisch gewesen.

„Bitte ...", lautete seine lakonische Antwort.

„Ganz schön warm heute. Ich meine, für die Jahreszeit. Immerhin haben wir erst April."

„Ja ... Und ...?" Der Dummbatz hatte ihn doch etwas fragen wollen, wenn er sich recht erinnerte.

„Schlimme Sache das ...", wechselte sein Beifahrer das Thema.

„Hmm ..." Möglicherweise würde seine Einsilbigkeit den Schlaumeier aus der Grenzstadt ja dazu bewegen, seinen Mund zu halten.

„Die armen Frauen. So bestialisch aus dem Leben gerissen zu werden. Wissen Sie, was ich glaube?"

„Nein." Und ich will es auch gar nicht wissen, hätte er am liebsten hinzugefügt. Obwohl es eventuell ganz hilfreich sein könnte, zu erfahren, was der Klugscheißer im Angebot hatte. An der Quelle zu sitzen war schließlich immer ein Gewinn.

„Ich glaube, dass es sich bei unserem Täter um ein ..., wie soll ich sagen ...? Ja, bei aller demonstrativ zur Schau getragenen Brutalität um ein rechtes Weichei handelt. Einen verängstigten, eingeschüchterten, erbarmungswürdigen Warmduscher, der sich nicht traut."

„Was Sie sagen. Und ..., wie kommen Sie darauf?" Der sich nicht traut! Absurd! Wenn du wüsstest ...

„Machtphantasien ..."

„Ach, finden Sie?" Das hatte gereizt geklungen. Er musste sich vorsehen. Nachher war der Lackaffe ein ganz Durchtriebener, einer, der es faustdick hinter den Ohren hatte.

„Aber das liegt doch auf der flachen Hand. Ein im Leben in jederlei Hinsicht Zukurzgekommener hält sich auf seine Art schadlos. Hier rächt sich ein verzärtelter Zimperling an dem weiblichen Geschlecht."

„Aha." Er würde sich wieder rezeptiv verhalten. Sollte sich der Besserwisser doch als Alleinunterhalter mit sich selbst vergnügen. Er jedenfalls würde ihm den Gefallen nicht tun und sich aus der Reserve locken lassen. Und provozieren ließ er sich noch lange nicht von diesem dahergelaufenen Möchtegernschnüffler.

„Ist Ihnen übrigens schon aufgefallen, dass er sich ausnahmslos reifere Frauen als Opfer aussucht? Was sagt uns das?"

„Ich befürchte, auch das werden Sie mir, ob ich nun will oder nicht, unter die Nase reiben." Er bekam den gereizten Unterton nicht mehr aus seinen Antworten.

„Das Bürschchen hat einen exorbitanten Mutterkomplex. Unerwiderte Liebe spielt bestimmt eine Rolle. Und wenn es für den Armen ganz dumm gelaufen ist in seiner Kindheit, dann hat ihn die Angebetete, frustriert wie sie von ihrem brutalen Gatten, der sie bestimmt mehr als bloß einmal vergewaltigt hat, war, sogar missbraucht. Aber wohlgemerkt: Nicht aus Liebe, quasi als Ersatzhandlung, hat sie sich an dem Schutzbefohlenen schadlos gehalten, indem sie sich sittenwidrig an ihm zu schaffen machte, sondern aus Verachtung, wenn Sie verstehen, was ich meine?! Indem sie dem Kleinen, der das vermutlich bis heute geblieben ist, Gewalt angetan hat, hat sie sich an dem gesamten männlichen Geschlecht für immer gerecht. – Ach ja, wo wir gerade über die Familie sprechen. Wie geht es übrigens Ihrer werten Frau Mutter? Befindet sie sich wohl? Ihr Vater weilt ja, wie mir zu Ohren gekommen ist, nicht mehr unter den Lebenden."

Der Auswärtige grinste ihn bei den letzten Worten frech von der Seite an. Ahnte er etwas? Konnte er ihm gar seine so extrem ausgeklügelten Taten beweisen?

Er legte an Tempo merklich zu. Sie befanden sich bereits ein gutes Stück hinter der nach Süderhafen führenden Tegelistraat, wo sein kleines Motorboot, mit dem er an freien Wochenenden zum Fischen aufs Meer hinausfuhr, vertäut lag. Dort hinten zeichnete sich die lang gezogene Linkskurve der Pohnshalligkoog Straße ab, von der aus es noch knapp zwei Kilometer bis zum die Insel mit dem Festland verbindenden Damm war. Mit knapp hundert Stundenkilometern rasten sie auf die Kurve zu. Bei diesem Tempo würde es eng werden, zumal er immer wieder gegen die von links gegen den Wagen drückenden Böen ansteuern musste.

Er hatte ihn. Ein ungeheures Triumphgefühl bemächtigte sich seiner. Der Serienkiller, der in seinem bürgerlichen Leben ausgerechnet Kriminalhauptkommissar war, war kurz davor, die Nerven zu verlieren und sich durch eine unbedachte Handlung selbst zu verraten. Er hatte ihn dort getroffen, wo es am schmerzhaftesten war; bei der von dem Objekt seiner Begierde nie erwiderten Liebe, die irgendwann in grauer Vorzeit in Hass umgeschlagen sein musste. Und die sich ein Ventil gesucht hatte, um für einen kurzen Moment des Triumphes den aufgestauten Druck loszuwerden.

Was der Salzwiesenmörder, wie er intern genannt wurde, nämlich dummerweise nicht gewusst hatte: Im Landeskriminalamt hatte man bereits seit geraumer Zeit den Verdacht gehabt, dass es sich bei dem Serientäter um einen Beamten der ortsansässigen Polizei handeln musste. Nur deswegen war ein Externer nach Nordfriesland geschickt worden, um das den Fundorten der Leichen nächstgelegene Präsidium und seine Mitarbeiter unter die Lupe zu nehmen. Und da war dem Hauptkommissar bereits nach wenigen Tagen als extrem verdächtig aufgestoßen, dass ein über dreißigjähriger Beamter immer noch zusammen mit seiner als nicht besonders umgänglich bekannten Mutter in einem Einfamilienhaus wohnte. Als er vorhin den Schal des notorischen Muttersöhnchens neben der Leiche hatte liegen sehen, hatte er eins und eins zusammengezählt und sich vorgenommen, das heiße Eisen zu schmieden und auf der Rückfahrt in die Kreisstadt dem nun erst recht Verdächtigen Nummer eins auf den Zahn zu fühlen. Und das Überraschungsmoment hatte, wie es aussah, letztlich tatsächlich den Ausschlag gegeben. Er musste nur noch nachlegen.

„Ist Ihnen nicht gut? Sie sehen plötzlich so bleich aus, werter Kollege. Muss ich mir Sorgen machen? Oder bin ich Ihnen lediglich zu nahe getreten? Das täte mir außerordentlich Leid." Das anmaßende Grinsen war wieder da.

Er ging voll in die Eisen. Das Gefährt geriet ins Schlingern, bevor es mit quietschenden Reifen zum Stehen kam. Hinter ihnen wurde gehupt. Ein aufgeregt mit den Armen fuchtelnder Verkehrsteilnehmer setzte zum Überholen an. Ein ganz Verwegener rief den beiden Beamten der Kriminalpolizei durchs heruntergelassene Fenster sogar ein paar unflätige Bemerkungen zu, die der Sturm allerdings ungehört davontrug. Wenn er gewusst hätte, mit wem er es zu tun hatte.

Aber die jetzt in ihrem am Straßenrand stehengebliebenen Dienstwagen sitzenden Männer hatten andere Sorgen, als sich um aufgebrachte Autofahrer zu kümmern. Der eine hegte Mordabsichten, der andere war gerade dabei, das alles entscheidende Beweisstück aus seiner Manteltasche zu fischen. Denn jetzt hieß es, zum entscheidenden Schlag auszuholen. Es gab für den Polizeihauptkommissar Horst Blaschke keinen Zweifel mehr: Der neben ihm, der verbissen um Fassung rang, war der Würger von Nordstrand, der seine Opfer demonstrativ auf den Salzwiesen ablegte.

„Sagen Sie, Kollege Börnsen, kennen Sie das hier?" Er wedelte mit dem edlen, wenngleich ein wenig verdreckten Zwirn vor seiner Nase. „Der gehört doch Ihnen, oder täusche ich mich da? Können Sie mir erklären, wie das Tuch zu der Leiche gekommen ist? Haha! – Meiner unmaßgeblichen Meinung nach handelt es sich um ein Geschenk Ihrer vermutlich durch und durch verkorksten und durchgeknallten Mami. Wie sagt der Volksmund? Der Apfel fällt nicht weit vom Stamm ... Was Hänschen gelernt hat, verlernt Hänschen nimmermehr ..."

Jetzt ging alles ganz schnell. Der unverhofft in die Enge getriebene Kriminalhauptkommissar Norbert Börnsen verschaffte sich auf seine Art Luft. Während der andere noch seine Gemeinheiten zu Gehör brachte, zog er ganz langsam und bedächtig aus dem Holster seine Dienstwaffe hervor. Der aufgeblasene Spezialist aus Flensburg wollte es so haben. Also würde er es auch bekommen. Ein kurzer Druck auf den Auslöser und er hätte seinen lästigen Begleiter vom Hals. Über dessen Entsorgung machte er sich im Augenblick keinen Kopf. Immer schön eins nach dem andern. Systematisches Vorgehen war wie sonst so auch hier geboten.

Aber der andere, der ihn zum Äußersten getrieben hatte, war überraschend geistesgegenwärtig. Er schlug ihm mit einem gezielten Handkantenschlag die gezückte Waffe aus der Hand. Die Pistole flog in hohem Bogen in den Fond des Wagens. Einem zweiten Schlag konnte er gerade noch ausweichen. Die geballte Faust von Blaschke donnerte gegen die Kopfstütze und federte zurück. Für den Bruchteil einer Sekunde war Börnsen im Vorteil, und den nutzte er. Mit einer zielgenauen linken Geraden traf er den Solarplexus seines Gegners. Der sackte in sich zusammen und fiel kopfüber auf den Schoß des Kommissars und regte sich nicht mehr.

Er schob den kurzfristig Niedergestreckten zurück auf den Beifahrersitz. Dann beugte er sich nach hinten und hielt nach der Waffe Ausschau. Verflucht, er konnte sie nirgends entdecken. Sie musste unter den Sitz gerutscht sein. Hastig stieß er die Fahrertür auf und wuchtete sich hoch. Der ihm entgegen schlagende Sturm benahm ihm den Atem. Keuchend riss er die Hintertür auf und starrte hinunter in den im Halbdunkel liegenden Fußbereich. Wo war die Knarre nur geblieben? Da sah er sie aus den Augenwinkeln matt schimmern. Sie war auf die hintere Ablage geflogen. Mit seinem rechten Knie stützte er sich auf dem Rücksitz ab und reckte den Arm. Da! Eine andere Hand näherte sich wie aus dem Nichts von links und packte seinen Oberarm. Mit einem Ruck riss er sich los. Dabei verlor er das Gleichgewicht und donnerte mit seiner rechten Hüfte gegen die Kante des Türschlosses. Der sich gleich darauf einstellende dumpfe Schmerz ließ ihn aufstöhnen. Währenddessen war der andere dabei, sich zwischen den

Sitzen hindurch in den hinteren Teil des Wagens zu quetschen. Mit seinen Armen hatte er bereits das obere Ende der Lehne des Rücksitzes erreicht. Gleich würde er die SIG Sauer P6 in Händen halten. Das wär's dann vermutlich gewesen. Dabei konnte er noch von Glück sagen, dass der Typ, warum auch immer, offenbar keine eigene Waffe dabei hatte.

Norbert Börnsen blieb keine andere Wahl. Mit einem Ruck stieß er sich von dem Dienstwagen ab. Als er sich mit einer schnellen Drehung umwandte, peitschte ihm der Sturm ins Gesicht. Augenblicklich standen ihm Tränen in den Augen und verschleierten den Blick. Das Atmen fiel schwer. Mit aller Macht stemmte er sich gegen den Orkan. Keuchend erklomm er die Böschung und stolperte, eine Hand vor dem Mund über die, der Jahreszeit zum Trotz, frisch gepflügte Koppel. Hinter sich glaubte er für einen Moment die Stimme seines Verfolgers zu hören. Gleich darauf vernahm er unmittelbar neben seinem linken Ohr ein helles Sirren. Hatte der Andere auf ihn gefeuert? Oder war es bloß das Pfeifen des Windes gewesen? Er hatte keine Zeit, darüber nachzudenken. Sein Ziel stand ihm glasklar vor Augen. Er musste schnellstmöglich Süderhafen erreichen, um von dort aus mit Hilfe seines Motorbootes die Flucht Richtung dänischer Grenze zu ergreifen. Den Verlust seiner Dienstwaffe konnte er auch verschmerzen, denn unter einer Planke an Deck seines Kahns hatte er bereits vor ein paar Jahren einen Revolver versteckt. Man wusste ja nie, wann man ihn einmal würde brauchen können.

Das Mündungsfeuer und den Knall des zweiten Schusses nahm der Flüchtende nicht mehr wahr. Bereits nach wenigen Sekunden hatte ihn das undurchdringliche Dunkel dieses Aprilabends verschluckt. Zugute kam ihm, dass die blasse Scheibe des Halbmondes kurz zuvor von eilig dahin ziehenden Wolken verdeckt worden war. Die ersten schweren Tropfen platschten auf die Schollen. Wenn er sich nicht beeilte, würde der zu erwartende Guss den Acker innerhalb kürzester Zeit in eine Schlammwüste verwandeln. Nicht auszudenken! Glücklicherweise tat sich vor ihm ein Graben auf. Vielleicht lag dahinter ja eine Wiese oder ein Feld mit junger Saat.

Während Norbert Börnsen sich durch den Sturm quälte, hatte Horst Blaschke per Funk die Husumer Polizeidienststelle kontaktiert und Verstärkung angefordert. Nachdem er seinen Standort und die Richtung angegeben hatte, in die Kollege Börnsen geflohen war, machte er sich an die Verfolgung des Serienmörders. Als er die Böschung erklommen hatte, ging das Unwetter erst richtig los.

„So eine verdammte Scheiße", murmelte er noch, bevor er entschlossenen Schrittes den Weg in die sturmgepeitschte Nacht antrat. „Ich hätte das Aas nicht entkommen lassen dürfen ..."

II

Sie musste sich beeilen. Jetzt nur nicht schlappmachen. Die Rettung war so nah. Da vorne, in der Dunkelheit, war bereits ganz deutlich der Deich zu erkennen. Es mochten allenfalls noch dreihundert Meter sein, obwohl es mit Entfernungen auf dem Wattenmeer der Nordsee so seine Bewandtnis hatte. Wie leicht verschätzte man sich, glaubte sich schon am Ziel, und dann, ehe man sich's versah, hatte einen das auflaufende Wasser eingeholt.

Aber es war ja nicht die sich nähernde Flut, die ihr Angst machte. Damit hatte sie im Laufe ihres inzwischen vierunddreißigjährigen Lebens schon genug Erfahrungen gesammelt. Wozu lebte sie seit mehr als acht Jahren in dem kleinen Dörfchen Süden mitten auf Nordstrand? Hierher war sie gleich nach ihrem Studium der Germanistik und Philosophie gezogen. Sie hatte zunächst zur Untermiete gewohnt, sich bald aber ein Einfamilienhaus leisten können, weil ihre betuchten Eltern mit nicht einmal sechzig Jahren bei einem Autounfall auf der Höhe von Viöl ums Leben gekommen waren. Sie hatten ihre Tochter an dem Tag besuchen wollen und waren nie angekommen. Als sie auf die B200 hatten einbiegen wollen, waren sie mit ihrem Mercedes frontal mit einem Lastwagen zusammengestoßen. Beide waren auf der Stelle tot gewesen. Da sie das einzige Kind gewesen war, hatte sie eine ansehnliche Summe geerbt.

Das war das erste Mal in ihrem Leben gewesen, dass sie mit dem Tod in unmittelbare Berührung gekommen war. Aber so nah wie heute Abend war der Sensenmann ihr noch nie gewesen. Elfriede Hartmann stolperte durch den Matsch des Watts um ihr Leben.

Zu Hause machten sich ihr Freund Karl und ihre vierjährige Tochter Anneken bestimmt schon Sorgen. Er war zwar nicht der

Kindsvater. Der hatte sich gleich nach der Niederkunft auf nimmer Wiedersehen aus dem Staub gemacht. Elfriede hatte sich zunächst allein um ihr Kind kümmern müssen, bis sie vor gut und gern zwei Jahren bei einer Lesung in Kiel Karl kennengelernt hatte. Sie hatten sich Hals über Kopf ineinander verliebt. Und nach bereits drei Monaten war er zu ihr auf die Insel gezogen. Er war mehr als nur ein Vaterersatz. Er war Liebhaber und Freund in einem, und er war Anneken wirklich zugetan. Er kümmerte sich rührend um ihren kleinen Schatz. Das wichtigste aber war, dass auch die Lütte mit kindlicher Liebe an ihm zu hängen schien, denn sie redete ihn, weil sie es ja auch noch nicht besser wusste, stets mit „Papa" an.

Elfriede hatte heute am frühen Abend eigentlich nur einen kurzen Spaziergang auf dem Deich machen wollen und hatte sich zu diesem Zweck in ihren VW Golf gesetzt und sich auf den Weg nach Norderhafen gemacht. Von dort aus hatte sie auf der Deichkrone die gut und gern zwei Kilometer nach Strucklahnungshörn wandern wollen, um nach der Rückkehr auf ein spätes Abendbrot in dem auf dem Deich gelegenen Restaurant *Zur Nordsee* einzukehren, und ein bisschen mit ihrer Freundin und Besitzerin der reizvollen Lokalität Monika Hass zu klönen. Man kannte sie nicht nur dort, denn Elfriede Hartmann war von Beruf Schriftstellerin. Sie war, fast auf den Tag genau seit der Geburt ihrer Tochter, eine deutschlandweit bekannte Kriminalautorin. Mit ihrem dritten historischen Krimi *Rungholts Untergang* war ihr der endgültige Durchbruch gelungen. Und da ihr Freund als selbständiger Architekt seiner Arbeit auch zu Hause nachgehen konnte, auch wenn seine Geschäfte gerade in letzter Zeit alles andere als zufriedenstellend verliefen, war die Abgeschiedenheit Südens für alle genau das Richtige gewesen. Wegen ihrer Erbschaft und auf Grund der recht erklecklichen Einkünfte für den jüngsten Krimi mussten sie nicht befürchten, irgendwann auf der Straße zu stehen. Außerdem würde es mit den Aufträgen für ihren Liebsten bestimmt bald wieder besser aussehen. Bei seinen Fähigkeiten.

In ein paar Jahren, wenn Anneken in die Pubertät kommen würde, müssten sie eventuell über einen Wohnungswechsel ins nahe gelegene Husum nachdenken. Aber bis dahin war ja noch genug Zeit.

Kurz und gut, Elfriede Hartmann konnte mit ihrem Leben rundum zufrieden sein.

Sie hatte heute die Atmosphäre des Wattenmeers unbedingt gebraucht. Mit ihrem neuen Roman wollte es nicht so recht voran gehen. Sie saß seit einigen Tagen fest. Also musste sie ihren Kopf frei bekommen von Skrupeln und Zweifeln. Weite tat not. Das sehnsüchtige Gefühl, hinter den Horizont zu kommen, das Hier mit dem Dort zu vertauschen.

Der Blick Richtung Pellworm und Langeness war an klaren Tagen unbeschreiblich schön. Jedenfalls empfand Elfriede das so. Es war wieder einmal Frühling geworden. Die Blätter an Bäumen und Büschen schlugen derart schnell aus, dass man vermeinte, diesem Schauspiel mit bloßem Auge zuzusehen. Die Hitze der letzten Tage war, zumal für diese Jahreszeit, beträchtlich gewesen. Hundstage mitten im April. Rechterhand lag Nordstrandischmoor im dunklen Grau des Watts. An Tagen wie diesem konnte man sogar die Westspitze von Föhr bei Utersum und dahinter den nördlichsten Zipfel Amrums erahnen. Oder hatte sie sich das bloß eingebildet, als sie vor gut und gern zwei Stunden ihren Spaziergang angetreten hatte?

Noch zweihundert Meter. Sie stapfte, nur noch die total verdreckten und durchnässten Socken an ihren Füßen weiter durch den Morast, der an einigen Stellen knietief war. Ihre obligatorischen Gummistiefel – es zog Elfriede bei ihren Wanderungen immer wieder aufs Watt hinaus – waren auf ihrer atemlosen Flucht längst irgendwo steckengeblieben. Sie hatte keine Zeit gehabt, sie aus dem Dreck zu befördern und sich wieder anzuziehen. Wo sie doch ohnehin das Gefühl hatte, nicht voranzukommen. Und dann diese ständige Furcht, ein Priel könne ihr den Weg versperren. Das wäre vermutlich das Ende. Die Temperatur des Nordseewassers mochte, der Hitze zum Trotz, allenfalls bei vierzehn Grad liegen. Hinzu kam die Strömung. Sie müsste sich ihrer leichten Übergangsjacke entledigen, und sich dann in das Dunkel der das Watt durchziehenden kleinen Flüsse werfen. Nicht auszudenken!

Wäre ich doch am Fährhafen von Strucklahnungshörn umgekehrt, dachte sie. Dann wäre ich jetzt vermutlich bereits wieder zu Hause bei meinem Liebsten und meinem kleinen Schatz. „Aber nein, du konntest ja mal wieder deine Neugier nicht bezähmen, du dämliche Kuh", stieß sie atemlos hervor. Immer dieses blöde sagenumwobene Rungholt. Reicht es nicht, dass du dir über dieses vom Meer vor Urzeiten verschlungene Kaff einen Krimi aus den Fingern gesogen hast? Und was ist mit dem Serienmörder, der seit ein paar Jahren hier umgeht und Frauen um die Ecke bringt? Was, wenn in Wahrheit der es ist, der mir auf den Fersen ist? Erst vorhin hat Karl mich noch ... – Oh nein ... Das darf nicht wahr sein! Nicht auch das noch!

Sie saß fest. Es ging nicht mehr vor oder zurück. Bei den letzten beiden Schritten war sie bis weit über die Knie im Schlamm versunken. Sie drehte ihren Kopf, um in der Dunkelheit auszumachen, wie nah ihr Verfolger bereits war. Eine Windböe peitschte ihr den immer dichter fallenden Regen ins Gesicht. Zum Abend hin hatte es merklich aufgebrist. Der vom Wetterbericht gestern angekündigte Orkan mit Springflutpotential tobte vermutlich bereits irgendwo dort draußen und näherte sich unaufhaltsam. – Nichts rührte sich. Erleichtert wandte sie wieder den Blick in Richtung der dunklen Silhouette des Deiches. Über der Krone des Schutzwalls lag ein gelber Schein. Autoscheinwerfer? Karl? Sucht er nach mir? Bin ich gerettet? Fast hätte sie um Hilfe gerufen. Im letzten Moment, sie hatte bereits ihren Mund weit aufgerissen, begriff sie, dass genau dies der entscheidende Fehler gewesen wäre. Der Andere, der sich seinen Weg durchs Watt bahnte, hätte sie zweifelsfrei gehört und fortan gewusst, in welche Richtung er sich bewegen musste. Hätte sie doch nur ihr Handy dabei gehabt. Dann hätte sie im Rennen Hilfe rufen können. Aber ausgerechnet heute, wo sie es am dringendsten gebraucht hätte, hatte sie das Mobiltelefon zu Hause gelassen, weil sie für ein paar Stunden hatte allein und ungestört sein wollen.

„Ich muss hier raus! So schnell es geht! Komm, stell dich nicht so an! Lass dir was einfallen, Ellie", flüsterte sie sich Mut zu.

Sie versuchte, sich mit ihrer rechten Hand abzustützen und versank sofort bis weit zum Oberarm hinauf im Schlick. Es gab kein Halten mehr. Ganz langsam kippte sie nach vorne. Ihr linker Arm ruderte auf der Suche nach irgendeinem Halt in der Luft. Aber hier gab es nichts, an dem sie sich festhalten konnte. Gleich darauf lag Elfriede bäuchlings im Dreck. Glücklicherweise hatte der Modder bei ihrem Fall nachgegeben, weil sie sich sonst vermutlich beide Beine gebrochen hätte. Und das wär's dann wirklich gewesen. Dann hätte sie der bewaffnete Fremde eingeholt und sie an Ort und Stelle erledigt. Oder sie wäre ein Opfer des Tidenhubs geworden, der heute vermutlich gewaltig sein würde. Oder beides.

Sie robbte, triefend vor Nässe, wie ein Käfer unendlich langsam durch den Morast. Irgendwo musste diese Untiefe doch ein Ende haben. – Endlich! Fester Grund. Elfriede stützte sich mit ihren Händen ab und wuchtete sich hoch. Kaum dass sie stand, drehte sie sich wieder um und starrte in die Dunkelheit des Wattenmeers hinaus. Ihre Augen tränten, teils vor Anstrengung, teils, weil ihr der Regen jetzt wieder direkt ins Gesicht gepeitscht wurde. Nichts. Doch! Halt! Da! Oder doch nicht? Es schimmert gelb. Das Wasser schäumt! Es kommt! Es braust! Aber woher rührt der helle Schein?

Da sah sie es. Der Halbmond, immer wieder von fliehenden Wolkenfetzen verdeckt, war in den letzten Minuten über die Deichkrone gestiegen. Sein fahles Licht wurde für kurze Momente von dem kabbeligen Wasser der aufkommenden Flut reflektiert. Das hieß, dass es bereits auf 20.30 Uhr zugehen musste. Seit über einer halben Stunde quälte sie sich also schon durchs glitschige Gelände. Es war kaum zu glauben!

Sie erstarrte. Der bleiche Mondschein. Sie stand, von Westen her gesehen, wie auf einer Bühne mitten im Rampenlicht. Ein nicht zu übersehendes Ziel, auch wenn es immer nur ein paar Sekunden währte. Sie duckte ab und verharrte minutenlang in der Hockposition. Das Wasser schwappte an ihr hoch. Doch was kümmerte sie das?! Der Deich war so nah. Es mochten noch hundert Meter sein.

Als sie gegen 19.15 Uhr bei Dickehörn den Schutz des Deiches verlassen und sich der Gestalt auf der Höhe Südfalls genähert hatte, waren ihr die Lichtverhältnisse günstig gewesen. Sie kam aus dem bereits im Abenddämmer liegenden diesigen Osten, vor ihr lag das blasse Blau des Westhimmels, der am Horizont in gelben und roten Farbtönen erstrahlte. Der Kontrast zu der drohenden Schwärze der in Richtung Sylt sich abzeichnenden Wolkenfront war überwältigend gewesen. Sie hatte den Mann bei seinem konzentriert wirkenden Treiben im Näherkommen ungestört beobachten können, wohingegen sie, dunkel gekleidet wie sie war, vorerst für ihn sozusagen unsichtbar gewesen war.

Sie hatte den Weg übers Wattenmeer Richtung Südfall überhaupt nur deswegen angetreten, weil sie in dem Augenblick, als sie den in der Weite wie verloren Wirkenden entdeckt hatte, sofort auf den Gedanken gekommen war, dass dessen auf einen Punkt konzentrierte Aktivitäten etwas mit Rungholt zu tun haben mussten. Dass es sich um den Frauenmörder handeln könnte, dieser Gedanke war ihr überhaupt nicht in den Sinn gekommen. Vielleicht handelt es sich ja um einen Archäologen, hatte sie gedacht. Eventuell wird das Geheimnis dieser im Meer versunkenen Insel ja hier und heute nach so vielen vergeblichen Anläufen gelüftet. Was, wenn es sich gar nicht um einen Zufall handelte, dass sie, die sich jahrelang mit dem sagenumwobenen Atlantis des nordfriesischen Wattenmeers befasst hatte, sich am heutigen Abend an das Westufer Nordstrands begeben hatte? Nein, sie hatte sich kundig machen müssen, was sich dort hinten abspielte.

Das war ein Fehler gewesen, wie sich später dann herausgestellt hatte. Aber hinterher war man ja immer schlauer. Als sie vielleicht noch zweihundert Meter von dem Mann entfernt gewesen war, hatte der sie bemerkt und nicht lange gefackelt. Er hatte sich abrupt aufgerichtet, in die Innentasche seiner hellbraunen Lederjacke gegriffen und etwas Schwarzes zutage befördert. Gleich darauf hatte sie das Mündungsfeuer gesehen, und dann hatte ein ohrenbetäubender Knall die Stille des Wattenmeers zerrissen. Möwen waren kreischend aufgeflogen, und Elfriede, die zunächst schreckensstarr an Ort und Stelle verharrt hatte, hatte gleich darauf auf den Hacken kehrt gemacht und stolpernd die Flucht Richtung Strucklahnungshörn ergriffen.

Sie fröstelte. Die feuchte Kälte kroch von allen Seiten in ihren überanstrengten Körper. Sie musste sich entscheiden. Hier hocken bleiben konnte sie jedenfalls nicht. Mal ganz abgesehen von der Flut, deren unaufhaltsames Verhängnis kurz davor war, endgültig über sie hereinzubrechen. Ein letztes Mal drehte sie sich um. Gierig starrte sie ins Dunkel. Der Mond war soeben von einem schemenhaft zu erkennenden Wolkenturm verschluckt worden. Der Regen strömte stärker denn je. Die Stille des alles verschlingenden Brausens dröhnte in ihren Ohren. Hatte der Mann die Verfolgung abgebrochen? Hatte er die Fliehende aus den Augen verloren? Oder hatte er sich einfach vor der Urgewalt des Elements in Sicherheit gebracht?

Elfriede rappelte sich auf und begann, sich durch das aufschäumende Wasser zu quälen. Ab und an trat sie bei ihrem verzweifelt langsamen Stolpern auf eine Muschel. Den kurzen, stechenden Schmerz nahm sie überhaupt nicht wahr. Gerade als sie vor Nässe triefend den Fuß des Deichs erreicht hatte, geschah das Unfassbare: Aus den Augenwinkeln meinte sie zu sehen, wie sich eine konkave schwarze Wand, die von den unregelmäßigen Zacken eines wie aus dem Nichts hernieder fahrenden Blitzes erhellt wurde, lautlos auf sie zu bewegte.

III

Hätte sie ihn nicht verhöhnt und zu erpressen versucht, wäre vielleicht alles ganz anders gekommen. Nein, er war kein gewalttätiger Mensch. Leben und leben lassen, so lautete das Motto seiner Existenz. Aber dieses egoistische Miststück hatte sein Leben zerstören wollen, wenn er ihr nicht zu Willen sein würde. Ihretwegen seine Frau und seine beiden Kinder im Stich lassen? Absurder Gedanke! Und das hatte er ihr auch vor ein paar Minuten unmissverständlich zu verstehen gegeben. Als sie ihm das, was auf gar keinen Fall geschehen sein durfte unterbreitet und ihn gleich darauf mit einem kalten, verächtlichen Lächeln angesehen hatte. Bereits in diesem Moment hatte er schwer an sich halten müssen. Seine rechte Hand hatte sich unwillkürlich verkrampft. Und auf einmal hatte er gewusst, was es bedeutet, wenn, von einem Augenblick zum nächsten, Liebe in Hass umschlägt.

Er beschleunigte seinen Schritt. Sie durfte ihm nicht entkommen. Zum Glück herrschte heute Abend, nach einem bereits frühsommerlich warmen Aprilnachmittag absolutes Sauwetter. Feine Nieselregenfäden reihten sich dicht an dicht. Es war, als ob einem Gischt ins Gesicht spritzte. Vielleicht eine Mischung aus beidem. Denn hier oben auf dem Deich waren die Elemente los. Das Toben und Heulen des Orkans war ohrenbetäubend. Die Flut war auf dem besten Weg, rekordverdächtig anzuschwellen. Der dunkle Teerstreifen, der sich zwischen dem sich bis zur Deichkrone erstreckenden Rasen und den am Fuß der künstlichen Aufschüttung liegenden steinernen Wellenbrechern befand war bereits gut zur Hälfte überflutet. Die Schleuse des Holmer Siels ächzte unter dem enormen Druck der sich gegen ihre Tore wälzenden Wassermassen. Sollte der Jahrhundertsturm andauern, würden morgen keine Fähren nach Pellworm fahren.

Keine Menschenseele weit und breit. Jedenfalls konnte er niemanden sehen, ausgenommen die, die in etwa zehn Metern Entfernung verzweifelt gegen den Sturm ankämpfte. Jeder Schritt war eine Marter. Aber er war im Vorteil. Erstens war er der Verfolger, und zweitens war er der Mann und folglich auf jeden Fall der kräftigere der beiden einsamen Gestalten, die durch den sturmgepeitschten Abend taumelten.

Da! Sie drehte sich ganz langsam zu ihm um. Täuschte er sich, oder rief sie ihm etwas zu? Ihr Mund war geöffnet. Zu hören war nichts. Das wüste Heulen des Orkans verschluckte jeden anderen Laut. Jetzt drehte sie sich wieder um und versuchte voranzukommen. Sie geriet ins Stolpern. Mit zwei, drei schnellen Schritten deichabwärts gelang es ihr, ihren Schwerpunkt wieder einzuholen. Der sprühende Schaum der im Auslaufen hektisch aufspritzenden Wellen batschte gegen ihren aufgebauschten Mantel und ihr flatterndes Haar. Nur noch ein paar Meter und die Fluten der Nordsee hätten ihm die Arbeit abgenommen.

Er war jetzt schräg über ihr. Seine Augen tränten. Mit dem Zeigefinger seiner rechten Hand versuchte er, sich den salzigen Film fortzuwischen. Taub und gefühllos wie sie von der Kälte war, versagte sie ihren Dienst. Und wenn schon. Der wässrige Schleier trübte lediglich den Blick. – Was war das? Etwas blinkte auf in der Schwärze. Konnte das sein? Oder spielten seine überreizten Nerven ihm einen Streich? Er hielt inne. Da vorne war es wieder. Im Nichts der tobenden Elemente war ein Leuchten. Jetzt, er sah es aus den Augenwinkeln, hatte auch sie es wahrgenommen. Nach kurzem Innehalten taumelte sie die Schräge des sacht abfallenden Abhangs entlang, geradewegs auf das Geglitzer zu. Ein anderer abendlicher Fußgänger mit Taschenlampe? Würde der ihm in die Suppe spucken und alles zunichte machen? Musste er unverrichteter Dinge das Feld räumen? Nicht auszudenken!

Er musste lachen. Ein einsamer Wanderer? Unsinn! Das bleiche Licht des tief über dem Horizont stehenden Halbmondes ließ für ein paar Sekunden die Schaumkronen der Wellen erglühen. Nichts weiter.

„Lauf du nur!“, keuchte er. „Ich kriege dich. Du bist mein. Wie du es während der letzten Monate gewesen bist. Nur ganz anders.“

Auf dem Campus der Kieler Universität war sie ihm zu Beginn des Wintersemesters aufgefallen. Aufgefallen? Nein! Er war überwältigt gewesen. Wie nie zuvor in seinem Leben. Sie hatte laut gelacht, als er das Grüppchen der Studenten passiert hatte. Ein silberhelles Leuten wie aus einer anderen Welt war es gewesen. Er war unwillkürlich stehengeblieben und hatte gebannt in die Richtung des schwebenden Klingens geschaut. Das Merkwürdige war gewesen, dass auch sie sich in genau diesem Moment nach ihm umgesehen hatte. Jedenfalls hatte sie sich umgedreht. Als ob sie ihn und seine Faszination gespürt hätte. Ihre Blicke hatten sich getroffen. Es war auf der Stelle um ihn geschehen gewesen. Er hatte sich von einer Sekunde zur nächsten an diese Studentin mit den kastanienbraunen Haaren und den in hellem Blau leuchtenden Augensternen verloren. Sie hatte ihn mit einem spöttischen Lächeln kurz gemustert und sich dann mit einem flüchtigen Augenaufschlag, der alles Mögliche oder auch nichts bedeuten konnte wieder ihren Kommilitonen zugewandt. Er hatte noch verharrt. Wie lange? Er hätte es nicht zu sagen gewusst. Irgendwann hatte ihn die Realität wieder eingeholt, und er war in Richtung des Seminarraums gestolpert, um dort seine Veranstaltung abzuhalten.

Er war unkonzentriert gewesen. Hatte sich permanent verhaspelt. Hier und dort hatte man zu murmeln begonnen. Köpfe waren geschüttelt worden, manch einer hatte die Örtlichkeit verlassen. Aber das war ihm egal gewesen, weil er die Ratlosigkeit und den unverhohlenen Ärger der Studentenschaft überhaupt nicht wahrgenommen hatte. Denn sie war auch zugegen gewesen. Sie hatte direkt vor ihm in der ersten Reihe Platz genommen und ihn während der nächsten eineinhalb Stunden versonnen angelächelt.

Unmittelbar im Anschluss an das Seminar hatte er sie angesprochen. Es war das natürlichste von der Welt gewesen. Sie gehörten zusammen, die dreiundzwanzigjährige Studentin Beate Holmsen und der auf die Vierzig zugehende Professor der Romanistik Bernd-Günther Brahmsen. Rücksichten auf das Gefühlsleben seiner Frau und seine beiden Kinder hatten zurückzustehen. Das Glück mit dieser Studentin bis zur Neige auszukosten wog jeden möglichen Verlust auf. Noch am selben Abend hatten sie sich in dem Bett einer zweitklassigen Absteige wiedergefunden, wo sie die ganze Nacht über nicht voneinander gelassen hatten.

So wäre es immer weiter gegangen. Wenn sie ihn nicht bedrängt und eine Entscheidung von ihm verlangt hätte. Er sollte sich ihretwegen von seiner Frau scheiden lassen. Unmöglich! Es hätte ihn seine mühsam aufgebaute Karriere kosten können. Das musste sie doch verstehen. Aber nein, das Drängeln hatte kein Ende nehmen wollen. Und heute hatten sie sich mit seinem BMW an die Westküste begeben, um sich in Ruhe auszusprechen.

Aussprechen! Hah! Sie hatte ihn vor vollendete Tatsachen stellen wollen. Denn sie hatte ihm etwas ins Ohr geflüstert, als sie bereits auf der Deichkrone Hand in Hand gegen den Sturm ankämpften. Er hatte es zunächst nicht verstanden und sie ratlos angesehen. Da hatte sie es hinaus geschrien, damit alle Welt es hören sollte. Dass sie schwanger von ihm sei. Dass sie ihr Glück kaum fassen könne, weil er nämlich jetzt einen Grund habe, seine bisherige Familie in die Wüste zu schicken. Genau so hatte sie sich ausgedrückt. Aber unmittelbar danach hatte ihr ein kaltes, verächtliches Lächeln des Triumphes in ihr ansonsten engelgleiches Gesicht geschrieben gestanden.

In diesem Augenblick hatte er es gespürt: Die Liebe war vom Sturm ins Dunkel des Abends davongetragen worden. Er hatte sich von ihr gelöst. Hatte auf sie eingeschrien. Hatte wild gestikulierend versucht, sie zu dem einzig vernünftigen Schritt zu überreden. Eine groteske Situation. Inmitten des tobenden Elements in der nieseligen Finsternis des Aprilabends kämpfte ein Universitätslehrer um seine Zukunft, die eine Zufallsbekanntschaft ihm streitig machen wollte. Und dann hatte sie ihm offen gedroht. Dass sie alles seiner Frau verraten würde, sollte er ihr nicht zu Willen sein. Wie sie das gemeint hatte, war ihr Geheimnis geblieben. Jedenfalls hatte er da gewusst, was zu tun war. Und sie hatte verstanden ...

Er hatte sie gepackt und zu Boden zu drücken versucht. Sie hatte um sich geschlagen und zu schreien begonnen. Ihre Verwünschungen waren vom Sturm verschluckt worden. Dann hatte sie ihn mit einem entschlossenen Tritt in seinen Schritt, auf den er nicht vorbereitet gewesen war, kurzfristig auf die Bretter geschickt. Sie hatte sich gleich anschließend in Sicherheit zu bringen versucht, indem sie vor ihm geflohen war. Umsonst. Denn gleich würde er sich auf sie stürzen und sein Werk vollenden. Noch zwei Meter, dann würde er bei ihr sein.

Sie geriet erneut ins Straucheln. Mit vor Angst verzerrtem Gesicht sah sie sich im Fallen nach ihm um. Breitbeinig stand er vor ihr. Langsam beugte er sich nach vorn und ging in die Hockposition. Sie rappelte sich auf und krabbelte wie ein Käfer den Hang hinauf. Er erwischte sie an ihrem linken Fuß und versuchte, sie zu sich heranzuziehen. Sie strampelte sich wieder frei. Im Zupacken sah er es aus den Augenwinkeln. Ein Brecher, vier Meter oder mehr hoch, rollte unaufhaltsam auf ihn zu. Eine konkave schwarze Wand, die in diesem Moment von einem niederfahrenden Blitz, dem sofort ein ohrenbetäubender Knall folgte, erhellt wurde. Nur noch wenige Meter. Professor Bernd-Günther Brahmsen duckte vor dem Tosen ab, machte sich ganz klein und war im nächsten Moment verschwunden.

Die eben noch Verfolgte hatte mittlerweile die Deichkrone erreicht. Das Element schäumte und kochte. Sie war allein. Als sie, immer noch atemlos und mit weit aufgerissenen Augen reflexartig in ihrer Manteltasche nach ihrem Handy tastete, stellte sie erschrocken fest, dass es nicht mehr da war. Sie musste es auf der Flucht vor ihrem Ex-Lover verloren haben.

Beate Holmsen stand ratlos und in klatschnassen Klamotten in der sturmdurchtosten Finsternis. Sie schlug die geröteten Hände vors Gesicht und begann zu schluchzen. Was sollte sie nur tun? Der Wagen, mit dem sie zu einem Zeitpunkt hierher gefahren waren, als die Welt noch in Ordnung gewesen war, war verschlossen. Sie konnte es kaum glauben, dass das erst ein paar Stunden her sein sollte. Der Autoschlüssel jedenfalls war zusammen mit demjenigen, der ihre Liebe verraten hatte, von der Monsterwelle verschluckt worden. Von Sichtweite in dem Sinne konnte keine Rede sein. Sich zurück zum Schleusenbereich zu begeben machte keinen Sinn. Dort war schon längst niemand mehr. Es half alles nichts. Sie musste sich auf den Weg Richtung

Norderhafen machen. Dort gab es doch, wenn sie sich recht erinnerte, ein auf dem Deich liegendes Restaurant. Vielleicht würde sie dort Hilfe finden.

IV

Sie konnte es kaum glauben. Ein Wunder! Die Monsterwelle hatte sie nicht verschluckt und mit aufs Meer hinaus gerissen. Sie war entkommen. Der Sog der ablaufenden Welle war zwar enorm gewesen. Aber sie hatte sich mit den Händen an zwei handballgroßen Steinen festgekrallt und beide Füße mit aller Kraft gegen anderes mit Teer befestigtes Geröll gedrückt. Die Schreckstarre, die sie überwältigt hatte, als sie die schwarze Wand hatte auf sich zu rollen sehen, hatte ein übriges getan, dass ihr Körper so gut wie keine Angriffsflächen geboten hatte.

Und doch, der Druck war überwältigend gewesen Denn just in dem Augenblick, als sie von dem Wellenkamm überrollt worden war, war er mit einem dröhnenden Rauschen übergeschlagen. Mit voller Wucht war sie gegen die Schräge des Deiches gedrückt worden. Gleich anschließend spürte sie den chaotischen Wirbel der Strudel, die von allen Seiten an ihrem hin und her geworfenen Körper zerrten. Aber sie hatte sich mit übermenschlicher Kraft festhalten können, verzweifelt darum bemüht, in ihrer beginnenden Atemnot nicht nach Luft zu schnappen.

Nachdem sie dann auch noch dem Sog des ablaufenden Wassers hatte Widerstand leisten können, lag sie, verzweifelt nach Luft ringend, auf dem noch immer von unzähligen kleinen Bläschen übersäten Grund. Ihr Körper entspannte sich langsam. Unwillkürlich drehte sie ihren Kopf, den sie während der letzten Sekunden gegen den Deich gepresst hatte, zur Seite. Sie musste sich vergewissern, ob der nächste Brecher auf sie zu rollte. Aber nein, so weit sie es in der Dunkelheit erkennen konnte, ging es hinter ihr auf dem Meer im Augenblick relativ undramatisch zu. Trotzdem, man wusste ja nie. Besser war es, sich aufzurappeln und ein wenig an Höhe zu gewinnen. Die knapp neun Meter hohe Aufschüttung des Deiches sollte auf jeden Fall reichen.

Als sie versuchte, sich mit den Armen hochzustemmen, spürte sie den Schmerz. Ihr rechtes Schienbein musste durch die Wucht der Welle gegen die Gesteinsbrocken gedonnert sein. Und auch den ganzen linken Arm hinauf zog sich ein dumpfes Pochen.

„Verfluchter Mist! Oh Scheiße, das tut ja höllisch weh", entfuhr es ihr.

Für ein paar Sekunden hielt sie in ihrer Bewegung inne. Dann biss sie auf die Zähne und richtete sich ganz langsam vollends auf.

Geschafft! Erneut wandte sie den Kopf nach links. In diesem Moment traf sie mit voller Wucht eine Böe. Nur ein Ausfallschritt verhinderte, dass sie von der Macht des Orkans umgeworfen wurde. Sie duckte ab, um weniger Angriffsfläche zu bieten. Schon kehrte der Schmerz mit zunehmender Intensität zurück. Stöhnend setzte sie Fuß vor Fuß. Sie musste schnellstens die Deichkrone zwischen sich und die Nordsee bringen. Dort gäbe es ein wenig Schutz gegen den wild an ihr zerrenden Sturm.

Erledigt! Sie ließ sich in das nasse Gras sinken. Hier war sie fürs erste sicher. Die feuchte Kühle hatte auch ihr Gutes. Der pochende Schmerz der letzten Minuten hatte spürbar nachgelassen. So weit sie erkennen konnte, war ihr rechtes Hosenbein aufgerissen. Sie beugte sich sachte vor. Das schimmernde Weiß der Haut war blutverschmiert. Aus einer etwa fünf Zentimeter langen Wunde sickerte Blut. Vorsichtig tastete sie mit der rechten Hand den Unterschenkel ab. Gott sei Dank! Gebrochen schien nichts zu sein. Sie würde sich ohne fremde Hilfe aus dieser misslichen Lage befreien können. Sie musste nur zurück zu ihrem Auto laufen, das war alles. Denn ihre linke Schulter, die wohl nur geprellt war, war kein wirkliches Handicap. Sie tastete mit ihrer rechten Hand die Innentasche ihrer Jacke ab. Ja, die Autoschlüssel befanden sich noch an Ort und Stelle. Wie durch ein Wunder waren sie weder auf der Flucht vor ihrem Verfolger noch unter Wasser herausgefallen.

Sie rappelte sich wieder auf. Schlotternd stand sie am Hang, wobei sie das Gewicht ihres Körpers auf das linke Bein verlagerte. Was mochte aus ihrem Häscher geworden sein? War er ein Opfer der Flut geworden? Oder hatte er sich auch in Sicherheit bringen können? Das hätte bedeutet, dass sie schleunigst das Weite suchen musste. Nein, dem Tode war sie zwar mit knapper Not entkommen, aber die Gefahr, auf andere Art final zu Schaden zu kommen, war einfach zu groß. Was, wenn es sich bei ihm tatsächlich um den sogenannten Salzwiesenmörder handelte?

Elfriede straffte ihren Körper, hob das rechte Bein leicht an und tat unter leichtem Stöhnen den ersten Schritt. Ihr Weg führte sie zunächst an den Fuß des Deiches. Nachdem sie das Hindernis der Einzäunung überwunden hatte, wobei zu ihrem Glück an dieser Stelle eine für diese Gegend typische Holztreppe angebracht war, humpelte sie fortan auf dem nassen Teer der parallel zum Deich führenden Straße zu ihrem auf dem Parkplatz von Norderhafen abgestellten Golf. Jenseits des Deiches tobte mit unverminderter Heftigkeit der Orkan, und ab und an schlug ihr selbst hier unten eine Böe mit einer derartigen Wucht ins Gesicht, dass sie für einen Moment in ihrem Schleichen innehalten und hinter vorgehaltener Hand nach Luft ringen musste. Gleich darauf setzte sie ihren Weg in die Dunkelheit fort. Weit und breit schien keine Menschenseele zu sein.

Und es wallet und siedet und brauset und zischt,/ Wie wenn Wasser mit Feuer sich mengt,/ Bis zum Himmel sprützet der dampfende Gischt,/ Und Flut auf Flut sich ohn Ende drängt,/ Und will sich nimmer erschöpfen und leeren,/ Als wollte das Meer noch ein Meer gebären.

Er flüsterte es in sich hinein. Aber selbst wenn er es hinaus geschrien hätte, es wäre ungehört verhallt. Das Tosen und Heulen des Orkans verschluckte jedes andere Geräusch.

Es hatte ihn um und umgeworfen. Oben und unten waren nicht mehr auseinanderzuhalten gewesen. Mit seinem Kopf war er gegen den gottlob matschig-weichen Untergrund gedonnert. Das losgelassene Element hatte an ihm gezogen und gezerrt. Er war wie in einem Strudel gefangen gewesen. Dagegen anzukämpfen, nein, dazu reichte keine Kraft der Welt aus. Er hatte lediglich versucht, sich in sich einzurollen. Die Knie anzuziehen, den

Kopf schützend dazwischen zu bergen. Aber auch das war über hilflose Ansätze nicht hinausgekommen. Der Sog hatte jeden Versuch, Kontrolle zu gewinnen, im Ansatz erstickt.

Als er endlich, er hatte das Gefühl gehabt, als müssten seine Lunge und sein Kopf gleich platzen, japsend und wild um sich schlagend wieder aufgetaucht war, hatte er im ersten Moment vollständig die Orientierung verloren. Wo war das rettende Ufer? Kam bereits die nächste Welle auf ihn zugerollt? Würde sie ihn endgültig verschlingen?

Panisch riss er seinen Kopf von einer Seite zur anderen. Schaumkronen. Ein dauerndes Auf und Ab. Hoch und nieder. Er verschluckte sich. Bäumte sich auf. Verkrampfte sich im Husten. Röchelte. Spie das salzig schmeckende Wasser aus. Suchte strampelnd nach Halt. Aber seine Füße fanden keinen Grund.

Nein, soweit er es bei der kaum vorhandenen Sicht erkennen konnte, türmte sich keine weitere Wasserwand vor ihm auf. Glück gehabt! Fürs erste.

Und dann begann es aus ihm heraus zu sprechen. Sein Mund formte Worte, deren Sinn er selbst nicht verstand. Aber im stammelnden Ausstoßen stiegen Erinnerungsfetzen in ihm auf. An seine Schulzeit, als sie im Deutschunterricht klassisches Bildungsgut in wohl dosierten Häppchen verabreicht bekommen hatten. Wie hatte ihn das hochgestochene Gelaber geödet! Dieses gestelzte Gerede. Diese Atmosphäre von Feiertag, Kirchgang und erhabener Stille. Und die sich daran anschließenden, ewig gleichen hilflosen Interpretationsversuche Unbedarfter. Diese lächerlich stocksteifen Gesten. Diese marmornen Verlogenheiten. Er hatte die Verse, aller damaligen Widerstände zum Trotz, nicht vergessen. Sie sprachen in diesem Augenblick höchster Not aus ihm und gaben ihm Trost.

So ließ er sich treiben. Wie lange? Er hätte es nicht zu sagen gewusst.

Doch dann kam die Kälte über ihn. Das Schlottern. Und mit ihm der Gedanke an sie. Sein immerwährendes, geheimes Glück hätte sie werden sollen. Das alles zunichte machende Unglück war sie geworden.

Wut stieg in ihm auf. Und mit ihr der Wille, nicht zu unterliegen. Nein, er wollte leben!

Er spannte seine Muskeln an. Hielt gebannt Ausschau nach dem rettenden Ufer. Dort? Ein dunkler Schatten, der sich auftürmte. Der Deich? Oder doch wieder nur eine Monsterwelle? Er stierte in die Richtung, in der entweder die Rettung lag, oder aus der das endgültige Verderben unaufhaltsam nahte.

Nein, der finstre Umriss bewegte sich nicht. Es musste tatsächlich der Schutzwall sein.

Professor Bernd-Günther Brahmsen begann zu kraulen, so gut es bei der kabbeligen See gehen mochte. Das Vorankommen war so mühsam. So er sich denn überhaupt fortbewegte. Aber er war nicht willens, klein beizugeben. Nein! Hier und heute würde sein Leben nicht zur Neige gehen! Da war er davor. Kraulen, immer weiter kraulen.

Halt! Was war das? Etwas zog an ihm. Ein neuerlicher Brecher, der im stetigen Auftürmen das vor ihm befindliche Wasser in sich hineinfraß? Nein! Unmöglich! Denn das Ziehen kam aus der Richtung, in die er schwamm. Oder jedenfalls ungefähr. Die Quelle des Sogs schien irgendwo dort vorne halb links zu liegen.

Aber woher?

Als der Gelehrte begriff, in was er hineingeraten war, weiteten sich vor Entsetzen seine Augen. Der Moment der Schreckstarre wurde gleich darauf durch hektische Betriebsamkeit abgelöst. Er schlug mit seinen Armen wild um sich. Versuchte, in die Richtung, aus der er gerade eben noch gekommen war, zu entkommen. Zu spät. Es zerrte immer heftiger an ihm. Er war gefangen in einem Strom, der ihn immer schneller mit sich fortriss. Seine einzige Hoffnung war, dass er unbeschadet durch den Schleusenschlund hindurch gezogen werden würde.

Also ließ er sich treiben. Und im schwerelosen Fliehen begann er wieder längst verhallte Verse zu flüstern, die aus seiner Vergangenheit wie gute Freunde zu ihm sprachen. Die schwarze Wand raste auf ihn zu. Er würde zerschellen. Oder nicht?

Der einstmals glückliche und zu allen Hoffnungen Anlass gebende Familienvater, Professor Doktor Bernd-Günther Brahmsen schloss die Augen und vernahm, von ganz weit her, wie jemand zu ihm sprach. Und dann sah er das Gesicht und hörte das silberhelle Leuten ihres Lachens wie aus einer anderen Welt.

Wohl hört man die Brandung, wohl kehrt sie zurück,/ Sie verkündigt der donnernde Schall,/ Da bückt sichs hinunter mit liebendem Blick,/ Es kommen, es kommen die Wasser all,/ Sie rauschen herauf, sie rauschen nieder,/ Den Jüngling bringt keines wieder.

„Junge, Junge, is dat een Schietwedder."

„Dat is dat Frühjohr, mien Leever. Nu, mit disse Blanke Hans, geit dat los mit de wohre April. De muckt, wat he wull."

Sie hatten die langgezogene Linkskurve zum Damm erreicht. Vor etwa fünfzehn Minuten war der Notruf des Hauptkommissars aus Flensburg eingegangen. Die beiden Streifenpolizisten hatten sich schleunigst auf den Weg gemacht, nachdem man sie mit den nötigen Informationen versorgt hatte. Das Martinshorn hatten sie lediglich an der stadtauswärts gelegenen Kreuzung Marktstraße, Adolf-Brütt-Straße für einen kurzen Augenblick anschalten müssen. Das Blaulicht hingegen pulsierte unentwegt und leuchtete auf eine bizarre Weise das Dunkel der hereinbrechenden Nacht aus. In westlicher Richtung ließ die Helligkeit vereinzelt hernieder fahrender Blitze erahnen, welch gewaltige Wolkenfront sich über die Insel gelegt hatte.

Sie befanden sich jetzt auf der schnurgeraden Verbindung zwischen dem Festland und Nordstrand. Weit und breit war kein anderes Fahrzeug zu sehen. Auf der im Licht der Scheinwerfer feucht glänzenden Fahrbahn hatten sich hier und da Pfützen gebildet. Winzig kleine Wellen wurden über ihre Oberfläche gepeitscht. Regenfäden klatschten dicht an dicht gegen die Scheiben des Mercedes Benz. Der auf vollen Touren laufende Scheibenwischer kam kaum gegen die Wassermassen an. Im Bruchteil einer Sekunde verschwamm alles wieder wie in einem diffus verzerrenden Wasserschleier. Als ob man durch tränenfeuchte Augen plierte.

„Ick glöv, dat beste wär, dat Tempo ‘n büschn to reduzeern, Heinz. Ick meen, vun wegn dat Aquaplaning."

„Ach wat. Vertell nix, Maici. Dorför is keen Tiet."

Heinz Holmsen erhöhte die Geschwindigkeit. Bleifuß. Was sonst?! Freie Fahrt für freie Bürger, ging ihm noch durch den

Sinn. Dabei musste er schmunzeln. Die Tachonadel zeigte auf 160. Was er nicht wissen konnte, eine Böe von über 200 Stundenkilometern raste aus der Richtung Beltringharder Koog auf ihr Gefährt zu. Summiert gab das gut und gern 350 Kilometer pro Stunde. Zuviel, selbst für eine vergleichsweise schwere Luxuskarosse wie diesen silberblau lackierten Mercedes der C-Klasse.

Die Kühlerhaube wurde ruckartig nach oben gedrückt. Immer höher ging es hinauf. Die hintere Stoßstange kratzte Funken schlagend über den Asphalt. An Lenken war nicht mehr zu denken, zumal es innerhalb des Wagens drunter und drüber ging. Die Münder der beiden Kriminalhauptwachtmeister waren vor Entsetzen weit aufgerissen. Kein Laut entrang sich ihrer Kehle. Fast senkrecht jagte der Daimler auf die Böschung zu, kippte endgültig nach hinten, kam ins Trudeln, schlug mit einem ohrenbetäubenden Krachen auf dem Asphalt auf und schleuderte, sich unzählige Male um seine Längsachse drehend, den Hang hinunter. Am Fuß des Dammes, nachdem er auch den auf der Höhe des Fahrradwegs angebrachten Zaun nieder gewalzt hatte, blieb er nach ungefähr hundert Metern kopfüber liegen. Die Räder rollten langsam aus. Dann herrschte, vom Heulen des Orkans abgesehen, Totenstille.

Michael Fredesen war trotz Sicherheitsgurt durch die berstende Frontscheibe hinausgeschleudert worden. Pech für ihn, dass sein Flug durch eine Fahrbahnmarkierung abrupt abgebremst worden war. Vielleicht hätte er ohne dieses Hindernis noch eine Chance gehabt. So aber führte der Aufprall zu einem sich durch ein vernehmliches Knacken manifestierenden Bruch des Genicks. Aber auch sein Kumpel Heinz Holmsen hatte an diesem Abend kein Glück. Als das Gefährt, der Schwerkraft folgend, mit voller Wucht auf den Asphalt donnerte, schmiss es seinen Schädel, der gleichzeitig von dem sich nach Innen verformenden Stahlblech des Daches gequetscht wurde, gegen das Lenkrad. Der Puffer des heraus schnellenden Airbags war zu unbedeutend, um das Zersplittern des Schädelknochens zu verhindern. Aus klaffenden Wunden sickerte das weiße Gekröse blutdurchtränkter Gehirnmasse. Der glasig-leere Blick der aus den Höhlen hinaus gedrückten und weit aufgerissenen blutunterlaufenen Augen des jungen Familienvaters ließ das Entsetzen erahnen, das sich unmittelbar vor dem Eintritt des Todes bis in die letzte Pore seines geschundenen Körpers flutwellenartig ausgebreitet hatte.

Verdammt, wo bleibt die Verstärkung? Horst Blaschke hielt in seinem Stolpern über den matschigen Acker inne und schaute sich um. Kein Blaulicht, kein Martinshorn, kein Nichts. Hinter ihm, in der Richtung, aus der er gekommen war, tat sich rein gar nichts. Schwarze Nacht, so weit das Auge reichte.

Ob er sich noch auf der richtigen Spur befand? Wo war der Serienkiller? Lauerte der ihm hinter irgendeinem Knick auf? Einem Knick? Gab es die hier an der Westküste überhaupt? Oder kauerte der Typ lugend im Gestrüpp eines Wassergrabens? Um sich auf ihn zu stürzen, sich seiner Waffe zu bemächtigen und ihn dann an Ort und Stelle zu liquidieren? Zu verlieren hatte der Börnsen ja ohnehin nichts mehr. Auf eine Leiche mehr oder weniger kam es wirklich nicht mehr an.

Er fror erbärmlich. Der Orkan peitschte ihm den Regen frontal ins Gesicht. In Kombination mit der Schwärze der fortschreitenden Nacht bedeutete dies, dass im Grunde genommen permanent von Sicht in dem Sinne ohnehin nicht die Rede sein konnte.

Wohin mochte der Flüchtige unterwegs sein? Hatte er ein Ziel? Oder ging es ihm lediglich darum, eine möglichst große Distanz zwischen sich und seinen Verfolger zu bringen? Sein Nachteil war, dass er sich auf dieser verfluchten Insel nicht wirklich auskannte. Die wenigen Male, die er hier für einen Tagesausflug gewesen war, war er immer bloß schnurstracks von Osten nach Westen, das heißt in Richtung Norderhafen oder Strucklahnungshörn gefahren. Und der letzte Tripp war auch schon ein paar Jährchen her.

Nein, seine Chance, des Ortskundigen unter diesen sehr speziellen Bedingungen wieder habhaft zu werden, tendierte, realistisch betrachtet, gegen Null. Aber was sollte er machen? Den brutalen Killer einfach entkommen lassen? Das kam auf keinen Fall in die Tüte. Also stolperte Blaschke weiter durch den Matsch, den nasskalten Stahl der Dienstwaffe in seiner immer klammer werdenden rechten Hand.

Vor ihm tat sich ein ungefähr zwei Meter tiefer und drei Meter breiter Graben auf. Auf dessen Grund konnte man an einigen Stellen das Dunkel von Wasserlachen erahnen. Horst Blaschke besann sich nicht lange. Er verstaute die Waffe im Holster, ging ein paar Schritte zurück, nahm Fahrt auf und setzte zum Sprung an.

In dem Moment, als sich seine Füße vom klebrigen Untergrund lösten, tauchte wie aus dem Nichts eine Gestalt auf der anderen Seite der Kuhle auf. Sie musste hinter der Böschung gekauert und ihn während der letzten Minuten beobachtet haben. Also doch! Er hatte, schwacher Trost, die Fährte nicht verloren. Unmittelbar vor der Landung traf den Hauptkommissar der mit voller Wucht geführte Schlag eines länglichen Gegenstandes in der Magengrube. Mit einem lauten Stöhnen sackte er zu Boden. Der zweite Schlag traf ihn an der Schulter. Horst Blaschkes schwer getroffener Körper kippte nach hinten und rollte in den Graben. Bevor er endgültig das Bewusstsein verlor, sah er, wie sich ein dunkler Schatten über ihn beugte und sich ihm unaufhaltsam näherte.

Elfriede Hartmann schaute auf ihre Armbanduhr. Es ging, soweit sie erkennen konnte, bereits auf 21 Uhr zu. Bis zu dem Parkplatz unterhalb des Restaurants *Zur Nordsee*, auf dem sie heute Abend den Golf abgestellt hatte, waren es vielleicht noch hundert Meter. Sie hatte es bald geschafft. Sie hielt inne. Hatte sich dort oben auf der Krone des Deiches nicht etwas bewegt? Nein. Sie musste sich getäuscht haben. Trotzdem, es konnte nicht schaden, noch einmal einen Blick zurück zu werfen, wie sie es während der letzten Minuten immer wieder einmal getan hatte. Auch wenn dieses sich Umschauen regelmäßig dazu geführt hatte, dass der Schmerz in ihrer Schulter kurzfristig wieder aufbrandete.

Gerade als sie sich wieder humpelnd in Bewegung setzen wollte, war um sie herum für den Bruchteil einer Sekunde alles in ein gleißend helles Licht getaucht. Es war gerade so, als ob, wie aus dem Nichts, ein Licht angeknipst worden wäre, um gleich darauf wieder zu verlöschen. Ein gewaltiger Donnerschlag ließ die Erde erzittern. Elfriede duckte unwillkürlich ab. Adrenalin schwappte durch ihren Körper. Panik deckte den Schmerz zu, der sich, keine Sekunde später, mit umso größerer Intensität wieder bemerkbar machte. Eine Böe erfasste sie und drückte sie endgültig zu Boden. Sie saß auf dem nassen Asphalt. Unwillkürlich zog sie die Beine an, umfasste ihre Knie mit beiden Armen und schob ihren Kopf in die durch das Anwinkeln entstandene Lücke.

Schluss! Aus! Vorbei! Ich will nicht mehr, dachte sie. Es reicht! Ich rühre mich hier nicht mehr weg, egal was passiert.

Sie begann zu schluchzen. Tränen liefen an ihren Wangen herab. Es schüttelte sie. Sie vergrub ihren Kopf noch tiefer zwischen ihren Beinen. Das Chaos um sie herum ausblenden, wenn auch nur für ein paar Sekunden. Sie war so müde. Schlafen, nur noch Schlafen ...

Was war das? Etwas rüttelte sanft an ihrer Schulter. Das konnte doch nicht sein! Wer sollte ...? Aber ja! Die Erkenntnis riss sie aus dem Dämmerzustand heraus, in den sie gerade im Begriff gewesen war, sich zu verlieren.

Ruckartig hob sie ihren Kopf. Was sie durch den Schleier ihrer vom Weinen noch nassen Augen sah, konnte unmöglich real sein! Oder etwa doch? Elfriede öffnete ihren Mund. Ein unartikuliertes Krächzen war alles, was über ihre Lippen kam.

Wie lange noch? Sie war mit ihren Kräften am Ende. Der durchnässte Mantel, der tagsüber auf Grund der schwülen Hitze so überaus unpassend gewesen war, hing schwer an ihrem Körper herab. Hin und wieder wurde er durch eine Böe leicht aufgebauscht. Überhaupt war es der Orkan in Verbindung mit dem gepeitschten Regen, der das Fortkommen so kräftezehrend gestaltete. Schon seit geraumer Zeit hatte sie den Scheitel des Deiches gegen die dem Meer abgewandte Seite des Schutzwalls vertauscht. Hier war es jedenfalls ein wenig geschützter, selbst wenn das Laufen auf der Schräge auch kein wirkliches Vergnügen war.

Was mochte aus Bernd-Günther geworden sein? Hatte ihn das Meer endgültig verschluckt? Oder hatte er sich retten können? Und wenn ja, würde er wieder die Verfolgung aufnehmen, um sie sich vom Hals zu schaffen? Bei Licht besehen blieb ihm gar nichts anderes übrig. Denn einerseits hatte sie ihn ja immer noch in der Hand. Schließlich war sie schwanger von ihm. Da konnte er sich drehen und wenden wie er wollte. Aus der Nummer würde er nicht rauskommen. Andererseits konnte er es nicht riskieren, wegen versuchten Mordes angeklagt zu werden. Obwohl, überlegte sie im Stolpern, wer wird einer unbedeutenden Studentin wie mir glauben, dass er mich töten wollte? Was gilt mein Wort gegen das eines Universitätsprofessors?

„Nichts!“, stieß sie hervor. „Kein Mensch wird mir abnehmen, dass der noble Herr mich um die Ecke bringen wollte. Im Gegenteil, wenn es ganz dumm läuft, wird man mich verdächtigen, ein wenig nachgeholfen zu haben. Von wegen Eifersucht und unerfüllter Liebe oder so. – Nein Bea, da hilft kein Vertun, du sitzt ganz schön in der Schei ... Oh nnn ...!“

Das Wort blieb ihr im Hals stecken. Sie hatte die Mulde übersehen, in Gedanken versunken wie sie war. Sie geriet ins Trudeln. Der Schwerpunkt ihres Körpers war nicht mehr einzuholen. Also überschlug sie sich und rollte unaufhaltsam den Abhang hinunter. Unten angekommen sah sie gerade noch, wie der Pfahl des Zaunes haarscharf an ihrem Kopf vorbei sauste, oder er an ihm. Gleich darauf lag sie bäuchlings im Matsch. Ihr Mantel hatte sich im Stacheldraht verfangen.

Gott sei Dank, sie hatte sich bei diesem unverhofften und vollkommen unkontrollierten Purzeln nichts getan. Allenfalls ihr Mantel war an einigen Stellen eingerissen und sah noch verdreckter aus als vor dem Sturz. Aber was interessierte sie ihr Mantel? Nichts und wieder nichts!

Sie rappelte sich wieder auf und beschloss nach kurzem Zögern, den Weg hier unten fortzusetzen. Zumal es im Schutz des Deiches um einiges ruhiger war als weiter oben. Und dann ... Ja, richtig! In einiger Entfernung konnte sie bereits die dunklen Silhouetten der ersten Häuser Norderhafens schemenhaft erkennen. Möglicherweise würde sich einer der dort Ansässigen ihrer erbarmen. Obwohl sie daran nicht so recht glauben mochte, so wie sie aussah.

Beate machte sich auf den Weg.

„Ein Spezialauftrag."

„Bitte?"

Hauptkommissar Horst Blaschke und Oberinspektor Günter Schmuhl schauten ratlos. Was führte der Alte im Schilde?

„Die Husumer Kollegen bitten um Amtshilfe."

„Ach ja? Und in welcher Angelegenheit, wenn ich fragen darf?"

„Dürfen Sie, mein lieber Blaschke, dürfen Sie."

Doktor Karl Hermann Striegel strahlte seine beiden Untergebenen an und schwieg vielsagend. Es kam einfach nichts mehr nach.

„Also ... Wie soll ich sagen ...? Könnten Sie das mal ein wenig präzisieren, Herr Doktor?", fasste Schmuhl nach.

„Freilich kann ich das." Das Strahlen auf dem Gesicht des Leiters der Bezirkskriminalinspektion intensivierte sich noch um eine Nuance. „Schön, dass ich Ihr Interesse geweckt habe. Engagierte Mitarbeiter erhöhen die Erfolgsquote ungemein."

Blablabla ging es den beiden Kriminalisten gleichzeitig durch den Kopf. Der alte Sabbelkopp kam mal wieder, wie es ihm ähnlich sah, nicht auf den Punkt. Zeitverschwendung das alles. Und Effektivität sah, weiß Gott, anders aus.

„Ja ...?", war es wieder an Blaschke, den stockenden Informationsfluss anzustupsen. „Amtshilfe wobei?"

„Ein Serienkiller geht an der Westküste um. Seit Jahren bereits stranguliert er still vergnügt reifere Damen und legt sie auf den Salzwiesen Nordstrands ab. Und das ist inakzeptabel!"

Die flache Hand Striegels sauste bei den letzten mit erhobener Stimme ausgestoßenen Worten krachend auf die Tischplatte nieder. Blaschke und Schmuhl, die auf diesen Gefühlsausbruch nicht vorbereitet gewesen waren, zuckten zeitgleich zusammen. Der durch den Schlag erzeugte Luftzug sorgte dafür, dass ein Teil der Korrespondenz des Doktors, oder was auch immer, für den Bruchteil einer Sekunde in ein kaum wahrnehmbares Schweben geriet. Die Gesichtszüge des Leiters der Kriminalinspektion hatten sich schlagartig verfinstert.

„Ja, und? Das ist hinlänglich bekannt. Nur was geht uns das an?"

„Was uns das angeht? Sie stellen Fragen, Herr Blaschke. Ich muss schon sagen. Ts, ts, ts."

In die Verfinsterung des Antlitzes hatte sich etwas Missbilligendes gemischt.

„Was Sie offenbar nicht wissen, Sie Schlaumeier, ist, dass die Husumer Kollegen mutmaßen, dass einer von ihnen der Strangler von Nordstrand ist. Sie verstehen?! Eventuell verhält es sich so, dass ausgerechnet ein Kriminalbeamter Damen, die die Vierzig bereits überschritten haben, seit Jahren unbehelligt den Hals umdreht. Und das können wir so nicht stehen und auf sich beruhen lassen. Oder wie sehen Sie das?"

„Ach so. Jetzt verstehe ich, worauf Sie die ganze Zeit hinauswollen. Interne Ermittlungsarbeit. Der durch keine Voreingenommenheit getrübte Blick eines Außenstehenden soll dem dunklen Treiben des Bösewichts beziehungsweise dessen Identität auf die Schliche kommen."

„Exakt, Blaschke. Exakt. Ich wusste doch, dass ich mich auf die intellektuellen Fähigkeiten meines besten Pferdes im Stall jederzeit verlassen kann", hellten sich die Gesichtszüge Doktor Karl Hermann Striegels wieder auf.

„Na gut. Was schlagen Sie also vor?"

„Sie stellen Fragen, Herr Schmuhl. Das ist doch sonnenklar. Einer von Ihnen beiden Hübschen begibt sich in die graue Stadt am Meer", zwinkerte er Blaschke zu, „und der andere hält hier die Stellung, korrespondiert mit dem Externen und hält die interne Kommunikation am Laufen. Klar soweit?"

Das klang dunkel. Was war der Sinn seiner Worte? Es half nichts, einer von ihnen musste sich eine intellektuelle Blöße geben und nachfragen. Es war an Blaschke, sich zu opfern.

„Könnten Sie das ein wenig präzisieren, Herr Doktor? Anders gefragt: Wer soll jetzt was machen?"

„Das habe ich doch soeben unmissverständlich klar gemacht. Ich verstehe Ihre Frage nicht!", blitzte er ihn an. Da hatte er den Salat.

„Sie meinen also", tastete sich Schmuhl vor, „dass mein Kollege sich an die Nordseeküste begibt und vor Ort ermittelt?! Ich dagegen soll in Flensburg bleiben, seine Zwischenberichte protokollieren und das Geschreibsel dann an Sie weiterreichen ...?

Damit Sie dann den Externen über sein weiteres Vorgehen vermittels meiner Wenigkeit instruieren?"

Schmuhl zwinkerte kaum merklich seinem Kollegen zu. Der antwortete mit einem schwachen Lächeln.

„Na bitte. Es geht doch. Warum nicht immer so. Obwohl, das mit dem Geschreibsel will ich nicht gehört haben. Protokolle sind schließlich das Salz in der Suppe, nicht wahr? Wie sollte man denn sonst geordnet und zielgenau miteinander korrespondieren? – Also, was wollte ich? Ach ja. Für Sie, mein lieber Herr Blaschke, ist von Ihrer Sekretärin in Husum bereits in einem Hotel ein Zimmer auf Ihren Namen reserviert worden. Informieren Sie sich bei der Guten. Dann machen Sie sich stante pede auf den Weg Richtung Westen. Und nachdem Sie Ihren Bestimmungsort erreicht haben, nehmen Sie unverzüglich Kontakt zu den dortigen Kollegen, die bereits auf Ihr Erscheinen vorbereitet sind, auf, spitzen fortan die Ohren, eruieren, kombinieren, notieren und vermitteln. Haben Sie das soweit verstanden?"

Der Hauptkommissar nickte bloß. Obwohl ihm nicht wohl war in seiner Haut. Scheiße, dachte er bei sich, womöglich noch ungebetene Amtshilfe, interne Ermittlungsarbeit und Einmischung von Außen schaffen immer böses Blut. Wüstes Kompetenzgerangel, Misstrauen, üble Nachrede, null Zusammenarbeit. Das volle Programm an Ekelhaftigkeiten eben. Die in Husum haben wahrscheinlich nur auf meine Wenigkeit, den anmaßenden Klugscheißer aus Flensburg, der ihnen in die Suppe spucken soll, gewartet. Der Person gewordene Vorwurf, dass man sie höheren Orts für komplette Trottel hält. Das kann ja heiter werden.

„Na, dann ist ja gut. Und jetzt bewegen Sie Ihre Füße, meine Herren. Zeit ist Geld. Kümmern Sie sich, und bringen Sie den Unhold so schnell es geht zur Strecke. Damit wieder Ruhe einkehrt auf dem grünen Herzen des nordfriesischen Wattenmeers."

Mit diesen Worten geleitete der Doktor, wie es seine Art war, seine Untergebenen zur Tür, wo er ihnen noch einmal aufmunternd zunickte. Blaschke hatte er sogar einen Klaps auf die Schulter gegeben. Hatte der Gute eine Ahnung davon, was er seinem besten Pferd im Stall soeben aufgebürdet hatte?

„Na, dann viel Vergnügen an der Nordseeküste, Horst", zwinkerte Schmuhl draußen auf dem Gang seinem Kollegen zu.

„Die in Husum freuen sich bestimmt schon mordsmäßig auf den Schlaumeier aus Flensburg, der ihnen auf die Sprünge helfen soll ... Und dann noch intern. In deiner Haut möchte ich nicht stecken."

„Danke für dein Mitgefühl, Günter. Kann ich gut gebrauchen. Du hörst von mir, sobald ich was herausgefunden habe. Und immer schön mitschreiben. Das ist wichtig. Damit die Kommunikation nicht ins Stocken gerät."

„Meine Rede, mein Bester, meine Rede."

Horst Blaschke hatte sich, nachdem er sich noch kurz telefonisch und mehr pro forma von seiner Freundin Hertha Hennigsen verabschiedet hatte, auf den Weg nach Husum gemacht. Sie hatte ihn wieder mit ihren ewig gleichen Vorwürfen eingedeckt. Dass sie ihm egal sei. Dass er mit seiner beschissenen Arbeit verheiratet sei. Dass sie das fünfte Rad am Wagen sei. Oder womöglich das sechste, wie sie sich ein wenig dunkel ausgedrückt hatte. Dann, nach einer Pause, in der sie zu schluchzen begonnen hatte, war sie mit ihrem Sermon zielgenau dort gelandet, wo sie seit Monaten bereits in schönster Regelmäßigkeit auf Teufel komm raus landen wollte. Dass er sie nämlich mit einer dahergelaufenen Schlampe betrüge, und dass sie, weiß Gott, etwas besseres verdient habe, als mit einem verlogenen Versager wie ihm ihre Zeit zu verplempern. – Er war es so Leid! Er und amouröse Eskapaden. Lachhaft! Aber selbst wenn ihm der Sinn danach gestanden hätte. Danach, sich einfach einmal ohne Wenn und Aber und ohne jede Rücksichtnahme kurzfristig fallen zu lassen; er hätte für Derartiges gar keine Zeit gehabt, bei der permanenten physischen und seelischen Überbelastung, die sein Beruf tagtäglich mir sich brachte. Und dann diese unablässigen Quengeleien seitens Hertha, die dabei war, ihm die Restfreude am Leben endgültig zu vergällen.

In Wahrheit war er froh darüber, mal für mindestens ein paar Tage Flensburg und damit dieser anstrengenden Person, die er, er konnte es selbst kaum glauben, wirklich einmal in grauer Vorzeit geliebt hatte, den Rücken zukehren zu können. Denn so wie in den letzten Monaten konnte es mit dieser Beziehung, die längst keine mehr war, nicht weitergehen. Er würde, sein Entschluss stand eigentlich schon fest, diese unerquickliche Dauerquälerei nach seiner Rückkehr beenden. Um, endlich!, wieder frei atmen zu können, und sich nicht unentwegt für nichts und wieder nichts rechtfertigen zu müssen. Mit den 45 Lenzen, die er auf dem Buckel hatte, und die man ihm, wenn er ehrlich war, auch ansah, würde er vermutlich auf absehbare Zeit als Single durch Flensburgs Straßen tapern. Aber wenn schon! So allein, wie er sich inzwischen in ihrer Nähe fühlte, konnte er sich gar nicht fühlen, wenn er, für wie lange auch immer, wirklich allein sein würde. Es würde eine Wohltat sein!

Seit dem frühmorgendlichen Gespräch im Zimmer ihres Vorgesetzten war inzwischen gut eine Woche verstrichen. Schneller als gedacht war der Salzwiesenmörder überführt worden. Einerseits, weil er unachtsam gewesen war. Andererseits aber hatte Horst Blaschke den Börnsen sehr schnell schon auf dem Kieker gehabt, weil der Kriminalbeamte charakterlich, und dazu gehörte nicht allzuviel Menschenkenntnis, sowohl zum stets gewaltbereiten und sich aufdringlich unentwegt in Szene setzenden Machtmenschen als auch zum devoten Kriecher tendierte. Zweifellos eine brisante Mischung, zumal das verkniffene Jüngelchen, ein verzärtelter Zimperling, zu allem Überfluss auch noch mit seiner verwitweten Mutter zusammenwohnte. Das hatte tief blicken lassen.

Es heulte. Überall diese Nässe. Als ob er sich unter Wasser befände und trotzdem atmen konnte. Alles schwarz. Ein Traum? War das möglich, zu träumen, dass man träumte? Unsinn! Er befand sich nur in einer Realität, die im Augenblick nicht zu ihm gehörte. So einfach war das. Aber warum? – Ja, natürlich! Jetzt dämmerte es ihm. Er war gesprungen und kurz vor der Landung schwer getroffen worden. Einmal. Und dann noch einmal. Börnsen! Das war es! Er hatte sich an die Verfolgung des Serientäters gemacht. Der hatte ihm aufgelauert und zu Boden gestreckt. Horst Blaschke war wieder in seine Realität zurückgekehrt. Auch wenn ihm überhaupt nicht danach war.

Ganz langsam öffnete der Hauptkommissar seine Augen. Er lag in dem Graben, den zu überspringen er sich angeschickt hatte. Wie lange mochte das her sein? Wie lange lag er bereits in der

Pfütze? Dem Schlottern nach zu urteilen, dessen er sich in diesem Augenblick bewusst wurde, hätten es gut und gern Stunden sein können. Seine Zähne schlugen hörbar aufeinander. Er hatte keine Kontrolle darüber.

Aber nein! Dann wäre er vermutlich längst erfroren. Bei dem Wetter. Der Orkan tobte nach wie vor, das konnte er selbst von hier unten spüren und hören. Oder vernahm er etwas ganz anderes? War das Rauschen bloß in seinem Schädel? Das Ergebnis des zweiten Schlages, der ihn in die Nacht geschickt hatte? Es half nichts, er musste sich aus der Horizontale in die Vertikale begeben, auch wenn es ihm unendliche Mühe bereitete.

Blaschke rollte sich auf die Seite. Oh Scheiße!. Das tut weh! Er ließ sich wieder in die Ausgangsposition zurücksinken. Jetzt spürte er auch den dumpfen Schmerz in der Magengrube.

„Komm schon, alter Knabe", sprach er sich selber Mut zu, „da musst du jetzt durch. Sei froh, dass er dir nicht das Licht ausgeknipst hat. Die Gelegenheit dazu war da. Das Rabenaas hätte dich locker mit deiner Waffe niederstrecken können. Und dann lägest du jetzt hier in deinem Blute." – Die Waffe!, schoss es ihm durch den Kopf. Wo ist die Waffe?

Die Frage ließ ihn für ein paar Sekunden den Schmerz vergessen. Er rappelte sich auf. Tastete seinen Oberkörper ab. Nichts. Vielleicht ist sie mir im Fallen aus der Hand geflogen, überlegte er. Er schaute in die Runde. Hier unten in der Finsternis bei extremen Witterungsbedingungen bestand wenig Aussicht, das Schießeisen zu finden. Er taste mit seinen Händen den feuchten Untergrund ab.

„So wird das nichts, Horst", murmelte er. „Komm endlich in die Gänge!"

Es half alles nichts. Die Waffe war nicht auffindbar. So sehr er sich auch konzentrierte bei seinem Suchen, es war alles vergebens. Weder im Graben noch an seinem Rand lag sie. Entweder der Radius, innerhalb dessen er sich bewegte, war zu klein, oder, was wahrscheinlicher war, Börnsen hatte sie an sich gebracht, nachdem er ihn bewusstlos geschlagen hatte.

Aber natürlich! Im Wegkippen hatte sich ihm ein Schatten genähert. Das war es!

Er stand wieder auf der Höhe des Ackers und schaute sich um. Wo blieb eigentlich die Verstärkung? Er hatte sie doch angefordert. Wann? Wie lange war das her? Der Ermittler hob den linken Arm ganz dicht vor seine Augen, wobei er ihn anwinkelte. Glücklicherweise schien seine Rolex sowohl den Sturz als auch das Wasserbad unbeschadet überstanden zu haben. Qualität zahlte sich eben doch manchmal aus.

Der kleine Zeiger stand auf der römischen neun, der große in der Nähe der vier. Das bedeutete, dass er um und bei fünf Minuten in die Bewusstlosigkeit abgetaucht gewesen war. Denn seit er wieder zu sich gekommen war, waren mittlerweile auch gut und gern zehn Minuten vergangen.

Horst Blaschke orientierte sich kurz. Von dort hinten war er gekommen. Sollte er sich zurück zu dem Dienstwagen begeben und dort auf die Verstärkung warten? Oder sollte er die Verfolgung wieder aufnehmen? In seinem Zustand?

Er tastete in seiner Hosentasche nach dem Handy. Es war noch da. Mit klammen, tauben Fingern fischte er es heraus und betätigte die schwarze Taste. Das Display blieb dunkel. Er tippte erneut. Nichts. Das Mobiltelefon hatte seinen Geist aufgegeben.

Der Hauptkommissar ließ es zurück in seine Tasche gleiten. „So also ist das“, flüsterte er. „Na gut, jetzt zeig mal, was in dir steckt. Schlappmachen gilt nicht! Ich lass mich doch nicht verarschen! Nee, nee, Kollege Börnsen, wenn du glaubst, mich vom Hals zu haben, dann bist du schief gewickelt. Ich lass mich doch von so einem wie dir nicht ins Boxhorn jagen. Das kommt gar nicht in die Tüte!!“

Horst Blaschke hatte sich bei den letzten in die Nacht hinaus geschrienen Worten wieder in Bewegung gesetzt. Die Wucht der Böen, die ihm mit unverminderter Wucht ins Gesicht schlugen, in Verbindung mit dem Triefen, minderte den Schmerz in der Magengrube und an seiner rechten Schulter spürbar herab. So gesehen hatte dieses Sauwetter auch ein Gutes.

Nach ein paar Minuten hatte den Hauptkommissar die Dunkelheit des Aprilabends verschluckt.

„Wat wull de jungsche Deern? Wat het se secht? Ick kann dat nich verston! Se nuschelt so.“

„Se wull, dat wie er helpn, Trude. Ick glöv, se is in Not.“

„Wat schall dat denn heetn? In Not? Wat het dat mit uns to doon? Nee, nee, Alwin, nu muck mol schön de Dör wedder to. Dat Schietwedder mut buuten bleevn. Un de Fruu uck.“

„Jo, mien Leeve, ick mut uck seggen, dat mi dat ‘n büschn wiet hergeholt is. Een Akademscher wul ju afmurksen?! Nee, nee, dat kann ick nich glövn, so Leid mie dat don deit. Tschüss denn uck.“

Gleich darauf war die Tür wieder geschlossen, das Licht verlosch, und Beate stand, wie vom Blitz getroffen, vor dem Eingang des reetgedeckten Einfamilienhauses. Auf Augenhöhe stand sinnigerweise in auf dunkles Holz unbeholfen getuschten bunten Buchstaben geschrieben: Tritt ein, bring Glück herein ...

Es war das einzige gewesen, in dem Licht gebrannt hatte. Und nun das. Norderhafen schien an diesem speziellen Freitagabend zu einer Geisterstadt mutiert zu sein. Keine Menschenseele weit und breit. Nur diese zwei norddeutschen Zombies. Irgendwie war heute nicht ihr Tag.

Was blieb ihr anderes übrig, als weiter der Hauptstraße zu folgen, die sich durch dieses Kaff gleich hinter dem Deich schlängelte. Und überhaupt. Von wegen Hauptstraße. Es gab ja bloß diese eine. Und links und rechts davon zum Teil lachhaft kleine Klitschen, die als Häuser zu bezeichnen bereits ein mittelgroßer Euphemismus war.

Fräulein Holmsens Laune war im Keller. Hilfsbedürftiger als sie konnte doch ein Mensch gar nicht aussehen. Und? Scherte sich jemand darum? Nicht die Bohne! Man wies sie kaltlächelnd ab, und das, obwohl sich der Blanke Hans mit unverminderte Wucht über der Insel austobte.

Immerhin, der Regen hatte merklich nachgelassen während der letzten paar Minuten. Obwohl das ein schwacher Trost war. Denn auf ein bisschen mehr oder weniger Nässe kam es auch nicht mehr an.

Rechterhand zeichnete sich die dunkle Silhouette des an den Deich gebauten Gasthauses ab. Beate kannte das Restaurant von früheren gelegentlichen Besuchen her. Als sonderlich gemütlich hatte sie es eigentlich nicht in Erinnerung. Aber der Blick aufs Wattenmeer hinaus, ja, der hatte schon was! Am Horizont die Inseln und Halligen. Gleichgültig ob die Wolken zogen, oder ob bei Windstille die Sonne zum Sitzen auf der Veranda einlud.

Aber auch dort oben war alles dunkel. Klar. Heute würde sich ohnehin keine Menschenseele hierher verirren. Warum also den Betrieb aufrechterhalten? Das hätte keinen Sinn gemacht.

Jetzt hatte sie die Hauptstraße, die sich von West nach Ost oder andersherum über die Insel schlängelte erreicht. Links floss ein kleiner Bach unter der Brücke hindurch. Auf dem Parkplatz vis-à-vis des Gasthauses parkten ein einsamer Golf, an den ein Fahrrad angelehnt war, und, ein paar Meter daneben, ein Motorrad, von dessen Gepäckträger ein Sturzhelm herunter baumelte. Wem der Wagen wohl gehören mochte?

Merkwürdig, ging es Beate durch den Kopf. Wer lehnt sein Fahrrad gegen einen Wagen? Damit kann man sich doch ziemlichen Ärger einhandeln. Wegen der Kratzer und so. Ob es wohl angeschlossen ist?

Sie näherte sich diesem auffälligen Arrangement. Und in diesem Moment, da sie erkennen konnte, dass der Drahtesel tatsächlich unverschlossen war, hatte sie die Idee.

Natürlich! Die Rettung! Ich schnappe mir das Klappergestell und fahre damit ins nächste Dorf. Den Wind im Rücken sollte das relativ fix über die Bühne gehen. Not kennt schließlich kein Gebot.

Gleich darauf saß sie schon auf dem Sattel, der allerdings für sie ein wenig zu hoch eingestellt war. Außerdem war es ein in Wirklichkeit ziemlich nobles Herrenrad. Aber egal, zur Not konnte sie auch im Stehen in die Pedalen treten. Das würde zwar anstrengender sein, hätte jedoch auch den Vorteil, dass sie vermutlich ins Schwitzen kommen würde. Und das wäre ja auch nicht das Falscheste, unterkühlt wie sie war.

Als sie gerade auf die Alterkoogchaussee einbiegen wollte, stutzte sie. Was war denn das dahinten? Bewegte sich dort nicht etwas? Sie bremste ab. Die Stange zwischen den Beinen starrte sie auf die parallel zum Deich führende Straße. Richtig! Zwei Menschen. Der eine der beiden schien auf der Straße zu sitzen, und der andere war gerade dabei, sich über ihn zu beugen. –

War, schoss es Beate durch den Kopf, der Brahmsen von den Toten auferstanden? Und hielt er sich jetzt an einem anderen Menschen schadlos? Quatsch! „Das ist doch ausgemachter Blödsinn, Bea, was du dir hier zusammenreimst“, stieß sie hervor.

Dennoch, sie musste unbedingt herausbekommen, was sich dort hinten abspielte. Denn außerdem und vor allem: Möglicherweise hatte sich ihr Fahrradausflug gerade eben als überflüssig herausgestellt. Vielleicht war die Rettung nah?! Dieser Gedanke war einfach zu verführerisch. Furcht, noch tiefer in den Schlamassel hineinzugeraten hin oder her.

Sie stieg ab und schob das Rad ganz langsam auf die beiden Gestalten zu. Ein unterdrückter Schrei, der wie das schabende Krächzen eines Raben klang, ließ das Blut in ihren Adern gefrieren. Zu spät!

„Kaaa ...“

Halluzinierte sie? Spielte ihre überanstrengte Psyche ihr einen Streich? Sie rieb sich ihre tränennassen Augen. Nein, sie hatte sich nicht getäuscht. Ihr Freund Karl beugte sich über sie und berührte in diesem Moment ihre Schulter.

Elfriede umklammerte seine Beine. Den Schmerz in ihrer Schulter nahm sie nicht mehr wahr. Sie wollte ihren Liebsten nie mehr loslassen. Sie begann erneut zu schluchzen. Aber dieses Mal vor Erleichterung. Endlich, sie war nicht mehr allein! Der Ziehvater ihres Kindes war ihr zur Hilfe geeilt.

„Was ist passiert, Ellie? Was ist los mit dir?“

„Iiii ...“

Ihre Stimme versagte erneut. Sie räusperte sich.

„Ich wurde verfolgt ... Jemand hat auf mich geschossen, als ich über das Watt Richtung Südfall gelaufen bin. Und dann bin ich um mein Leben gerannt, bevor die Flut kam. Der Sturm, die Welle ...“

Erneut wurde sie von einem Weinkrampf geschüttelt.

„So beruhige dich doch, mein Hase“, flüsterte er ihr ins Ohr. „Ich bin ja bei dir. Du bist in Sicherheit. – Komm, Ellie, steh auf. Lass uns zurück zu unserem Wagen gehen. Du holst dir hier draußen noch den Tod.“

Er griff unter ihre Achseln und versuchte, sie hochzuziehen.

Sofort war der Schmerz wieder da. Elfriede stieß einen spitzen Schrei aus.

„Was ist ...?"

In diesem Augenblick fiel sein Blick auf die klaffende Wunde an ihrem rechten Bein. Ganz langsam ließ er sie wieder zu Boden sinken.

„Die Welle?"

Sie nickte.

„Ist es schlimm?"

„Doch. Ja. Meine linke Schulter hat auch was abgekriegt."

„Glaubst du, du schaffst es? Oder soll ich den Wagen holen?" Er machte Anstalten, sich zu erheben. Offenbar hatte er, bevor er sich auf die Suche nach ihr gemacht hatte, vorsorglich den Zweitschlüssel eingesteckt.

„Nein!", stieß sie hervor. „Lass mich bitte nicht allein."

„Na gut. Versuchen wir es noch einmal? Ich bin auch ganz vorsichtig."

„Also los, packen wir's an." Der Anflug eines schelmischen Lächelns breitete sich auf dem blassen Gesicht Elfriede Hartmanns aus.

Sie hielten in ihrer Bewegung abrupt inne. Was war das? Keine hundert Meter von ihnen entfernt stand jemand regungslos auf der Straße und starrte in ihre Richtung. Neben ihm stand etwas das wie ein ...

Ja genau, schoss es Karl Grossmann durch den Kopf, das wie mein Fahrrad aussieht. Das gibt's doch nicht! Jemand klaut bei diesem Sauwetter ganz einfach und seelenruhig meinen Drahtesel und besitzt auch noch die Unverfrorenheit ...

„Der ...? Das ...?", hörte er seine Freundin stammeln. Sie trat unwillkürlich einige Schritte zurück. Er tat es ihr gleich und zog sie womöglich noch etwas fester an sich.

Der da vorne setzte sich in Bewegung. Er kam ganz langsam auf sie zu.

Der Er war eine Sie, wie sich gleich darauf herausstellte. Und auch die Fremde sah erbarmungswürdig aus. Total durchnässt und verdreckt schlich sie auf die beiden zu. Ein Bild des Jammers. Die junge Frau schien an diesem sturmdurchtosten Abend auch durch die Hölle gegangen zu sein.

Als sie das Pärchen erreicht hatte, ließ sie das Fahrrad einfach los. Es fiel mit einem Scheppern zu Boden.

„Bitte ... Ich flehe Sie an ... Helfen Sie mir ... Jemand wollte mich umbringen ...“

Dann brach sie, ein Häuflein Elend, zusammen.

Karl Grossmann konnte nicht glauben, was ihm während der letzten Minuten von seiner Freundin erzählt worden war. Er hatte sie immer wieder entgeistert angesehen und mit einem „ach wirklich?“ oder „Ich glaub es nicht!“ ihren atemlosen Redefluss unterbrochen.

Die drei Menschen saßen in dem Golf bei laufendem Motor. Karl hatte hinter dem Lenkrad Platz genommen, und die beiden Frauen auf der Rückbank. Die Heizung lief auf Hochtouren. Langsam wurde es in dem Gefährt kuschelig warm. Zudem waren die auf unterschiedliche Art in Bedrängnis Geratenen in eine Decke gehüllt. Wie gut, dass sie vergessen hatten, dieses Relikt aus sommerlichen Tagen aus dem Wagen zu entfernen. Ein paar schwarze französische Strandschuhe aus grobem Leinen, deren Sohlen mit einem hellen Gummiüberzug versehen waren, hatten auf der Kofferraumabdeckung gelegen. Elfriede hatte sie sich, nachdem sie sich ihrer klitschnassen Socken entledigt hatte, über ihre klammen Füße gestülpt.

Bevor sie sich vor ungefähr 20 Minuten auf den Weg zu dem fahrbaren Untersatz gemacht hatten, wobei Karl seine Freundin untergefasst hatte, hatte er das Fahrrad an den Seitenstreifen geschoben und dort an den Zaun gelehnt. Als sie dann den PKW erreicht hatten, hatte Beate Holmsen begriffen, dass der Drahtesel vermutlich dem sich rührend um die schwer angeschlagene Frau kümmernden Mann gehörte, den sie erst jetzt bewusst wahrnahm. Das ist doch ... Oder doch nicht?, war sie ins Grübeln gekommen. Aber ja! Erkannte er sie denn nicht?

Sie hatte sich wortreich für den Klau zu entschuldigen versucht und immer wieder betont, dass sie das Fahrrad wirklich nur habe ausleihen wollen.

„Ich hätte es ganz bestimmt zurückgebracht", stieß sie hervor, „oder zurückbringen lassen, oder ..."

Sie stockte, weil ihr in diesem Moment bewusst wurde, dass sie ja gar nicht gewusst hätte, wohin sie es hätte zurückbringen sollen. Das Ganze war einfach zu blöd. Glücklicherweise sprang ihr der männliche Begleiter der jungen Frau in ihrer Verlegenheit bei, indem er ihr versicherte, dass das alles ohne jede Bedeutung sei.

„Viel wichtiger ist doch, dass ihr ..., also, ich meine", verhaspelte er sich, „dass es euch ... Na ja, dass die Gefahr vorbei ist."

Nachdem Elfriede mit ihrer Geschichte geendet hatte, war es an Beate, ihr Herz zu erleichtern. Zuvor jedoch wollte Karl die im Kofferraum verstaute Erste-Hilfe-Box herbeischaffen. Als er die Tür öffnete, hätte eine Windböe ihm fast den Griff aus der Hand gerissen. Mit unglaublicher Wucht rüttelte sie an dem Wagen. Das Heulen war ohrenbetäubend. Mit Mühe konnte er die Tür wieder schließen. Als das Rütteln sich gelegt hatte, nahm er einen zweiten Anlauf. Dieses Mal hatte er mehr Glück.

Beate Holmsens Bericht war genauso atemlos, wie es derjenige ihrer Leidensgefährtin gewesen war. Karl hielt unwillkürlich immer wieder in seinem Treiben inne. Er hatte sich daran gemacht, das verletzte Bein seiner Freundin notdürftig zu verarzten. Beate hatte es zwischen den beiden Vordersitzen hindurch geschoben, nachdem ihr Freund die Innenbeleuchtung des Golfs angestellt hatte.

„Und was machen wir jetzt?"

Es war Elfriede, die diese Frage in die Stille hinein, die nach Beendigung der zweiten Geschichte entstanden war, stellte.

„Na, das ist doch klar. Wir fahren zu uns nach Hause und alarmieren von dort aus die Polizei. Dann könnt ihr auch endlich aus euren nassen Klamotten raus. – Anneken lassen wir ..."

Weiter kam er nicht.

„Mein Gott, das habe ich in der ganzen Aufregung total vergessen! Wo ist sie überhaupt?"

„Na wo wohl? Bei unserer Nachbarin. Wo denn sonst?! Sie liegt bestimmt schon längst mit ihrer Freundin Bärbel im warmen Bettchen und träumt einen süßen ...“

„Oh nein!“

Elfriede und Karl starrten Beate Holmsen an. Die war leichenblass und zitterte am ganzen Körper.

„Was ist?“

Elfriede berührte unwillkürlich den Oberschenkel der Fremden.

„Da ...! Seht ihr es denn nicht?“

Sie wies mit dem rechten Arm in Richtung der Gaststätte. Da Elfriede am frühen Abend den Wagen rückwärts ganz nah bei der Brücke eingeparkt hatte, konnte man, ohne den Kopf verdrehen zu müssen, durch die Windschutzscheibe sowohl das Gebäude, als auch den unteren Bereich der zum Deich hinauf führenden Treppe sehen. Obwohl von Sehen in dem Sinne nicht die Rede sein konnte. Denn der nach wie vor fallende Regen hatte das Glas nicht allein des Frontfensters mit unzähligen feinsten Tröpfchen und in stetem Fluss befindlichen kleinen Bächchen übersät.

Sie stierten in die ihnen gewiesene Richtung. Da, jetzt sahen sie es auch. Eine Gestalt war aus dem Schutz des Restaurants hervorgetreten. Sie befand sich am Fuß der Treppe und rührte sich nicht. Offenbar war sie auf die Insassen in dem Auto aufmerksam geworden. Denn das Licht im Wageninneren brannte ja noch. Außerdem lief der Motor.

Jetzt setzte sie sich langsam in Bewegung, den Blick unverwandt auf den Golf gerichtet. Sie hatte die Höhe der von der Straße aus linkerhand gelegenen unscheinbaren Ladenzeile erreicht. Karls Hand schnellte hoch zum Lichtschalter. Gleich darauf war es um sie herum stockfinster. Weil sich ihre Augen an die Helligkeit gewöhnt hatten, sahen sie sekundenlang nichts.

Der Dieselmotor heulte auf, als Karl Gas gab. Er riss das Steuer herum. Gleich darauf befanden sie sich auf der Hauptstraße. Durch das Seitenfenster meinten sie zu erkennen, dass die Gestalt ihren rechten Arm in ihre Richtung streckte. Dann sahen sie das Mündungsfeuer. Das Projektil traf das Blech der Beifahrertür knapp unterhalb der Scheibe. Der zweite Schuss ließ den

Seitenspiegel buchstäblich unter der Wucht des Aufpralls zerplatzen. Die beiden Frauen hatten sich instinktiv geduckt und kauerten während der nächsten Sekunden schwer atmend im Fond des Wagens.

Der VW-Golf raste, parallel zum Deich, in Richtung Strucklahnungshörn. Erst auf der Höhe der die Straße überquerenden Fußgängerbrücke bemerke Karl sein Missgeschick. Weil er nur noch möglichst schnell möglichst viel Abstand zwischen sich und den Fremden hatte bringen wollen, war er kopflos einfach losgebraust, ohne an die einzuschlagende Richtung auch nur einen Gedanken zu verschwenden. Sie fuhren nicht auf kürzestem Wege zu ihrer Wohnung, sondern entfernten sich vielmehr mit jedem Meter, den sie fuhren von ihr. Und außerdem fuhr er ohne Licht. Es half nichts, er musste den Scheinwerfer anstellen, auch auf die Gefahr hin, dem Schützen ein weithin sichtbares Ziel zu bieten. Auf die Entfernung würde der vermutlich ohnehin kaum noch eine Chance auf einen entscheidenden Treffer haben. Als die Scheibenwischer in beruhigendem Rhythmus für freie Sicht sorgten und somit das Fahren endgültig verhältnismäßig sicher gemacht hatten, schaute Karl in den Rückspiegel. Dort sah er, wie die Köpfe der beiden Frauen gerade wieder zum Vorschein kamen. Er meinte, in ihren Augen tiefstes Entsetzen lesen zu können. Aber das beruhte vielleicht auf Täuschung, denn er wurde in diesem Moment durch etwas anderes abgelenkt. Ein einsamer Scheinwerferkegel, der zunächst in Richtung des Restaurants leuchtete, drehte sich langsam in ihre Richtung.

Das Motorrad!, schoss es ihm durch den Kopf. Der Fremde, bei dem es sich wahrscheinlich um den Verfolger seiner Freundin handelte, musste es dort abgestellt haben. Karl drückte das Gaspedal durch und hielt mit über hundert Stundenkilometern auf die Hafenanlage von Strucklahnungshörn zu. Mit diesem Tempo würde er nicht um die scharfe S-Kurve dort hinten kommen. Selbst dann nicht, wenn er über den linkerhand am Rande der Hörnstraße gelegenen kleinen Parkplatz so weit wie eben möglich ausholte. Keine Chance. Die Geschwindigkeit zu drosseln war auch keine wirkliche Option. Es sei denn ... Ja, das könnte klappen! Mit etwas Glück könnte er vielleicht doch ihren Verfolger abschütteln.

Mit 120 Sachen raste er über den im Licht der Scheinwerfer nass glitzernden Asphalt. Das Wasser der Pfützen, die sich hier und dort gebildet hatten, spritzte auf. Im letzten Moment schaltete er die Scheinwerfer aus. Düsterste Nacht umgab sie schlagartig. Die beiden Frauen stießen einen spitzen Schrei aus, als er mit unverminderter Geschwindigkeit direkt auf den im Dunkel bedrohlich sich auftürmenden Deich zuhielt.

So würde es nicht funktionieren. Bei der Jahrhundertflut mit seinem kleinen Boot mit dem Außenborder auf die Nordsee hinausschippern? Nein, das konnte er vergessen. Es sei denn, er wollte seinem Leben ein vorzeitiges Ende setzen. Was Norbert Börnsen nun wirklich nicht vorhatte.

Er musste von dieser vermaledeiten Insel runter, das war jetzt das Wichtigste. Würde ihm das gelingen, standen die Chancen nicht schlecht, sich beispielsweise über die grüne Grenze nach Dänemark abzusetzen. Bummelige 40 Kilometer Richtung Norden. Das war nicht viel. Und der Rest würde sich dann schon finden.

Er benötigte dringend einen fahrbaren Untersatz! Woher nehmen, wenn nicht stehlen? Na klar! Nichts leichter als das! Wozu war er schließlich Kriminalhauptkommissar? Schlösser jeder Art zu knacken, Autos kurzzuschließen, das gehörte quasi zur Grundausbildung jedes Beamten der deutschen Polizei mit dazu.

Norbert Börnsen verlangsamte seinen Schritt. Was mochte aus seinem Verfolger geworden sein? Hatte der Doppelschlag ihm den Rest gegeben? Oder war der Klugscheißer aus Flensburg wieder zu sich gekommen? Um was zu tun? Weiter hinter ihm her hetzen? Oder hatte er sich wie ein begossener Pudel zurück zum Dienstwagen begeben, um Verstärkung anzufordern?

Na klar! So musste es sein. Der Sesselfurzer war sich doch bestimmt zu fein dafür, bei diesem Sauwetter durch die Pampa zu krebsen. Er war, sofern er dazu überhaupt noch in der Lage war, umgekehrt und hatte die Kollegen in Husum davon in Kenntnis gesetzt, dass der Salzwiesenmörder sich auf der Flucht befand. Die Ringfahndung war mittlerweile sicherlich schon längst eingeleitet worden. Das konnte ja noch heiter werden! Wie sollte er durch dieses feinmaschige Netz schlüpfen? Das war so gut wie ausgeschlossen. Aber deswegen aufgeben und sich stellen? Nein, das kam nun mal überhaupt nicht in die Tüte! Eher noch würde er den Heldentod sterben. Die klassische Variante: Mann gegen Mann.

Börnsen drehte sich um. Sollte er mit seiner Vermutung Recht haben, müsste am Horizont eigentlich Blaulicht zu sehen sein. Aber da war nichts. Nur das unentwegte Heulen des Windes, der ihm den Regen auf seiner Flucht direkt ins Gesicht peitschte.

Wie spät war es eigentlich? Er hob den angewinkelten linken Arm. Alles verschwamm. Mit der rechten Hand fuhr er sich über die Augen. Es ging bereits auf 22 Uhr zu. Wahnsinn! Wenn er nicht bald ins Trockene kommen würde, bestand ohnehin die akute Gefahr, sich eine fulminante Lungenentzündung einzufangen. Und was sollte er dann machen? Ins Krankenhaus gehen? Hallo, hier bin ich. Kann mir mal jemand helfen? Hüstel, hüstel.

Bei diesem Gedanken musste Norbert Börnsen unwillkürlich grinsen. Die durch die Feuchtigkeit und den Sturm ohnehin stark gereizte Gesichtshaut begann zu schmerzen. Er sollte, solange er sich hier draußen aufhielt, unbedingt davon Abstand nehmen, seine Mimik zu variieren. Schon eine leichte Anspannung der Gesichtsmuskulatur zeitigte ausgesprochen unangenehme Ergebnisse.

OK, dachte er. Das mit meinem Kahn kann ich getrost knicken. Daraus folgt, dass ich so schnell wie möglich runter muss von diesem Scheissacker. Jetzt hilft nur noch bewohntes Gebiet. Am besten ein einsam gelegenes Gehöft mit einem Daimler am Straßenrand. Und dann auf Schleichwegen runter von der Insel. Das Dumme allerdings ist, dass es letztlich nur einen Weg von hier aus in die Freiheit gibt. Und das ist der Damm. Aber der ist, darauf kannst du einen lassen, inzwischen bestimmt abgesperrt.

Mit einem wütend ausgestoßenen „egal, kommt Zeit kommt Rat!“, nahm Norbert Börnsen wieder Fahrt auf. Er hielt auf die Silhouette eines Gebäudes zu, das rechterhand in etwa zweihundert Metern Entfernung mutterseelenallein in der Pampa stand. Vielleicht würde er ja dort das Gesuchte finden. Das konnte doch immerhin sein.

Horst Blaschke hatte die Schnauze voll. Erst hatte der Wichser ihn umgenietet. Dann hatte er sich die Waffe geschnappt. Von dem Abgängigen war weit und breit nichts zu sehen. Und selbst wenn ... Selbst wenn er ihn einholen sollte. Was dann? Ohne Schießeisen hätte er gegen den kaltblütigen Mehrfachmörder doch nicht den Hauch einer Chance. Der würde ihn ohne die geringsten Skrupel wegpusten, ein gehässiges Grinsen in seiner Visage.

Außerdem war der Knilch im Vorteil. Erstens hatte er vermutlich ein Ziel, von dem er nichts wusste. Und zweitens kannte sich der Heini im Unterschied zu ihm auf Nordstrand wie kaum jemand anders aus. Schließlich waren all seine Opfer Bewohnerin dieses Eilands gewesen oder zumindest hier abgelegt worden.

Nein, die einzig vernünftige Zwischenlösung bestand darin, den vorläufigen geordneten Rückzug anzutreten. Im Dienstwagen würde er dann per Funk Verstärkung anfordern. Sofern sie nicht längst vor Ort war. Und sich aufwärmen, das natürlich vor allem auch.

Der Ermittler starrte noch einmal Richtung Nordwest. Nichts! So sehr er sich auch mühte. Das einzige, was sich bewegte, waren vom Sturm gepeitschte Büsche oder hier und da vereinzelt stehende Bäume. Etwas, was einem Menschen auch nur entfernt ähnlich gesehen hätte, gab es hier draußen nicht.

Er drehte sich um. Oh ja, was für eine Wohltat! Den Wind im Rücken zu haben. Kein Regen mehr, der, indem er gegen die wehen Augäpfel gepeitscht wurde, die Sicht trübte. Unter diesen vergleichsweise angenehmen Bedingungen würde er nicht lange brauchen, um wieder die Straße und damit den Dienstwagen zu erreichen. Maximal fünfzehn Minuten. Mit ein wenig Glück sogar weniger. Und dann würde er den Dorftrotteln vom Husumer Präsidium mal so richtig den Marsch blasen, was ihnen einfiele, untätig auf ihren Hintern zu sitzen und Däumchen zu drehen. Die würden was zu hören bekommen.

Fast schon beschwingten Schrittes strebte Horst Blaschke der Trockenheit des Dienstwagens zu.

„Wat is ...?"

Die Stimme des Streifenpolizisten versagte. Eine Fata Morgana? Oder lag es ganz einfach nur an den miserablen Sichtverhältnissen?

„Bliev ston", drang die Stimme seines Partners an sein Ohr. Hatte der es auch gesehen? Den auf dem Dach liegenden Wagen dort rechts unten am Fuß des Damms. Es schien so, denn gleich darauf begann sich seine Stimme zu überschlagen.

„Dat is ... Ick glöv dat nich! Dat is de Wogn vun Heinz un Maici. Deibel noch een. Dor lecht ... Oh, Schietkroms! Dat is ..."

Er konnte nicht weiter sprechen. Jetzt sah es der Fahrer auch. Am Straßenrand lag ein menschlicher Körper. Regungslos und merkwürdig verdreht. Direkt neben der Fahrbahnmarkierung.

Sie stiegen aus und stemmten sich gegen die Macht des Sturms. Hier oben auf dem Damm, wo auf die Länge von bummelig zwei Kilometern kein Baum oder Strauch oder die Häuser eines Dorfes Schutz boten, musste man jederzeit damit rechnen, von einer Böe erfasst und zu Boden gedrückt zu werden. Keuchend, mit vor den Mund gehaltener Hand, näherten sich die beiden Streifenpolizisten dem Schlamassel. Sie waren kurz vor 22 Uhr losgeschickt worden, weil zu ihren beiden Kollegen schon seit geraumer Zeit der Funkkontakt abgebrochen war. Zunächst hatte man das auf witterungsbedingte atmosphärische Störungen zurückgeführt. Aber irgendwann hatte man sich an maßgeblicher Stelle dann doch dazu durchgerungen, ein zweites Team auf die Insel zu schicken, um dort nach dem Rechten zu schauen. Denn überaus merkwürdig war auch gewesen, dass der Kollege aus Flensburg gleichfalls nicht mehr zu erreichen gewesen war. Hier war etwas oberfaul, und deswegen handelte man.

„He is doot. Maici is nich mehr. Vörbie."

Hauptwachtmeister Grosse erhob sich wieder. Sein Gesicht war aschfahl. Seine Hände zitterten. Der andere stand nur da und starrte leeren Blickes vor sich hin.

„Wo is Heinz? – Los! Wie mutt in de Wogn kiekn!"

Peter Grosse kämpfte gegen den Sturm an. Nach vorn gebeugt stapfte er schweren Schrittes die Schräge hinunter. Sein junger Kollege folgte ihm. Er war nicht mehr Herr seiner selbst. Der Schockzustand, in dem er sich seit ein paar Minuten befand, ließ ihn nur noch rein mechanisch handeln. Er tat, was man ihm sagte. Von Eigeninitiative keine Spur.

Der jüngere der beiden Beamten erbrach sich direkt neben der Fahrertür. So etwas Schreckliches hatte er noch nie zuvor gesehen. Als sein Partner mit der Taschenlampe ins Wageninnere leuchtete, fiel sein Blick vollkommen unvorbereitet auf den zertrümmerten Schädel seines Kollegen. Von einem Kopf in dem Sinne konnte keine Rede mehr sein. Wie war es möglich, einen an sich doch recht soliden Knochen derart zu verformen? Und dann der Blick der aus den Augenhöhlen regelrecht heraus gequetschten Augäpfel ... Entsetzen war ein zu harmloses Wort dafür.

Hier kam ebenfalls jede Hilfe zu spät. Sie strauchelten wieder den Damm empor. Per Funk forderten sie einen Krankenwagen, die Feuerwehr und Verstärkung an. Denn es gab da ja noch das andere Problem, wie Peter Grosse, als er mit der Zentrale in Husum Kontakt aufnahm, plötzlich beikam.

Was war aus dem Schlaumeier aus Flensburg geworden? Und aus dem Serienkiller, der bis vor kurzem noch ihr Vorgesetzter gewesen war? Da bestand nach wie vor enormer Klärungsbedarf. Sie würden sich, ihrer extrem aufgewühlten Gemütslage zum Trotz, auf die Insel begeben müssen, um Hilfe zu leisten. Zuvor allerdings mussten sie die Unfallstelle sichern und so lange vor Ort bleiben, bis die Kollegen aus Husum anrückten. Da half alles nichts.

Aus Gründen der Pietät unternahm Hauptwachtmeister Grosse, nachdem er den Funkspruch abgesetzt hatte, noch den Versuch, seinen verunglückten Kollegen, der vollkommen ungeschützt am Straßenrand lag, mit einer Silberfolie zuzudecken. Aber es blieb bei dem Versuch. Der Orkan bauschte ein ums andere Mal die lachhaft dünne Pseudoplane auf und riss sie ihm irgendwann endgültig aus den Händen. Mit einem leisen Rauschen verabschiedete sie sich in die Dunkelheit und war nach weniger als zwei Sekunden nicht mehr zu sehen.

Als der Kriminalbeamte sich erhob, sah er etwas, was eigentlich nicht sein konnte. Er starrte auf die zu seinen Füßen liegende Fläche. Wieso bewegte sie sich? Schafe konnten es doch nicht sein. Kein Bauer hätte bei dem Sauwetter seine Tiere auf der

Weide gelassen. Außerdem bewegte sich nicht hier und da etwas. Nein, die ganze Weide, die im Laufe von Jahrzehnten der Nordsee abgetrotzt worden war, schien in Aufruhr geraten zu sein. Was war das?

Jetzt verstand er. Obwohl es unmöglich war. Der Sturm in Verbindung mit der Flut hatte die gesamte, in nördliche Richtung an einigen Stellen mindestens einen Kilometer breite Wiese, die zudem noch fast zur Gänze mit niedrigem Strauchwerk überwuchert war, überschwemmt. Das kabbelige Wasser war allenfalls noch zehn Meter vom Fuß des Damms entfernt. Und das hieß, dass die reelle Gefahr bestand, dass die auf der anderen Seite, hin zur freien See gelegenen Deiche heute Nacht womöglich brechen würden. Und dann wäre es um die Insel und ihre Einwohner geschehen.

Er hastete zurück zum Wagen, schaltete den Funk ein und setzte die Kollegen auf dem Festland atemlos von dem in Kenntnis, was im Detail auszumahlen er sich nicht getraute. Fest stand jedenfalls, dass man schlimmstenfalls Nordstrand schleunigst würde evakuieren müssen. Bei dem Zeitfenster, das man vermutlich allenfalls noch hatte, ein Ding der Unmöglichkeit. Zumal es stockfinstere Nacht war. Die meisten Bewohner der Insel schliefen doch längst. Wie sollte man da einen geordneten Abzug organisieren? Nein, daraus würde nichts werden. Das Unglück würde aller Wahrscheinlichkeit nach seinen Lauf nehmen, da half kein Vertun. Ein zweites Rungholt. Nur noch ein Wunder konnte helfen.

Was? Der weiße Aufbau der Fähre? Auf diesem Niveau? Wie war das möglich?

Sie hatten den Scheitelpunkt des Deiches noch nicht einmal erreicht Und dennoch sah er es. Die im Hafen von Strucklahnungshörn vertäute Fähre nach Pellworm schaukelte auf Wellen, wo sie eigentlich gar nicht hinreichten. Das hieß, dass das Wasser bereits das Hafenbecken überschwemmt haben musste. Die Mole stand unter Wasser, daran bestand nicht der leiseste Zweifel. Aber wie hoch stand das auflaufende Wasser wirklich? Wie weit würde er jenseits des Deiches mit dem Wagen fahren können, bis ihnen das Wasser den Weg versperrte?

Karl drosselte das Tempo. Er hatte keine andere Wahl. Die Gefahr, gleich hinter der Kuppe von einer Riesenwelle in Empfang genommen zu werden, war einfach zu groß. Einem Motorrad konnte man zur Not noch entkommen. Den Ausläufern einer Springflut eher nicht.

Sie passierten mit mäßigem Tempo den Scheitel des ungefähr neun Meter hohen Schutzwalls. Er versuchte, gleichzeitig nach vorn und nach hinten zu sehen. Im Rückspiegel erkannte er die nach wie vor schreckensstarren Gesichter seiner Liebe und der Anderen. Ihre Münder waren halb geöffnet. Zu hören war trotzdem nichts. Der Lichtkegel des Motorrads leuchtete gerade die etwa fünfhundert Meter entfernte Linkskurve aus. Das hieß, dass der Verfolger noch keine direkte Sicht auf die zum Fährhafen führende Auffahrt hatte. Sie schienen, was das anging, Glück zu haben.

Karl Grossmann konzentrierte sich wieder auf die leicht abschüssige Straße vor ihm. Noch ein paar Meter. Dann würden sie von jenseits des Deichs nicht mehr zu sehen sein. Und mehr wollten sie ja nicht.

Er stoppte ab. Das würde reichen. Das extrem kabbelige Wasser mochte schätzungsweise noch zwei Meter unterhalb ihres momentanen Standorts gegen den Deich schwappen. Glücklicherweise bot die auf der anderen Seite des Hafenbeckens gelegene Kaimauer ein wenig Schutz. In der Dunkelheit konnte man erkennen, wie sich links und rechts der Fähre Adler V der Inselreederei Adler-Express die anbrandenden Wellen schäumend brachen. Die Gefahr, hier oben von einer Monsterwelle verschluckt zu werden, bestand, so wie es aussah, zunächst jedenfalls nicht.

Karl schaltete den Motor aus, atmete tief durch und drehte sich dann langsam zu seinen Begleiterinnen um.

„Puh, das ist ja noch einmal gut gegangen. Hoffe ich. Hier oben dürften wir fürs Erste sicher sein. Wenn der Typ nicht im Laufe der nächsten paar Sekunden dort oben auftaucht, dann haben wir ihn abgehängt.“

Gebannt lauschten sie in das Heulen des Sturmes hinein. Die beiden Frauen hatten sich bei seinen letzten Worten gleichfalls umgedreht und starrten durch die Heckscheibe. Für einen kurzen Augenblick irrlichterte ein heller Schein durch das Schwarz der Nacht. Ein Motorengeräusch war zu erahnen. Dann war da nur noch das Heulen. Ab und an vibrierte der Golf leicht unter der Wucht des Sturms.

„Wie lange ...? Ich meine, was glaubst du, Karl, wann können wir endlich nach Hause fahren?"

Der Angesprochene zuckte mit der Schulter. Dann beugte er sich über die Lehne seines Sitzes und küsste Elfriedes immer noch kalte Lippen.

„Ich will die traute Zweisamkeit ja nicht stören", meldete sich Beate Holmsen zu Wort, „aber was ist, wenn der Knilch uns auf die Schliche kommt? Der muss doch, wenn er nicht total meschugge ist, langsam kapiert haben, dass wir die Straße längst verlassen haben. Und so viele Möglichkeiten, sich direkt am Deich zu verstecken, gibt es ja nun auch nicht. Oder liege ich da falsch?"

Sie trennten sich. Für einen Moment hatten sie tatsächlich alles um sich herum vergessen. Karl besann sich als erster.

„Das ist schon richtig. Allerdings befindet sich gleich hinter dem Anleger eine scharfe Doppelkurve. Und nach gut fünfhundert Metern macht die Straße noch mal einen Schlenker nach links. Und bei Fuhlehörn vierhundert Meter weiter hat man dann die Wahl, scharf rechts dem Deich auf dem Püttenweg zu folgen oder auf Westen zuzuhalten."

„Das mag ja alles sein. Das Problem ist nur, dass wir dann, aus der Sicht unseres Verfolgers, die ganze Zeit ohne Licht fahren müssten. Und das wäre, vorsichtig gesagt, einigermaßen kühn, nicht wahr?"

„Sie hat Recht, Karl", meldete sich Elfriede zu Wort. „Wir müssen uns schleunigst entscheiden, wie wir weiter vorgehen wollen. Und ich plädiere dafür, es darauf ankommen zu lassen. Zumal das Wasser vermutlich weiter steigen wird. Wer weiß, ob der Deich dem Druck überhaupt standhält ... Oh Gott! Anneken!"

„Anneken? Wer ist ...? Ach so, ich erinnere mich. Das ist Ihre Tochter, nicht wahr?“

„Genau, Beate. Gewissermaßen unsere Tochter. – Du meinst also“, wandte er sich wieder seiner Freundin zu, „ich soll zurücksetzen, kehren und dann den Weg zurück nach Norderhafen fahren?“

„Ja, und zwar schleunigst! Begreifst du denn nicht, was passiert, wenn der Deich bricht? Dann ist Landunter! Wenn es ganz dumm läuft, ist das grüne Herz des Wattenmeers morgen früh Geschichte. Wie Rungholt. Wir müssen, so schnell es irgend geht, runter von der Insel!“

„Oh Scheiße ja, daran habe ich noch gar nicht gedacht!“, entfuhr es Beate Holmsen. „Wir müssen weg hier! Sofort!“

„Beruhigt euch. Jetzt bloß keine Panik. Wir machen folgendes. Ich gehe die paar Meter zur Deichkrone rauf und schaue mich um. Sollte ich den Scheinwerfer des Motorrads nirgendwo entdecken, machen wir uns vom Acker.“

„Und wenn nicht? Wenn der Knilch gerade jetzt umkehrt und zurückkommt, was ist dann?“

„Dann kann ich jedenfalls abschätzen, wie weit entfernt er noch ist, und ob wir genügend Zeit haben, ungesehen von hier zu verschwinden. Also, was ist?“

„Na gut. Wenn du meinst.“

Karl öffnete die Tür. Zum Glück befand sie sich auf der dem Wind abgewandten Seite. Er stieg aus. Für einen kurzen Moment drang das Heulen ungedämpft ins Wageninnere. Die beiden Frauen ließen ihren männlichen Begleiter nicht aus den Augen. Er verharrte auf der Deichkrone, indem er ein wenig abduckte. Sah er etwas? Den Verfolger? Oder versuchte er lediglich, dem Orkan nicht zuviel Angriffsfläche zu bieten? Nach einigen Sekunden wandte er sich wieder dem Golf zu und trat, sich weit nach vorne beugend, den Weg zurück an.

„Ihr Freund gefällt mir. Er strahlt so eine Ruhe aus. Man fühlt sich richtig geborgen. Und auch sonst macht er was her. Der könnte mir schon zusagen. Ich kannte mal einen ...“

„Schon vergeben, tut mir Leid.“

„Ja, ja. So ist das im Leben. Die eine hat Glück, und die andere lernt ausgerechnet einen lächerlichen Professor der Romanistik kennen und lässt sich von ihm schwängern ..."

„Sie sind ...?"

In diesem Augenblick öffnete sich die Fahrertür. Karl stieg ein und startete den Motor.

„Alles klar. Weit und breit keine Menschenseele. Sehen wir zu, dass wir hier wegkommen."

„Das wurde aber auch Zeit, verdammt noch mal! Wo bleiben Sie denn? Ein Serienmörder streift seit Stunden schon durchs Gelände, und in Husum dreht man Däumchen. Ich fass es nicht! Ticken Sie noch ganz sauber?"

Horst Blaschke war auf Hundertachtzig. Und er hatte überhaupt keine Lust, sich jetzt irgendwelche saudämlichen Entschuldigungen anzuhören. Nein, der Frust der letzten Stunden musste schleunigst abgebaut werden, weil er sonst nämlich Gott weiß was getan hätte. Dabei hatte er, das wusste er nur zu genau, selbst Schuld an dem Malheur. Hätte er vorhin etwas mehr Geistesgegenwart an den Tag gelegt und sich professioneller verhalten, wäre ihm der Wahnsinnige nicht ausgebüchst. Es war nicht anders, letztlich trug er die Schuld an allem. Und das machte ihn nur noch wütender.

Immerhin, er hatte Glück gehabt, als er vor gut einer Viertelstunde den schlammigen Untergrund der Koppel hinter sich gebracht hatte. Der nach wie vor am Seitenstreifen parkende Dienstwagen hatte lediglich schlappe hundert Meter rechts von ihm gestanden. Gutes Timing. Auf seinen Orientierungssinn konnte er sich eben verlassen. Egal, was für Bedingungen jeweils herrschten.

Den Rest des Weges war er, den Wind im Rücken, gespurtet. Denn er fror erbärmlich. Er wollte, so schnell es sich eben machen ließ, den Schutz des Wagens erreichen. Es war ihm so vorgekommen, als flöge er. Nach all dem Schleichen von gerade eben noch. Er hatte so etwas wie Euphorie in sich aufsteigen gespürt. Als er den PKW außer Atem erreicht hatte, hatte er unwillkürlich lauthals zu lachen begonnen. Er wusste selbst nicht so genau, warum. Denn bei Licht besehen gab es nun wirklich keinen ersichtlichen Grund für irgendeinen Gefühlsüberschwang. Vielleicht war er auch nur erschöpft und übermüdet. Da tat der Mensch Dinge, für die er unter normalen Umständen allenfalls ein Kopfschütteln übrig gehabt hätte.

Er hatte, nachdem er den Motor gestartet und die Heizung bis zum Anschlag aufgedreht hatte, versucht, mit dem Präsidium in Husum Funkkontakt aufzunehmen. Ohne jeden Erfolg. Lediglich ein Rauschen und Knistern war zu hören gewesen. Wahrscheinlich war das Gerangel mit dem Serientäter dem Autotelefon letztlich doch nicht so gut bekommen. Aber komisch war das schon. Vorhin hatte es immerhin noch funktioniert. Frustriert hatte er den Hörer Richtung Beifahrersitz gedonnert. Der Rest von Euphorie war von hier auf jetzt Geschichte. Der Frust hatte wieder eindeutig die Oberhand gewonnen.

„Mein Gott, sind die brege hier an der Westküste!", hatte er zu schimpfen begonnen. „Zu dämlich dafür, die einfachsten Direktiven auszuführen. Grenzdebiles Gesindel ...!"

Erst als er nach, wie es ihm schien, einer halben Ewigkeit die Streife jenseits der Linkskurve auf sich zukommen sah, verstummte er. Wären die geistigen Warmduscher nur ein paar Minuten später angerückt, hätte Horst Blaschke sich seinerseits in Bewegung gesetzt und hätte den Weg zurück in die Stadt angetreten. Um den Laden mal so richtig aufzumischen.

Er schaltete das Blaulicht an. Nicht auszuschließen, dass die Oberschlaumeier sonst an ihm vorbei führen. Das galt es zu verhindern. Sie reagierten prompt. Ein paar Sekunden später standen sie auf dem gegenüberliegenden Seitenstreifen. Und es verging noch ungefähr eine halbe Minute, da hatten die beiden Streifenpolizisten neben dem Auto des Ermittlers Position bezogen und wollten reden.

Aber so einfach wollte Blaschke es diesen Pfeifen nicht machen. Er hätte natürlich gleich nach ihrer Ankunft aussteigen können. Er hätte das Ganze forcieren können, indem er sich zu ihnen bequemte. Aber danach war ihm nicht. Die beiden Deppen vom Dorf sollten hier und jetzt am eigenen Leib erfahren, was es hieß, zu warten, ohne dass etwas geschah. Obwohl alle

Bedingungen beisammen waren, um das unmittelbar vor der Tür stehende Ereignis wirklich werden zu lassen.

Er rührte sich nicht. Starrte stur geradeaus. Jetzt sah er aus dem Augenwinkel, wie der Ältere der beiden im Begriff war, gegen die Seitenscheibe zu klopfen. Ich bin nicht da, ging es ihm durch den Kopf. Um den Beweis dafür anzutreten, schaute er demonstrativ in die entgegengesetzte Richtung.

Es klopfte erneut. Ganz langsam, geradezu bedrohlich, drehte Blaschke seinen Kopf. Er fixierte den, der Einlass begehrte, mit einem vernichtenden Blick. Erst nach bummelig dreißig Sekunden ließ er sich dann dazu herab, den Schalter für das Seitenfenster zu betätigen.

„Moin, moi ..."

Weiter kam Hauptwachtmeister Peter Grosse nicht. Denn während der nächsten paar Minuten übernahm der Mann aus Flensburg das Kommando. Eine Schimpfkannonade ergoss sich über den verdatterten Beamten. So sehr er sich auch bemühte, dem anderen dadurch den Wind aus den Segeln zu nehmen, dass er ihm die Sachlage, also vor allem den Schlamassel mit dem Unfall der Kollegen, schilderte, der Wutentbrannte schnitt ihm immer wieder das noch nicht gesprochene Wort ab und deckte ihn mit unflätigsten Beschimpfungen ein. Bis ihm das ehrrührige Gesabbel dieser Pfeife sowas von gegen den Strich ging, dass er, puterrot im Gesicht, zu brüllen begann. Zumal ihm ebenfalls extrem danach war, seine Seele zu erleichtern, nach dem, was ihnen vorhin auf dem Damm begegnet war. Er bekam die schrecklichen Bilder einfach nicht mehr aus dem Kopf.

Seine nicht weniger ungestüme Gegenoffensive zeigte Wirkung. Der Schlaumeier aus der nördlichsten Grenzstadt war baff. Damit hatte er nicht gerechnet. Dass sich ein Subalterner vom platten Land traute, ihm Paroli zu bieten. Peter Grosse hatte die Initiative übernommen, und er war nicht willens, sie so schnell wieder aus der Hand zu geben.

Zehn Minuten mochten seit der unverhofften Vorneverteidigung ins Land gegangen sein. Nachdem man sich wieder einigermaßen beruhigt hatte, weil man nämlich wechselseitig verstanden hatte, was in den letzten Stunden schief gelaufen war, ohne dass es wirklich Sinn gemacht hätte, nach einem Schuldigen Ausschau zu halten, hatte man sich in den Wagen mit dem intakten Funk begeben und die Zentrale in Husum auf den aktuellen Stand der Ermittlungsarbeit gebracht. Praktisch hieß das, dass schleunigst auf dem Damm eine Straßensperre eingerichtet werden musste. Der Flüchtige durfte auf gar keinen Fall von der Insel runter! Endlich war auch das in die Wege geleitet.

„Dor givt dat avers 'n lüttsches Problem ..."

Peter Grosse rieb sich am Kinn.

„Ja? Inwiefern?"

Blaschke sah seinen Nachbarn irritiert an.

„De Börnsen, de hätt son lüttsches Schipp. Mehr son Kohn. Un de lecht in Süderhofn, so wiet ick weetn do. In exaktement disse Direkschion is he doch löpt, wenn ick se recht verston heff."

„Was Sie sagen. Und ...? Wo ist dieses Süderhafen?" Blöde Frage! Die Einsicht kam zu spät. Sie war gestellt.

„Dat is dor achtern. Ick schätz mol, dat sind um un bie dree Keilomieters in disse Direkschion." Dabei wies er mit seiner linken Hand genau ins Zentrum des Sturms.

„Und Sie denken, er versucht mit dem Boot übers Meer zu entkommen?"

„Dat glöv ick nich. Dat is dumm Tüch und Gedöns!"

Ganz schön mutig, so eine dicke Lippe zu riskieren. Denn der im Fond des Wagens sitzende Jungpolizist hatte unverhofft seine spröde Stimme erhoben und sich auf seine Art in den laufenden Gedankenaustausch zwischen Erwachsenen eingebracht.

„Und wieso glauben Sie das nicht, Sie Neunmalkluger? Könnten Sie das mal ein bisschen präzisieren?" Horst Blaschke schaute genervt über seine Schulter hinweg.

„Bie disse Schietwedder hätt dat Aas null Schanze, up dat Water to överlevn. Nee, Deibel noch een! Dat is Tünkroms. Dat sech ick ju."

Das war nicht von der Hand zu weisen, wie der Hauptkommissar aus Flensburg fand. Und dennoch. Sie mussten das auf jeden Fall überprüfen. Eventuell war der Wahnsinnige ja wahnsinnig genug, selbst dieses Risiko einzugehen. Und außerdem: Was hätten sie sonst tun sollen? Hier stehenbleiben, Däumchen drehen und abwarten, was die nächsten Stunden bringen würden?

„Das mag sich ja alles so verhalten. Kann schon sein, Sie haben Recht. Trotzdem. Wir drei Hübschen fahren jetzt auf dem kürzesten Weg nach Süderhafen und checken die Lage. – Ach, übrigens ... Weiß einer von Ihnen, wie der Kahn von dem Börnsen heißt? Nicht? Schade eigentlich. Das hätte das Ganze um vieles einfacher gemacht. – Na gut, da ist nichts zu ... Obwohl ... Halt! Ich hab's."

Blaschke schaute seinen Nebenmann triumphierend an und schwieg.

„Jo ...? Nu sech schon. Ruut mit de Sprok!"

„Folgendes. Sie kontaktieren noch einmal die Zentrale und teilen denen einerseits mit, wie wir drei Hübschen weiter vorzugehen gedenken. Und bei dieser Gelegenheit erkundigen Sie sich bei dem Kollegen, ob jemand im Präsidium weiß, wie der Kahn von dem Börnsen heißt."

Keine zwei Minuten später hatten sie die Information, die manches leichter machte. Hauptwachtmeister Peter Grosse startete den Motor und beschleunigte. Die Hinterreifen drehten auf dem nassen Rasen kurz durch, bevor sie auf dem Asphalt wieder genügend Grip hatten. Nach circa dreihundert Metern verließen sie die Pohnshalligkoog Straße und bogen links in die fast schnurgerade Richtung Süderhafen führende Hammchaussee ein. Als sie den Yachthafen erreichten, war es bereits nach 23 Uhr. Die Geisterstunde war nicht mehr fern.

Er saß, ganz nach seinem Gusto, in einem dunkelgrünen Daimler, Baujahr 1994. An einem der direkt an der Hammchausssee rechterhand wie an einer Perlenschnur aufgereihten Einfamilienhäuser war er fündig geworden. Die Bewohner des schmucklosen Gebäudes schliefen wohl schon. Jedenfalls brannte in der Klitsche nirgendwo Licht. Gut so! Keine fünf Minuten, nachdem er den Wagen noch von der Koppel aus gesichtet hatte, waren verstrichen, als er die Karre auch schon kurzgeschlossen, den Gang eingelegt und mit möglichst niedriger Drehzahl den Diesel in Bewegung gesetzt hatte. Kurz vor Süderhafen gab er dann richtig Gas. Die Gefahr, auf frischer Tat ertappt zu werden, bestand schließlich nicht mehr. Und selbst wenn. Er war Polizist und im Besitz einer Waffe. Günstiger konnten die Voraussetzungen doch gar nicht sein, seinen Willen ohne nennenswerten Widerstand jederzeit durchzusetzen.

Sein Fluchtweg stand glasklar vor seinem geistigen Auge. Gesetzt den Fall, er hatte recht damit, dass die Bullen den Damm absperren würden, dann hatte er nur noch eine Chance. Aber was für eine! Eins A! Denn er war sich ziemlich sicher, dass unter seinen Ex-Kollegen ohnehin alle bloß eindimensional dachten. Allenfalls dem Klugscheißer aus Flensburg, dem er es am liebsten auf der Stelle heimgezahlt hätte, war die zweite Dimension, also die Bootsvariante, zuzutrauen. Sofern man ihm die entsprechende Info steckte. Aber die dritte Dimension, die würde keinem beikommen. Nie und nimmer! Und hierin bestand seine bombige Perspektive, heute Nacht doch noch ungesehen das Festland zu erreichen und von dort aus Richtung dänischer Grenze abzudüsen.

Er sah alles ganz genau. Hinter Süderhafen, das er gleich passieren würde, würde er via Evensbüller Chaussee und den Herrendeich nach Süden fahren. Dort hatte er die Wahl. Entweder die Alte Koogchaussee über die kurze Verbindungsstraße Am Ehrenmal ansteuern. Oder nach Westen auf dem gleichnamigen Schleichweg. Keine Frage, er würde sich für die zweite Variante entscheiden. Immer schön der Hauptverkehrsader aus dem Weg gehen. So lautete die Devise des Fachmanns. Gleich hinter Westen würde er auf die parallel zum Deich Richtung Strucklahnungshörn führende Hörnstraße stoßen. Auf der würde er dann nach bummelig vier Minuten Norderhafen erreicht haben. Am Restaurant *Zur Nordsee* links rein. Der Holmerfährweg war die nächste Etappe. Fünf Minuten später würde er bereits am Holmer Siel sein. Und dann würde es sich entscheiden. War der Deich noch intakt? Konnte er es riskieren, mit seinem schweren Gefährt den hinter dem Schutzwall entlang führenden Teerweg, der eigentlich nur für Fußgänger und Fahrradfahrer gedacht war, zu passieren, um, an dessen Ende kurz hinter Lüttmoor Siel, scharf rechts auf den Lüttmoordamm einzubiegen? Dazu musste er allerdings zuvor die mit einem stets verschlossenen Metallzaun abgesicherte Zufahrt beim Holmer Siel durchbrechen. Sollte es ihm dann gelingen, das rechterhand gelegene Naturschutzgebiet mit dem Arlau-Speicherbecken zu passieren, hätte er fortan freie Fahrt. Er würde zunächst den Beltringharder Koog und anschließend den Cecilienkoog durchqueren und dann direktement auf Struckum zuhalten. Auf der B 5 würde er sich dann Richtung Niebüll aus dem Staub machen.

So sein Plan. Er hatte Süden bereits hinter sich und bewegte sich über Westen auf Westen zu. Norbert Börnsen musste schmunzeln. Das hatte was. Über Westen fuhr er nach Westen Richtung Westen.

„Hahaha!“, beömmelte er sich. Er konnte sich gar nicht mehr einkriegen. Tränen kullerten an seinen Wangen herab.

Hinter dem sich vor ihm in der Dunkelheit aufbauenden Deich lag die Badebucht von Fuhlehörn.

Er stoppte ab, legte bei laufendem Motor den Leerlauf ein und betätigte das Fußpedal für die Handbremse. Bevor er weiterfuhr, musste er sich Gewissheit verschaffen. Was tat sich auf der anderen Seite des Deiches? Wie hoch war das Wasser bereits gestiegen? Bestand die reelle Gefahr eines Deichbruches? Er stemmte sich gegen den Orkan und schlich gebeugt die Schräge des Schutzwalls hinauf. Mit seiner rechten Hand schützte er Nase und Mund.

Als er oben angekommen war, sah er zunächst einmal nichts. Doch dann, die Augen abgeschirmt, drang das Entsetzliche zu ihm durch. Die Brecher donnerten mit enormer Wucht gegen die Schräge. Vor allem aber: Das im Auslaufen aufschäumende Wasser befand sich allenfalls noch drei Meter unterhalb der Deichkrone. Und das bedeutete, dass der Höchstwasserstand vom 3.1.1976 bereits wieder annähernd erreicht, wenn nicht schon überschritten war. Was für ein Jahr! Jedenfalls unter wettertechnischem Gesichtspunkt. Dabei hatte das zweite Viertel gerade erst begonnen. Das konnte ja noch heiter werden, wenn in ein paar Monaten die obligatorischen Herbststürme übers platte Land fegten.

Nein! Er würde mit dem schweren Benz, von allem anderen mal abgesehen, nie und nimmer den Deich Richtung Lüttmoor Siel befahren können. Keine Chance! Er hatte keine Wahl. Am Holmer Siel musste er das klobige Gefährt abstellen und dann zu Fuß die knapp vier Kilometer zurücklegen. Im Schutz des Deiches sollte das zu machen sein. Vorausgesetzt, der hielt. Denn noch etwas war Norbert Börnsen beim Anblick des losgelassenen Elements schlagartig klar geworden. Sollte der Sturm nicht bald nachlassen, würden die Deiche brechen, und dann wäre es um ihn vermutlich geschehen.

Er stolperte zurück zum Mercedes. Fast wäre er gestürzt, so sehr hatte der Schock des Anblicks von eben von seiner ganzen Person Besitz ergriffen.

Er löste die Handbremse. Mit zittrigen Fingern legte er den ersten Gang ein. Mit mäßigem Tempo hielt er, Mitternacht war nicht mehr fern, auf Strucklahnungshörn zu.

Langsam rollte der Golf im Leerlauf die Schräge hinab. Die Scheinwerfer waren noch ausgeschaltet. So unauffällig wie möglich das Weite suchen. So lautete die Devise. Es konnte ja immerhin sein, dass ihrem Verfolger das Ganze inzwischen doch merkwürdig vorkam. Ein PKW verschwindet, einfach so, in der Nacht. Was, wenn er stehengeblieben war und sich seinerseits unsichtbar gemacht hatte?

Er wollte gerade, nachdem er soeben den ersten Gang eingelegt hatte, auf die parallel zum Deich führende Straße Richtung Norderhafen einschwenken, als auf dem Parkplatz vis-à-vis ein Licht aufflammte. Karl bekam einen derartigen Schreck, dass er den Motor abwürgte. Der Golf kam mit einem Ruck zum Stehen.

Sie standen, wie auf einer Bühne, direkt im Fokus des Lichtkegels. Es war, der plötzlichen Helligkeit wegen, schlechterdings nicht zu erkennen, um was für eine Lichtquelle es sich handelte. Obwohl, sie machten sich nichts vor. Der Lichtstrahl ging bestimmt nicht von einer überdimensionierten Taschenlampe eines späten Wanderers aus. Nein, sie, die versucht hatten, ihren Verfolger auszutricksen, waren ihrerseits ausgetrickst worden. Der Schlaumeier hatte vermutlich vorhin auf den Parkplatz zugehalten, weil er von dort aus relativ freie Sicht Richtung Westen hatte. Weil er sich nämlich doch darüber gewundert hatte, dass der Golf mir nichts dir nichts von der Bildfläche verschwunden war.

Und weil sich in Fahrtrichtung nichts getan hatte, war er an Ort und Stelle geblieben und hatte geduldig gewartet.

Karl startete, den Fuß auf der Kupplung, erneut. Der Motor heulte auf. Als er die Kupplung zu hastig kommen ließ, sprang der Wagen wieder nach vorn. Im letzten Moment gelang es ihm, ein zweites Abwürgen zu verhindern. Aber diese Unachtsamkeit hatte ausgereicht, den winzigen Vorsprung zu verspielen, den sie zunächst noch gehabt hatten. Der Motorradfahrer befand sich direkt neben ihnen auf der rechten Fahrbahnseite. Beate, die im Fond des Golf auf der rechten Seite saß, hätte ihn bei heruntergelassenen Scheiben berühren können. Karl hatte keine Wahl. Auf die linke Straßenseite abgedrängt nahm er Fahrt auf.

Sie näherten sich unaufhaltsam der leichten Rechtskurve. Bei den Straßen- und Windverhältnissen könnte es eng werden. Und wenn noch nicht da vorne, dann spätestens an der scharfen Rechtskurve von Norderhafen.

„Oh nein, die Waffe!"

Beate Holmsens Stimme überschlug sich. Sie duckte instinktiv ab.

Karl verriss vor Schreck das Steuer. Sie passierten gerade die Kurve und hielten direkt auf den schmalen Grünstreifen und den Wassergraben zu, der die Straße von dem Fußweg trennte. Ein kratzendes Geräusch war zu hören. Dann ein Poltern. Etwas schlug hart gegen den hinteren rechten Kotflügel, so dass der Wagen spürbar nach links gedrückt wurde.

Der Motorradfahrer war verschwunden.

Der Golf kam kurz vor der mit Wasserpflanzen überwucherten Böschung mit einem kurzen Ruck zum Stehen. Der Motor war erneut abgewürgt worden. Den drei Insassen stand der Schreck ins Gesicht geschrieben. Karls Hände hatten sich ins Lenkrad verkrampft. Elfriede und Beate, die vergessen hatten, sich anzuschnallen, waren gegen die Rückenlehnen gedrückt worden und verharrten sekundenlang in geduckter Haltung. Wäre nicht das Heulen des Sturmes gewesen, man hätte glauben können, die Zeit sei stehengeblieben.

„Was tust du? Wo willst du hin?"

Unwillkürlich hatte Elfriede die Unbekannte zu duzen begonnen.

„Ich will nachschauen, was aus dem Schwein geworden ist."

„Sei vorsichtig, Bea. Was, wenn er längst wieder auf den Beinen ist und erneut versucht, uns das Licht auszublasen?", hörte sie noch die Stimme Karls, der im Begriff war, langsam wieder zu sich selbst zu finden. Eigentlich wäre es ja, wie ihm jetzt bewusst wurde, an ihm gewesen, Initiative zu zeigen. Aber er war froh, dass Beate als erste begriffen hatte, was getan werden musste. Donnerwetter, diese Frau hatte Mut! Ihr unerwartetes Vorpreschen konnte ihnen tatsächlich das Leben retten und sie das ihre kosten.

Sie stand neben dem Wagen und regte sich nicht. Die gespannten Blicke der beiden Insassen waren unentwegt auf sie gerichtet. Beate Holmsen setzte sich ganz langsam in Bewegung. Im Schein des Rücklichts sah man, wie sie nach ein paar Metern die Straße verließ. Sie hielt auf die Böschung zu. Sie verharrte für einen Moment. Bückte sich. Erhob sich wieder. Dann verschwand sie, immer wieder stockend, nach und nach in der Dunkelheit.

„Ich folge ihr. Wir können sie doch nicht da draußen allein mit dem Killer lassen."

Karl löste den Sicherheitsgurt und machte Anstalten, die Tür zu öffnen.

„Sei vorsichtig", flüsterte seine Freundin. „Denk an Anneken", flehte sie.

„Keine bange, mein Hase, ich pass schon auf."

Er hielt, die Tür schon halb geöffnet, in seiner Bewegung inne.

„Könntest du dich inzwischen hinter das Lenkrad setzen und den Wagen zurück auf die Straße fahren? Vorausgesetzt natürlich, dein Bein schmerzt nicht so sehr. Damit wir, falls nötig, sofort verschwinden könnten."

Sie nickte.

Während Karl mit einer aus dem Handschuhfach heraus geklaubten Taschenlampe der Studentin aus Kiel in die Dunkelheit hinein folgte, zwängte sich Elfriede zwischen den beiden Sitzen hindurch ans Steuer und startete den Motor. Der Schmerz in ihrem Bein hatte glücklicherweise spürbar nachgelassen. Sie setzte zurück. Im Leerlauf wartete sie auf ihre beiden Begleiter. Dabei drehte sie sich leicht nach rechts und starrte hinaus in die Nacht. Sollten sie ihre Flucht fortsetzen müssen, wollte sie nicht unvorbereitet sein. Deswegen legte sie sicherheitshalber den ersten Gang ein, auch wenn das abgedrehte Sitzen bei permanent angespanntem linken Bein dadurch auf die Dauer ziemlich unbequem werden würde. Es musste ganz einfach sein. Wer konnte wissen, was in den nächsten Minuten geschehen würde.

Es war unmöglich, die dem Seglerhafen vorgelagerte, leicht abschüssige Rasenfläche zu betreten. Aus dem einfachen Grund, weil es sie nicht mehr gab. Sie lag vollständig unter Wasser. Also blieb den drei Beamten nichts weiter übrig, als aus mäßiger Entfernung ihre Blicke schweifen zu lassen.

Glücklicherweise kannte Hauptwachtmeister Peter Grosse den Kahn seines Ex-Kollegen von Bildern, die dieser, nachdem er den Kutter vor ein paar Jahren erstanden hatte, auf dem Präsidium stolz wie Oskar rumgezeigt hatte. Er konnte sich noch lebhaft daran erinnern, wie sich die Kollegen hinter vorgehaltener Hand über die Nussschale lustig gemacht hatten. Denn legte man die überschwänglichen vorbereitenden Worte ihres Vorgesetzten der Urteilsbildung zugrunde, so hatte man vor seinem geistigen Auge mindestens eine Zweimastbark mit voller Takelage gesehen. Und was hatte man dann gezeigt bekommen? Eine lachhaft winzige Schaluppe mit Außenborder. Das hatte dem Börnsen, realitätsblind wie er war, mal wieder ähnlich gesehen. Große Klappe, nichts dahinter.

„Jo, Chef, ick weet jo nich“, hatte er sich beim Blick auf die Photos nicht enthalten können, kritisch anzumerken, wobei ein Schmunzeln über sein Gesicht gehuscht war, „avers för de Törn över de wiete, pustige See, jo, wie schall ick dat seggn, ick glööv, dor mut de dore Barkasse noch ‘n büschn uptakelt warn. Or bin ick dor up dat falsche Schipp?“, hatte er in die Runde der amüsiert schauenden Umstehenden gefragt.

„Nee, nee, dat sech ick uck“, war Heinz Holmsen vorgeprescht, und hatte dabei seinem Kumpel kräftig auf die Schulter geschlagen. „Dor is dat finole Wort noch nich spokn. Weets wat?

Ick spendeer 'n Leuwogn för dat Woder, dat in yours Kohn villicht rinlöppn deit."

Das war zu viel gewesen. Kollege Börnsen hatte die Bilder seiner neuerlichen Errungenschaft mit einem bitterbösen Blick in die Runde zusammengerafft, hatte mit gepresster Stimme „ihr blöden Arschlöcher!" ausgestoßen, und hatte sich dann wie ein begossener Pudel vom Acker gemacht. Der Rest der Mannschaft hatte, als er außer Hörweite gewesen war, zu prusten und zu johlen begonnen und sich vor Lachen den Bauch gehalten. Einen derartigen Ausbruch guter Laune hatte es im Präsidium der Husumer Kripo lange nicht mehr gegeben.

„Dor is de Kohn!", hörte man Hauptwachtmeister Grosse rufen. Er hatte während der letzten Minuten mit Hilfe einer Taschenlampe das Gelände auszuleuchten begonnen. Der vibrierende Lichtkegel hatte kurz vorher aufgehört, über die vertäuten Segler zu wandern.

„Sicher?"

„Jo! Dat is dem Börnsen sien Schipp! Hunnert Pro!"

Blaschke trat den Weg zurück zum am Raiffeisenturm abgestellten Streifenwagen an, die beiden Polizisten im Schlepptau. Im geduckten Schleichen verfluchte er den Sturm, der einfach nicht nachlassen wollte. Es kam dem Beamten sogar so vor, als ob der eher noch 'ne Schippe draufgelegt hatte. Ohne die Hand schützend vor das Gesicht zu halten, war an Atmen jedenfalls nicht zu denken. Man wäre, so paradox das bei der extremen Sauerstoffzufuhr klingen mochte, glatt erstickt.

„Un nu? Wat schall wie nu doon?"

Sie befanden sich wieder im Schutz ihres PKWs. Gute Frage! Eine ebenso gute Antwort wollte dem Hauptkommissar aus Flensburg nicht einfallen. Sein Hirnschmalz kochte auf Sparflamme. Kein Wunder. Die Anstrengungen der letzten Stunden forderten ihren Tribut. Der Akku war leer. Er brauchte schleunigst eine Auszeit!

„Wenn dat Aas nich mit sien Schipp afhaun wull, dann hett he, glööv ick, nur eene Schanze."

Der Jungspund schien den beiden anderen einen gedanklichen Schritt voraus zu sein.

„Ja? Und welche sollte das sein?"

„Ick sech mol so. Ohne ‘n Wogn is he bie disse Schietwedder upschmeetn.“

„Das kann schon sein. Aber woher nehmen, wenn nicht stehlen?“

„Ebeeen.“

Blaschke stutzte. Na klar! Warum war er nicht selbst darauf gekommen? Der Börnsen musste, vermutlich auf der Straße, die sie vor gut einer halben Stunde passiert hatten, einen fahrbaren Untersatz geklaut haben. Über die technischen Fertigkeiten, einen Wagen zu knacken und dann kurzzuschließen, verfügte ein Kriminalbeamter auf jeden Fall. – Aber was folgte daraus?

„Ick sech ju wat. Wenn dat so is, denn givt dat nur eene Direkschion för em.“

Es war gerade so, als konnte das Milchgesicht seine Gedanken lesen.

„Und? Die wäre?“

Horst Blaschke war wieder voll da. Die Lethargie von eben gehörte von einem Augenblick zum nächsten der Vergangenheit an. Er begann, unruhig auf seinem Sitz hin und her zu rutschen.

„Nun sagen Sie schon, Mann! In welche Richtung ist der Börnsen gefahren?“

„Över Südn un Westn nor Nordn. Un denn to dat Holmer Siel. So wiet wech as mööchlich. Un dor het de Börnsen hunnert Pro ‘n Verssteck utfindich muckt, wo he tövn deit, bis dat upklort, un de Storm vörbie is. Denn, ick sech mol so: Över de Damm geit dat nich, vun wegn de Strotsperre. Dat weet he as goot, as wie dat weetn doon.“

„Na gut, mein Lieber, das klingt vernünftig. Wir gehen jetzt wie folgt vor. Zunächst setzen wir die Jungs in Husum von unserem weiteren Vorgehen in Kenntnis. Und dann übernehmen Sie, Kollege Grosse, das Steuer, weil ich mich nämlich auf diesem Eiland nicht auskenne, und fahren Richtung ... Wie hieß das noch einmal?“

„Holmer Siel.“

„Genau. Dahin fahren wir Hübschen jetzt. Vielleicht haben Sie ja Recht mit Ihrer Mutmaßung. Und besser als hier untätig rumzusitzen ist das allemal.“

Zwei Minuten später befanden sie sich bereits auf der Richtung Süden führenden Evensbüller Chaussee.

„Ach du Scheiße! Das sieht ja gar nicht gut aus!“

Im Schein seiner Taschenlampe erkannte er das Malheur. Der Fremde lag in seinem Blute und regte sich nicht. Neben ihm hockte Beate Holmsen, mit, wie er jetzt sah, blutverschmierten Händen. Sie wirkte wie paralysiert. Das Motorrad lag noch ein paar Meter weiter gut zur Hälfte im Wassergraben.

Er berührte ihre Schulter. Sie reagierte nicht. Er beugte sich über sie. Spürte ihre Nähe, die er ... Ach was, wischte er dieses Gefühl zur Seite. Alles hatte seine Zeit. Und er verstand. Der Anblick, der sich ihm bot, war zu schrecklich. Durch die Wucht des Aufpralls musste ihrem Verfolger der Helm vom Kopf gerissen worden sein. Das war der erste Sargnagel gewesen. Der zweite befand sich unmittelbar neben dem Schädel des Gestürzten. Ein annähernd runder Stein von circa 20 Zentimetern Durchmesser. Blut tropfte an seinen Seiten herab. Eine klaffende Wunde am Kopf war das Ergebnis des zielgenauen Sturzes auf dieses eigentlich unscheinbare Hindernis. Die leer in die Nacht blickenden Augen des Fremden sprachen für sich. Hier kam jede Hilfe zu spät.

Karl hatte unwillkürlich damit begonnen, mit seiner linken Hand die Schulter Beate Holmsens zu streicheln. Sie drehte sich wie in Zeitlupe zu ihm um, wobei sie langsam ihren Kopf hob. Mit wirrem Blick schaute sie zu ihm auf. Sie begann am ganzen Körper zu zittern. Dann brach es aus ihr heraus. Ein vom Heulen des Sturms fast verschlucktes Wimmern und Schluchzen. Wie aus großer Entfernung drang es an Karls Ohr.

Er hockte sich neben sie und nahm sie in den Arm. Die geflüsterten Worte des Trostes schienen sie nicht zu erreichen. Der Jammer wollte kein Ende nehmen.

Er richtete sich auf. Minuten mochten seit ihrem emotionalen Zusammenbruch verstrichen sein. Er half ihr beim Aufstehen. Aus feuchten Augen lächelte sie ihn dankbar an. Dann schmiegte sie sich an ihn und krallte sich an ihm fest. Hilflos stand er da und regte sich nicht.

„Komm, lass uns zurück zum Auto gehen. Wir können hier ohnehin nichts mehr tun“, flüsterte er ihr ins Ohr.

Sie nickte nur. Dann setzten sie sich, Arm in Arm, in Bewegung und erklommen die Böschung. Als sie die Höhe der Straße wieder erreicht hatten, standen sie von einem Moment zum nächsten im Licht. Sie hielten abrupt inne. Was war das? Hatte Elfriede den Golf gewendet, um die Dunkelheit um den Bereich des Unfalls auszuleuchten? Nein, unmöglich! Dann hätte der Lichtstrahl von der anderen Seite kommen müssen. Die Scheinwerfer, die sie blendeten, kamen aber ganz eindeutig aus der Richtung des Fährhafens. Tatsächlich, ein später Autofahrer hielt direkt auf sie zu.

Sie lösten sich voneinander und begannen gleichzeitig wie wild mit den Armen zu fuchteln. Keine zehn Sekunden später hielt der Benz direkt neben ihnen. Die Fahrertür öffnete sich. Gleich darauf umrundete der Mann sein im Leerlauf leise vor sich hin tuckerndes Gefährt und kam langsam auf sie zu.

„Bitte, helfen Sie uns! Es hat einen Unfall gegeben“, platzte es aus Beate Holmsen heraus. „Der Mann liegt dort hinten! Er hat versucht, uns zu töten. Und da haben wir ... Da mussten wir ...“, begann sie erneut zu schluchzen.

„Moin, moin. So spät noch unterwegs? Bei diesem Sauwetter?“

Der Fremde schien unbeeindruckt von dem Gefühlsausbruch der jungen Frau. Statt sich nach den näheren Umständen des Unfalls zu erkundigen, reichte er der Studentin mit einem der Situation unangemessenen Grinsen die Hand. Da sie darauf nicht reagierte, wandte er sich ihrem männlichen Begleiter mit einem kernigen Lächeln zu.

„Was hat die Deern? Angst vor Gewitter?“

„Quatschen Sie nicht so blöd! Helfen Sie lieber! Haben Sie ein Handy?“

Der Neuankömmling schnellte herum. Elfriede stand direkt hinter ihm und machte keine langen Umstände.

„Bitte?“ Hier war jemand verdutzt.

„Sie sollen uns helfen!“, blaffte sie ihn an. „Es hat einen Unfall gegeben, das sehen Sie doch. – Ist er tot?“, wandte sie sich an ihren Freund.

Der nickte nur.

„Tatsächlich?“

Der Typ machte sie noch wahnsinnig.

„Mein Gott. Stehen Sie immer so auf dem Schlauch? Begreifen Sie denn nicht? Wir müssen schleunigst die Polizei benachrichtigen! Hier haben sich während der letzten Stunden Dinge ereignet, von denen Sie sich keinen Begriff machen. Schreckliche Dinge! Also ... Haben Sie ein Handy?“

„Nein. Habe ich nicht.“ Die Alte fing an, ihn zu nerven. „Aber wenn es Sie interessiert: Ich bin von der Polizei, junge Frau.“ Das Schmunzeln war wieder da.

„Bitte?“ Jetzt war es an Elfriede, verdutzt zu schauen.

„Kripo Husum.“ Er zog seinen Dienstausweis hervor.

„Umso besser. Dann werden Sie mal aktiv. Dahinten liegt ein Toter.“

Elfriede kriegte den aggressiven Unterton einfach nicht aus ihrer Stimme. Dabei konnte der Typ ja nun wirklich nichts für all das Schlimme, das während der letzten Stunden über sie hereingebrochen war. Im Gegenteil. Endlich war die Hilfe da, die sie so dringend benötigten.

„Ein Toter? Wieso ein Toter?“

„Passen Sie auf, guter Mann. Kontaktieren Sie jetzt sofort ihre Kollegen in Husum. Oder wo auch immer. Über Funk verfügen Sie ja wohl?! Das volle Programm. Danach erzählen wir Ihnen die Details. Für Ihre Mitarbeiter auf dem Festland nur soviel und zum Mitschreiben: Es hat einen Unfall gegeben. Ein Motorradfahrer, der uns verfolgt hat, ist mit unserem Wagen kollidiert und, wie es ausschaut, dabei zu Tode gekommen. – Ist das bei Ihnen angekommen?“, blitzte sie ihn an. „Während Sie telefonieren, setzen wir uns wieder in unseren Wagen. Dort erfahren Sie dann mehr. Los, nun machen Sie schon!“

„Passen Sie mal auf, junge Frau!“ Hauptkommissar Börnsen erhob seine Stimme. Er war es nicht gewohnt, dass man ihm Befehle erteilte. Jedenfalls nicht dahergelaufene Zivilisten. Und von Frauen ließ er sich noch viel weniger etwas sagen. Allenfalls von seiner Mutter. Aber doch nicht von dieser überdrehten Ollen, die ihm ganz gewaltig auf die Nerven ging! Was bildete die Schlampe sich ein? Was glaubte sie, wer er war? Ihr Befehlsempfänger? Lachhaft! Der würde er was husten!

„Nein! Sie passen auf!“, fuhr sie ihm in die Parade. „Ich bin es satt, hier im Regen und Sturm zu stehen! Ich bin überhaupt alles satt! Ich will nach Hause zu meiner Tochter! Ich will duschen! Und schlafen! Nur noch schlafen! Kapieren Sie das? – Und nun telefonieren Sie!“

Für Elfriede Hartmann war die Diskussion damit beendet. Sie ging schnurstracks zurück zu ihrem Golf. Karl folgte ihr, wobei er in dem Augenblick, als er den Kriminalbeamten passierte, entschuldigend die angewinkelten Arme leicht anhob und dabei seine Handflächen geöffnet nach oben hielt. Die Taschenlampe hatte er längst ausgeschaltet und in seiner Jackentasche verstaut. Beate Holmsen schloss sich den beiden nach ein paar Sekunden an. Zuvor ging sie in die Hocke und wusch ihre blutverschmierten Hände in einer zu ihren Füßen befindlichen Pfütze ab.

Norbert Börnsen seinerseits klemmte sich hinter das Steuerrad des Benz und schnappte sich das Brillenetui, das glücklicherweise auf der zwischen den Sitzen befindlichen Ablage deponiert war. Zur Not hätte es auch ein Lappen zum Reinigen der Scheiben oder was auch immer getan. Aus der Entfernung und bei den Sichtverhältnissen war es sowieso ausgeschlossen zu erkennen, was er sich vor den Mund hielt. Er tat so, als ob er sich an dem Regler des imaginären Funkgeräts zu schaffen machte. Dann schaute er demonstrativ in Richtung des Golfs. Mit einem verschwörerischen Grinsen begann er, seine Lippen zu bewegen. Zum Glück war die Bagage außer Hörweite, konnte also nicht hören, dass es nichts zu hören gab. Die würden sich noch wundern! Spätestens wenn ihnen klar würde, mit wem sie es zu tun hatten.

Börnsen legte das Etui zurück auf die Ablage und stieg aus. Er war schon gespannt, welche Räuberpistole ihm die überhebliche Wortführerin dieser Gesellschaft auftischen würde. Anschließend würde er eine Entscheidung treffen. Welcher Art die sein würde, war allerdings ohnehin schon klar. Geiseln konnte man in bestimmten Situationen immer gut gebrauchen. Und in seiner schon gleich.

Im VW Golf hatten die Drei während der letzten Minuten geschwiegen und gebannt in Richtung des telefonierenden Beamten der Kriminalpolizei geschaut.

„Merkwürdig! Seht ihr das auch?“

Elfriedes Stimme durchbrach das Schweigen.

„Was denn?“

„An dem Hörer, in das der Knilch gerade quatscht, befindet sich gar keine Antenne. Und das Ding hat so eine komische Form. Wie ein Brillenetui. Möglicherweise hat er ja doch ein Handy. Aber warum sollte er uns anlügen?“

„Was meinst du?“ In das Gesicht ihres Freundes stand absolute Ratlosigkeit geschrieben.

„Sie hat Recht!“ Beate Holmsens Stimme klang aufgeregt. „Das Ding, das der Typ sich an den Mund hält, ist kein Funkgerät. Und auch kein Handy. Viel zu klobig.“

„Etwas ist hier oberfaul“, raunte Elfriede ihren beiden Begleitern zu. Wir sollten zusehen, dass wir uns so schnell es geht aus dem Staub machen. Der Kerl ist mir nicht geheuer. Ich hatte gleich so eine Ahnung. Achtung! Er kommt.“

Gleich darauf öffnete sich die Fahrertür.

„Nun? Hast du Neuigkeiten für mich? Irgendwas, womit ich dem Alten eine Freude bereiten kann?“

„Hab ich. Und mehr als das. Ich glaube zu wissen, wer der Serienkiller ist.“

„In echt? Erzähl!“ Günter Schmuhls Stimme klang aufgeregt.

Er hatte ihn heute zum zweiten Mal seit seinem Eintreffen in Husum angerufen. Beim ersten Anruf hatte er ihm nur von dem reservierten Empfang berichtet, den ihm die Husumer Kollegen bereitet hatten. Wer wollte es ihnen verdenken? Ein Schnüffler aus Flensburg sollte den notorisch unterbelichteten Provinzbullen auf den Zahn fühlen und dafür sorgen, dass endlich Bewegung in die sich zäh hinziehenden Ermittlungen um den Serientäter kam. Und dann war zu allem Überfluss auch noch durchgesickert, dass man höheren Orts mutmaßte, dass einer von ihnen seit Jahren sein grausiges Werk verrichtete. Das hatte von Anfang an für böses Blut, verächtliche Blicke und vielsagendes Schweigen gesorgt. Kollegial war man Hauptkommissar Horst Blaschke jedenfalls nicht begegnet. Also hatte er sich nolens volens auf den Beobachterposten zurückgezogen und die Beamten des Reviers, einen nach dem anderen, unter die Lupe genommen.

Und bei Kollege Börnsen war er bei seinen angelegentlichen Betrachtungen hängengeblieben. Freilich, er konnte dem Knaben nichts nachweisen. Wie auch? Aber je länger er ihn beobachtet hatte, desto sicherer war er sich gewesen, dass der hier mit seinen ganz spezifischen Charaktereigenschaften in das Täterprofil passte. Börnsen war ein Mensch, der sozusagen händereibend andere seine ihm von Amtswegen zustehende Autorität spüren ließ. Das war an sich noch nichts Besonderes, und da gab es andere, die es ähnlich hielten, wenn sie ihnen Unterstellte permanent zurechtwiesen, drangsalierten und mit einem gehässigen Grinsen zu verstehen gaben, dass sie absolut irrelevante Würstchen seien, denen man eigentlich bloß mit Verachtung begegnen könne. Aber das allein war es nicht. Denn der Börnsen war darüber hinaus, und wenn man etwas genauer hinsah, ein unglaublicher Schisser und Kriecher. Ein Sykophant, wie er im Buche stand, der nach unten trat, während er nach oben wie ein getretener Hund katzbuckelte.

Wirklich ausschlaggebend allerdings war, dass der über Dreißigjährige noch immer bei seiner verwitweten Mutter hauste, die, wie ihm zu Ohren gekommen war, eine Hysterikerin der gröberen Art sein sollte. Hertha ließ grüßen ... Warum, so hatte er sich insgeheim gefragt, tat sich jemand freiwillig und im Erwachsenenalter eine derartige Tortur an? Obwohl ... Er hatte es nötig ... Aber nein, das stand auf einem anderen Blatt und ließ sich nun wirklich nicht miteinander vergleichen! Bei aller Liebe. Also, warum hatte der Börnsen nicht längst das Weite und sich eine eigene Wohnung möglichst weit weg von dem Hausdrachen gesucht? Weil er die permanente Quälerei bitter nötig hatte? Weil er es genoss, wie das Nichts behandelt zu werden, für das er sich selber letztlich hielt? Weil er um die Anerkennung und Liebe eines Menschen bettelte, der sie ihm vermutlich ein Leben lang vorenthalten hatte? Weil er ein im Grunde lebensuntüchtiges

Muttersöhnchen war, das wie ein unmündiges Kleinkind am Rockzipfel einer Tyrannin hing?

Und das konnte bedeuten, dass ein derart in die Enge Getriebener, der sich nicht offen traute, aufzumucken, sich eventuell an anderen, in die Jahre kommenden Damen schadlos hielt. Der sich strangulierender Weise revanchierte für all die bittersüßen Qualen, die ihm zu Hause im trauten Heim Jahr für Jahr zugefügt worden waren. Auf jeden Fall also eine brisante Mischung, die, dies Blaschkes bescheidene Meinung, immer wieder mal explodieren konnte. Was, wenn der Börnsen den ganzen aufgestauten Druck in unregelmäßigen Abständen nicht mehr aushielt und wie von unsichtbarer Hand getrieben nach einem Ventil Ausschau hielt?

Das klang, bei aller Unvernunft vernünftig. Und deswegen hatte der Hauptkommissar seinen Mitarbeiter heute Abend in Flensburg vor allem deswegen angerufen, um ihm einerseits diese Charakterstudie nahezubringen, und ihn andererseits darum zu bitten, mit diesen halsbrecherischen Kombinationen den Kriminalpsychologen Stiekel zu konfrontieren. Es war ja immerhin möglich, dass der Fachmann auf Grund dieser Schilderungen etwas bemerkte, was ihm, psychologischer Laie, der er war, entgangen war.

„Also, mein Bester“, hatte er seine bemüht klingenden Ausführungen beschlossen, „mach dich gleich morgen früh auf den Weg. Erzähl dem Seelenzergliederer, was ich dir eben zur Kenntnis gebracht habe. Und wenn die Autorität der Rede werte ergänzende Einsichten beizusteuern weiß, ruf mich bitte schnellstmöglich an. Am besten abends in meinem Hotel. Die Nummer hast du ja. Oder übers Handy. Kollege Börnsen muss ja nicht gleich mitbekommen, woher der Wind weht.“

„Dir ist schon klar, dass man ihn mit einer wie auch immer fundierten Psychostudie nicht überführen kann?!“

„Klar ist mir das klar. Bewiesen ist damit nichts. Aber es ist so was wie eine erste Fährte, der zu folgen sich vielleicht lohnt.“

„Na gut. Du hörst von mir. Oder ich von dir, falls sich die Lage in Husum wider Erwarten zuspitzen sollte. Und Horst, bitte keine falsche Scham. Sollte es eng werden, ich könnte in Nullkommanichts vor Ort sein. Das weißt du.“

„Sowieso. Es ist schön zu wissen, dass jedenfalls ein Kriminalbeamter im Augenblick auf meiner Seite steht."

Mit einem versonnenen Schmunzeln hatte Horst Blaschke das Gespräch beendet. Es tat gut, so einen Kollegen zu haben.

„Halten Sie mal da vorne am Deich an. Bevor wir weiterfahren, will ich mir einen Überblick verschaffen."

„'N Överblick vun wat?" Hauptwachtmeister Peter Grosse schien irritiert.

„Ich muss wissen, wie hoch das Wasser bereits steht. Wie groß also die Gefahr eines Deichbruches ist."

„Ick verstor."

Der Streifenpolizist brachte den Wagen vis-à-vis Fuhlehörn zum Stehen.

Kurz darauf hatte Blaschke mit Mühe und Not die Deichkrone erklommen. Was er hier sah versetzte ihm einen ähnlichen Schrecken wie vor nicht einmal einer Stunde dem flüchtigen Salzwiesenmörder. So etwas hatte er zuvor noch nie gesehen. Es war, als ob man am Rande der Welt stünde, dort also, wo Menschen vor langer, langer Zeit geglaubt hatten, dass es von hier ab nur noch endlos senkrecht hinab ginge. Skylla und Charybdis. Und in diesen unendlichen Abgrund, so sah man es vor seinem geistigen Auge, ergossen sich schäumend die Wassermassen. Unaufhaltsam. Äonenlang und länger. Ein wüstes Rauschen, Donnern, Tosen und ewiges kataraktisches Fallen. Allein bei der Vorstellung begann der Boden unter den Füßen zu wanken, und in besonders exaltierten Momenten konnte man von nackter Panik überwältigt werden.

Horst Blaschke fühlte sich momentan in solch abergläubische, vorwissenschaftliche Zeiten bar jeder Vernunft zurückversetzt. Ihn erfüllte eine Mischung aus zitternder Furcht und Demut. Mit einem Wort, seine Stimmung war religiöser Natur. Er sah, war überwältigt von dem Gesehenen und konnte sich entsprechend nicht von der Stelle rühren.

„Nu, wat is?"

Er schnellte herum. Wer oder was sprach zu ihm? Ein höheres Wesen? Ein mythischer Gott womöglich? Auf Platt? Alles war möglich. Oder alles konnte aus der Sicht des Schwerbeeindruckten möglich sein.

Aber es war bloß Peter Grosse, der sich gewundert hatte, was der Kollege aus Flensburg dort oben so lange trieb. Was gaffte der wie festgebannt in die schwarze Nacht, wo sie doch weiß Gott wichtigeres zu tun hatten?! Schließlich waren sie keine Touristen beim Sightseeing, Deibel noch een!

„Ach Sie ...“, antwortete er mit einiger Verzögerung. Erst jetzt hatte er realisiert, wer den Kontakt zu ihm aufgenommen hatte. Der Kollege aus Husum. Wer auch sonst?

„Oh! Schietkroms! Ick glööv dat nich! Dat is ...“

Dem Hauptwachtmeister fehlten die Worte. Er hatte während seiner Zeit als Husumer Streifenpolizist ja schon einiges Westküstentypische gesehen. Aber so etwas? Nein, das war ihm noch nie untergekommen. Da konnte er so lange zurückdenken, wie er wollte.

Also standen die beiden Männer Seite an Seite auf dem Deich der Fuhlehörnbucht und ließen ihre Blicke schweifen. Auch wenn es in dem Sinne gar nichts zu sehen gab. Nur den Weltuntergang eben.

Blaschke befreite sich als erster wieder von dem Gefühl der Leere, das dieses tosende Nichts bei ihm unvermittelt ausgelöst hatte.

„Wir müssen schleunigst hier weg!!“, schrie er. „Und wir müssen jetzt sofort die Kollegen in Husum benachrichtigen, dass die reelle Gefahr besteht, dass Nordstrand heute Nacht untergeht!“

Er machte auf den Hacken kehrt und rannte die Böschung hinab. Dabei geriet er ins Stolpern. Horst Blaschke überschlug sich und sauste holterdiepolter den Deich hinab. Unten angekommen rollte er langsam aus. Auf dem Bauch liegend atmete er schwer. Sich zu erheben, danach stand ihm im Augenblick nicht der Sinn. Die totale Erschöpfung von vorhin war wieder da. Schlafen, nur noch schlafen!

Jemand zerrte an seiner Schulter.

„He, Chef! Allns klor? Schall ick ju helpn?“

„Bitte? – Nein, ich schaff das schon allein.“

Er rappelte sich auf und tastete seinen Körper ab. Glücklicherweise schien er sich nichts gebrochen zu haben. Allenfalls ein paar Hämatome. Nichts Gravierendes.

Zusammen überquerten sie die Straße. Hauptwachtmeister Grosse setzte den Funkspruch ab. Keine zwei Minuten später hielten sie auf Strucklahnungshörn zu, den bangen Blick immer wieder in Richtung der dunklen Silhouette des Deiches gewandt. Wann würde es so weit sein? Und wo würden sie sich dann befinden? Mit diesen beiden Fragen beschäftigten sie sich während der nächsten Minuten.

Als sie die S-Kurve von Strucklahnungshörn erreichten, war es kurz nach halb eins.

„Die Verstärkung müsste in gut einer halben Stunde da sein", lächelte er. „Und nun erzählen Sie mal Ihre Räuberpistole."

Der Fremde hatte es sich neben Beate Holmsen auf dem Rücksitz des Golf bequem gemacht. Er machte einen rundherum zufriedenen Eindruck.

„Sollten Sie sich nicht mal den Verunglückten anschauen? Ich meine, wir als Laien können uns schließlich getäuscht haben, und vielleicht lebt er ja doch noch."

Es war wieder an Elfriede Hartmann, die Initiative zu ergreifen. Irgendwie elektrisierte sie diese Extremsituation. Vielleicht hatte es damit zu tun, dass sie Kriminalautorin war. In der Phantasie erlebt man dort unentwegt Dinge, die einem im realen Leben eher selten zustoßen. In dieser Nacht aber hatte die Realität die wüstesten Gebilde ihrer schriftstellernden Einbildungskraft locker hinter sich gelassen. Das alles war doch Literatur pur. Und die war nun einmal ihre Domäne.

Norbert Börnsens Lächeln erstarb. Wollte die Olle ihn schon wieder verarschen? Andererseits, sie hatte ja recht, so zu fragen. Schließlich war er Kriminalbeamter mit einschlägigen Erfahrungen. Er würde sich kümmern müssen, wenn er sich nicht vor der Zeit verraten wollte. So sehr es ihm gegen den Strich ging, sich schon wieder dem Sturm auszusetzen und bei seinem wahrscheinlich völlig überflüssigen Gang zu dem Verunglückten wertvolle Zeit zu verplempern.

„Na gut. Ich guck mir den Schlamassel mal an. Schaden kann es schließlich nicht. Und dann erzählen Sie, verstanden?!"

Die ausgesprochen appetitliche Frau auf dem Fahrersitz nickte nur. Apropos appetitlich, ging es Börnsen durch den Kopf. Die andere neben mir ist auch nicht ohne. Das hatte er gleich nach seiner Ankunft vorhin mit Kennerblick registriert. Da taten sich unverhofft ungeahnte Möglichkeiten auf. Er musste sich lediglich des männlichen Begleiters entledigen. Danach könnte er mit den Mädels noch richtig Spaß haben, bevor er auch sie final entsorgen würde.

Kommt Zeit, kommt Rat. Der Wahrheitsgehalt seines Wahlspruchs kam einmal mehr zum Tragen. Die Vorfreude auf das Kommende machte den Weg hinein in die Dunkelheit um einiges erträglicher.

Kaum dass der Polizist in der Dunkelheit verschwunden war, öffnete Elfriede Hartmann sachte die Tür des Golfs und machte Anstalten, auszusteigen.

„Was hast du vor, Ellie? Wohin willst du?"

Ihr Freund versuchte, sie an ihrem Arm zurückzuhalten.

„Ich will nur mal kurz einen Blick in die Karre von dem Typen werfen. Bin gleich wieder da."

Elfriede sah abwechselnd in die Gesichter von Karl und Beate. Beide nickten. Sie waren schwer beeindruckt, wie souverän sie die Situation meisterte. Ihr Freund zumal spürte einmal mehr, wie die Nähe dieser Frau, die scheinbar allen Anforderungen, die das Leben tagein, tagaus stellte, problemlos gewachsen war, ihm Kraft gab.

„Macht euch keine Sorgen", lächelte sie schwach.

Sprach's, entwand sich seinem Griff und schlich gleich darauf gebückt in Richtung des im Leerlauf still vor sich hin tuckernden Daimlers.

Also doch. Wir hatten Recht. Kein Funkgerät weit und breit. Um das zu erkennen, hatte sie noch nicht einmal die Tür des klobigen Gefährts öffnen müssen. Das Telefonat war also wirklich ein Fake gewesen.

„Oh nein!", entfuhr es ihr, als sie, die flache Hand an der Scheibe des Seitenfensters, in den Innenraum spähte. „Die Karre ist kurzgeschlossen. Deswegen hat er sie nicht ausgeschaltet. Der

Typ hat den Benz geklaut. Das gibt's doch nicht! Das Bullenschwein ist ein Autodieb."

Oder war der Ausweis, den er ihnen vorhin kurz unter die Nase gehalten hatte, gefälscht gewesen? Sie lugte vorsichtig übers Dach des Wagens. Nichts. Was trieb der Wichser so lange dahinten? Egal! Umso besser. Ihr Entschluss stand fest. Nichts wie weg von hier. Etwas war oberfaul im Staate Dänemark. Sie sollten verschwinden, solange sie die Möglichkeit dazu noch hatten.

Sie richtete sich auf. Da sah sie ihn aus den Augenwinkeln. Er war vielleicht noch zwanzig Meter entfernt. Eher weniger.

Sie spurtete los. Als sie den Golf erreichte, hörte sie es. Jemand rief hinter ihr aus vollem Hals. Ja, so musste es sein. Der Typ schrie. Sonst wären die Schallwellen seiner Stimme nie an ihr Ohr gedrungen.

Sollte er schreien. Sie riss die Tür ihres Wagens auf, ließ sich auf den Fahrersitz gleiten und hatte gleich darauf den Motor gestartet.

„Was ist ...?", hörte sie die Stimme ihres Freundes.

„Nicht jetzt, Karl! Nicht jetzt!"

Das Getriebe heulte auf, als sie den ersten Gang einlegte. Sie hatte die Kupplung nicht weit genug nach unten getreten. Jetzt machte das Gefährt einen Satz nach vorne, weil sie die Kupplung zu schnell hatte kommen lassen. Zum Glück hatte sie den Motor nicht abgewürgt. Die Sekunden, die bis zum Neustart verstrichen wären, hätten den Ausschlag geben können.

Als sie sich in Bewegung setzten, hörten sie einen leisen Knall. Die Kugel, die der Serienkiller auf sie abgefeuert hatte, war in die Haube des Kofferraums eingeschlagen. Elfriede beschleunigte. Mit stetig zunehmendem Tempo hielten sie wieder auf Norderhafen zu. Jedenfalls die Richtung stimmte dieses Mal. Kurz vor der scharfen Rechtskurve auf der Höhe des Restaurants *Zur Nordsee* schaltete sie die Scheinwerfer aus. Ungebremst donnerte sie auf den sich sanft zwischen dem Deich und den Häuschen Norderhafens hindurch schlängelnden Holmerfährweg zu. Sie hatte eine Entscheidung getroffen.

Scheiße! Sie verduften! Das darf nicht wahr sein! Hat mich das Raabenaas schon wieder ausgetrickst. Na warte, euch krieg ich noch!

Er hielt in seiner Bewegung inne, zückte seine SIG Sauer P6 und zielte. Ein Schuss löste sich.

Er war von dem Verunglückten nur noch ein paar Meter entfernt gewesen. Er hatte den leblosen Körper bereits auf halber Höhe des Wassergrabens ausgemacht. Da hatte ihn ein ungutes Gefühl beschlichen. Sollte die Schlampe was bemerkt haben? Dass der Daimler kurzgeschlossen war womöglich?! Aber wie? Die drei saßen schließlich nichtsahnend in ihrem Golf. Oder täuschte er sich? War er naiverweise in eine Falle getappt? Hatten sie sich inzwischen an seinem Benz zu schaffen gemacht? Er hatte sich umgedreht. Aber da war nichts gewesen. Also hatte er sich gebückt und hatte in Lauerstellung ausgeharrt. Langsam hatten seine Knie zu schmerzen begonnen.

Was war das? Das war doch ... Ja, genau. Der Kopf der Kiebigen erschien über dem Dach seines Gefährts. Also doch. Sein Instinkt hatte ihn nicht getrogen.

Er hatte sich aufgerichtet. Da hatte auch sie ihn bemerkt und war sofort losgesprintet. Auch er hatte sich in Bewegung gesetzt. Aber ihr Vorsprung war zu groß gewesen.

„Stehenbleiben!!", hatte er aus vollem Halse gerufen, „sofort stehenbleiben!!" Aber sie hatte sich einen Scheißdreck darum geschert. Stattdessen hatten sie die Karre gestartet und hatten sich aus dem Staub gemacht. Auch die Kugel war lediglich in das Blech des Kofferraums eingedrungen.

Nein, da war das letzte Wort noch nicht gesprochen. Sie würden ihm nicht entkommen. Auf gar keinen Fall!

Er klemmte sich hinters Lenkrad und legte den ersten Gang ein. Er konnte noch von Glück sagen, dass sie den Benz nicht abgewürgt hatte. Dann hätte er wirkliche Probleme gehabt. Nein, so schlau wie sie glaubte zu sein, war das Miststück dann doch nicht.

Als er sich in Bewegung setzte, war der Golf, soweit er das abschätzen konnte, bereits auf der Höhe des Fußgängerüberwegs. Er würde sich sputen müssen, wollte er sie nicht aus den Augen verlieren.

„Stopp! Anhalten!"

Hauptwachtmeister Grosse ging voll in die Eisen. Was war denn nun schon wieder?

„Wat is? Up disse Wies ..."

Er hielt inne. Jetzt sah er es auch im Scheinwerferlicht. Rechterhand lag etwas. Unterhalb des Randes der Böschung. Sah aus wie ein ...

„Möönsch, ick glööv, dor lecht wer!"

Die spröde Stimme des Jungspunds auf der Rückbank war in der Dunkelheit zu hören.

Horst Blaschke befand sich bereits außerhalb des Gefährts. Ihm schwante Böses. Hatte der Börnsen auf seiner Flucht über die Insel einen nichtsahnenden, harmlosen Passanten gerammt, von der Straße gefegt und ihn in seinem Blute liegen lassen? Nicht auszudenken! Leichen pflasterten den Weg des Salzwiesenmörders. Das war alles seine Schuld.

Er beugte sich über den reglosen Körper und ertastete die Halsschlagader. Kein Puls. Hätte er doch eine Taschenlampe dabei gehabt! Er wollte sich gerade aufrichten, um den Weg zurück zum Streifenwagen anzutreten, als ein Scheinwerferkegel den Verunglückten erfasste. Kollege Grosse dachte aber auch an alles. Auf den Mann war Verlass, wenn es hart auf hart kam. Wie auf Schmuhl.

„Nu, wat is? Is he doot?" Er hockte sich neben den Hauptkommissar.

„Sieht so aus. Null Puls. Eine klaffende Wunde am Kopf. Ist wohl mit voller Wucht auf den Stein da gedonnert. Ohne Helm." Dabei wies er mit seiner rechten Hand auf das ein paar Meter entfernt liegende Motorrad. „Keine Chance! Die Pupillen starr ..."

Er stutzte. Da war etwas ... Er konnte es nicht fassen ... Egal! Fest stand, dass das Leben diesen Körper längst verlassen hatte. Sie würden schon wieder einen Krankenwagen ordern müssen. Ein Leichenwagen hätte es allerdings auch getan.

Der Flensburger Ermittler bahnte sich mit einer Hand den Weg in die Innentasche der Lederjacke des Toten und fischte nach ein paar Sekunden einen Personalausweis hervor. Peter Grosse ließ den Lichtkegel in Richtung des Dokuments wandern.

„Nu, wie heet he?“

„Gramsen. Werner Gramsen.“

Er stutzte erneut. Der Name sagte ihm was. Da war etwas gewesen! Damals ... In Flensburg ...

„Passen Sie mal auf, Kollege Grosse“, wandte er sich dem Hauptwachtmeister zu. „Der ist mir irgendwann schon mal über den Weg gelaufen. Ich kann mich nur nicht erinnern, in welchem Zusammenhang das war.“

„In echt? Vertell nix!“

„Doch, ich bin mir ganz sicher. Da war mal was. – Also, wir beiden Hübschen begeben uns jetzt wieder ins Trockene. Dem armen Teufel ist ohnehin nicht mehr zu helfen. Dann fordern wir zum einen den Notarzt an, und zum anderen schicken wir seinen Namen mal durch den Hauptrechner. Mal sehen, was der ausspuckt. Das wäre doch gelacht!“

Während Blaschke mit seiner Stimme noch gegen den Orkan anzukommen versuchte, hatten sie sich bereits wieder in Richtung Straße aufgemacht.

„Dat is tüchtich komsch hüüt Nacht. So wat is in mien ganzn Leeven noch nich passeert. Ne, Deibel noch mol! Wo man uck hinkiekn deit, nix as Doode. Ick glööv bannich, ick bin achter de Kark vun Odenbüll.“

„Nu, wat is?“, wurden sie von dem anderen Streifenpolizisten in Empfang genommen. „Is he doot?“

„Jo, dor is nix mehr to don. Ut un vörbie.“

„So’n Schiet avers uck!“

„Dat kanns mol seggn, mien Jung. Dat kanns mol seggn.“

Nachdem sie den Notarzt alarmiert und ihren Standort durchgegeben hatten, starteten sie die computergestützte Abfrage. Keine zwei Minuten später hatten sie es schwarz auf weiß. Der Tote am Straßenrand war ein bundesweit gesuchter Straftäter. Seine Spezialität: Einbruchsdiebstahl. Na klar! Der Gramsen. Dass er darauf nicht gleich gekommen war! Harmlos eigentlich. Ein stinknormaler kleiner Einbrecher, der gerne über seine Verhältnisse lebte und den schweren Jungen raushängen ließ. Das hatte sich nun ja erledigt.

Blaschke brachte seine beiden nächtlichen Mitstreiter auf den Stand der Dinge.

„Ob die sich kannten?“, sinnierte er.

„De Börnsen un de Kadaver? Ick glööv dat nich.“

Kollege Grosse schien nicht überzeugt. Und er hatte ja recht. Was sollte ein Serienkiller von der Polizei mit einem Einbrecher zu tun haben? Absurd! Das ergab hinten und vorne keinen Sinn. Zu dumm, dass man den Gramsen nicht mehr interviewen konnte. Was der wohl auf der Insel zu erledigen gehabt hatte? Krumme Geschäfte? Oder hatte er einfach nur mal an der Nordsee die Seele baumeln lassen wollen? Zu sich selbst finden vor dem nächsten Bruch? Eventuell würde er sein Geheimnis mit ins Grab nehmen. Zu blöd das Ganze! Noch blöder allerdings war, dass sie schon wieder ihre kostbare Zeit mit nervtötendem Warten vertrödelten. Wer konnte wissen, was der Salzwiesenmörder auf seiner atemlosen Flucht über dieses Eiland noch alles anstellen würde? Sie mussten dem schleunigst Einhalt gebieten! Und dann war da noch die akute Sorge um die Haltbarkeit der Deichanlage. Die Probleme wurden eher mehr als weniger. Immerhin, sie schienen auf der richtigen Spur zu sein.

Blaschke schaute auf seine Armbanduhr. Es ging auf ein Uhr zu. Die zweite Nachthälfte war bereits angebrochen. Schlaf würde er heute, so viel war sicher, keinen mehr finden.

V

Was war das? Wer war das? Was wollte der von uns? Und warum hat er auf uns geschossen?"

Die Fragen sprudelten nur so aus ihm heraus. Karl verstand die Welt nicht mehr.

„Ja, und der Kerl auf dem Motorrad ... War das der Typ, der vorhin auf dem Watt auf dich geschossen hat?", ergänzte Beate Holmsen den Fragenkatalog.

„Vermutlich. – Ja, ich denke schon."

Elfriede Hartmanns Antwort fiel merkwürdig lakonisch aus. Seit Minuten schon saß sie gedankenverloren hinter dem Steuer ihres Golfs und versuchte, sich einen Vers auf die Ereignisse der letzten Stunden zu machen. Gleich nachdem sie den Motor ausgestellt hatte, hatte sie ihren Mitfahrern berichtet, was sie in dem Mercedes des Bullen gesehen hatte. Gewundert hatte die beiden das eher nicht. Sie waren sogar wortlos darüber hinweggegangen. Seitdem war in der Dunkelheit geschwiegen und gegrübelt worden. Und dann, die Schockstarre hatte sich zu lösen begonnen, hatte von einem Moment zum nächsten der Fragenkatalog im Raum gestanden.

Sie parkten in einer Sackgasse des direkt hinter Norderhafen gelegenen Dörfchens Kiefhuck am Rande des Osterkoogs. Genau genommen handelte es sich lediglich um eine Zeile von Häusern, die wie an einer Perlenschnur zur Linken des Sträßchens aufgereiht waren. Nirgendwo brannte Licht. Sie waren allein.

Es war riskant gewesen, ohne Scheinwerfer die Hauptstraße mit annähernd 80 Sachen zu verlassen. Denn gleich hinter dem zum Restaurant gehörenden Parkplatz ging es in einem leichten Linksschwenk dezent bergauf. Gleich darauf ging es wieder in die entgegengesetzte Richtung. Und zu allem Überfluss waren auch noch kleine, der Verkehrsberuhigung dienende Erhebungen in den Asphalt eingelassen. Als sie über die erste hinweg donnerten, wurden sie aus ihren Sitzen nach oben geschleudert. Elfriede hätte beinahe die Kontrolle über den Golf verloren. Der Wagen geriet für einen kurzen Moment ins Schlingern, bevor sie ihn wieder einfangen konnte. Sie bremste scharf ab, so dass der nächste Huppel von den Stoßdämpfern des Autos gedämpft wurde.

Nach ungefähr sechshundert Metern hatte sie ihr Ziel erreicht. Denn als sie beschlossen hatte, nicht der Hauptstraße zu folgen, hatte sie bereits gewusst, wohin sie den Golf lenken wollte. Die Gefahr, dass ein der Gegend Unkundiger diese unscheinbare Stichstraße, die vielmehr ein mit schmalen Betonplatten ausgelegter Feldweg war, in finsterster Nacht bemerken würde, tendierte Richtung Null. Was sie nicht wissen konnte, war, dass der sie verfolgende Kriminalhauptkommissar ausgerechnet in Husum stationiert war. Das hätte ihnen zum Verhängnis werden können.

„Wenn das der Typ war, der auf dich geschossen hat, warum ...?“

„Du meinst, warum hat er uns überhaupt weiter verfolgt?“, beendete Elfriede den von Karl begonnenen Satz. „Genau das ist die Frage. Und auf die fällt mir nur eine plausible Antwort ein. Oder halt! Ja genau, das ist es!“

Die Erkenntnis traf sie wie ein Schlag.

„Der hat nicht nur befürchtet, dass ich ihn identifizieren könnte. Nein! Der wollte verhindern, dass ich sein Geheimnis ausplaudere.“

„Welches Geheimnis?“

Beate Holmsens Stimme war in der Dunkelheit zu hören.

„Ich hatte von Anfang an Recht. Ja, so muss es sein“, sprudelte es aus Elfriede heraus.

„Womit hattest du Recht? Ich verstehe dich nicht.“ Karl hatte endgültig den Anschluss verloren.

„Na, das ist doch klar wie Kloßbrühe. Es geht die ganze Zeit um Rungholt. Mein erster Gedanke war der richtige.“

„Wieso Rungholt? Was hat das alles mit dieser blöden versunkenen Insel zu tun?"

Er hatte noch immer nicht begriffen.

„Als ich den Knaben gestern Abend – mein Gott, wie lange ist das schon her ...! –, also, als ich den Heini auf dem Watt gesehen habe, ging mir als erstes durch den Kopf, dass sein konzentriertes Suchen etwas mit Rungholt zu tun haben könnte. Weil er sich nämlich genau dort rumgetrieben hat, wo die Fachwelt das versunkene Eiland schon immer vermutet hat."

„Ja ...? Und ...?"

„Mensch Karl, verstehst du denn nicht?! Rungholt war für seine Reichtümer berühmt. Das Atlantis oder Eldorado des nordfriesischen Wattenmeers."

„Du meinst, der Knabe hat da draußen etwas gefunden. Einen Wertgegenstand oder so?"

„Genau! Jetzt hast du's."

„Na gut. Mal angenommen, du liegst richtig mit deiner Annahme. Das erklärt aber noch lange nicht, warum er nicht locker gelassen hat. Er hätte doch unerkannt mit seiner Beute verduften können. Up and away. Auf Nimmerwiedersehen."

„Nein, das konnte er eben nicht."

„So? Und warum konnte er das nicht?"

„Weil, wo ein Schmuckstück oder was auch immer liegt, da kann auch noch mehr liegen, nicht wahr? Jede Wette, der hatte sich vorgenommen wiederzukommen."

„Du meinst also", mischte sich Beate wieder in das Gespräch ein, „dass der Typ verhindern wollte, dass du ihm die Beute streitig machst. Deswegen musste er dich, als Mitwisserin sozusagen, aus dem Weg räumen. Und um irgendwann unbehelligt seine Suche fortzusetzen."

„Genau!" Elfriede strahlte ihre beiden Begleiter an.

„So könnte es sein. Das ergibt Sinn", sinnierte ihr Freund.

„Na gut, mal angenommen es verhält sich so. Was ist mit dem anderen Typen? Dem Bullenschwein. Wie passt der ins Bild?"

Beate Holmsen griff die Fragen wieder auf, die Karl Grossmann vor ein paar Minuten gestellt hatte.

„Wenn ich das wüsste."

„Vielleicht ein Komplize?“ Karl schien nicht überzeugt. Aber etwas Plausibleres fiel ihm nicht ein.

„Das glaube ich nicht. Dazu war der Wichser viel zu desinteressiert. Der hatte nicht den Verunglückten auf dem Kieker, sondern uns. Der wollte ganz eindeutig etwas von den Lebenden.“

„Das sehe ich auch so. Bloß was? Wieso schießt ein Bulle auf Menschen, die selbst ganz offensichtlich in Bedrängnis sind?“

„Beate hat Recht. Und warum schließt ein Bulle einen Wagen kurz?“

„Ich hab’s!“ Jetzt war es an Karl, aufgeregt zu sein.

„Ja?“

„Weil auch er sich auf der Flucht befindet, deswegen mein Hase. Genau wie wir.“

„Und vor wem? Was kann ein Bullenschwein groß angestellt haben, um sich verdrücken zu müssen?“

„Tja, Beate, das ist die Frage, auf die wir leider keine Antwort haben. Fest scheint lediglich zu stehen, dass die Bullen einen Bullen über die Insel hetzen. Und den haben ausgerechnet wir jetzt an den Hacken. Das ist, weiß Gott, nicht unser Tag!“

„Wartet mal!“ Elfriedes Stimme war wieder in der Dunkelheit zu hören.

„Ja?“ Beates Stimme zitterte vor Aufregung.

„Das ist unsere Chance!“

„Inwiefern?“ Auch auf Karl war die neuerliche Aufregung übergesprungen.

„Wo ein böser Bulle auf der Flucht ist ...“

„Da gibt es auch einen guten Bullen!“, vollendete Karl den begonnenen Satz, wobei er sich mit der flachen Hand gegen die Stirn schlug.

„Du sagst es. Und das heißt, dass wir den oder die guten Ordnungshüter finden müssen, wollen wir aus diesem Schlamassel unbeschadet herauskommen.“

„Nur was ist, wenn der Fiesling irgendwo dort draußen auf der Lauer liegt und nur darauf wartet, dass wir ihm in die Arme laufen? Was ist dann?“

„Genau! Und woher sollen wir wissen, wo sich die good guys aufhalten?“, ergänzte Beate Holmsen den von Karl erhobenen Einwand.

„Na, das ist doch sonnenklar! Die kommen aus Richtung Westen, beziehungsweise Süden. Aus der Richtung, aus der auch das Schwein angerückt ist. Weil sie nämlich hinter ihm her sind. – Viel mehr Sorgen bereitet mir das Problem, dass das Aas uns eine Falle gestellt haben könnte. Denn das stimmt ja dummerweise, er könnte gleich hinter der nächsten Ecke parken und in aller Seelenruhe warten, bis wir um dieselbe biegen."

„Wenn da nicht seine Verfolger wären", wandte Beate ein.

„Ja, die sind, ohne von unserer Existenz überhaupt nur zu wissen, auf unserer Seite. So komisch das klingt."

„Trotzdem, ich bin dafür, dass wir hier fürs Erste bleiben. Es gibt in unserer Theorie einfach zu viele Wenns und Abers."

„Also gut, mein Schatz. Warten wir noch ein bisschen. Wenn du nichts dagegen hast, natürlich."

Beate schüttelte den Kopf. Nein, auch ihr schien es das Vernünftigste zu sein, abzuducken und sich ruhig zu verhalten. Wenn da nicht der Sturm wäre, dachte sie. Der Deich ..., wird er halten? Falls nicht, sitzen wir richtig in der Patsche. Wie auf dem Präsentierteller ... Komisch, dass die beiden, die hier schließlich leben, daran im Augenblick gar nicht zu denken scheinen ...

Verfluchter Mist, wo sind die nur geblieben? Er war bereits in Odenbüll auf der Höhe der Kirche. Weit und breit war kein Scheinwerfer zu sehen. Sie mussten ihn ausgetrickst haben. Nein, es hatte keinen Zweck, die Verfolgung fortzusetzen. Er verplemperte nur Zeit und lief darüber hinaus Gefahr, seinen Häschern direkt in die Arme zu laufen. Sein Entschluss stand fest. Er würde dort hinten links in den Osterdeich einbiegen und von dort direkt auf den Holmerfährweg zuhalten.

Scheiß was auf die Weiber!, dachte er. Geknickt. Ich muss schleunigst von der Insel runter! Das hat jetzt absolute Priorität. Bevor der Deich nachgibt, muss ich unbedingt auf dem Festland sein!

Er sah auf die Uhr des Armaturenbrettes. Kurz nach eins. Die Hälfte der Nacht lag hinter ihm. Wie gerne würde er jetzt für ein paar Stündchen schlafen. Ein wenig ausruhen von dem Stress der letzten Stunden. Aber wie sollte das gehen? Das Flensburger

Bullenschwein vermutlich von hinten, die Springflut von vorn ... Da blieb für einen Schlummer kein Platz.

„Komm, reiß dich zusammen!", stieß er hervor. „Wenn du erst in Dänemark und damit in Sicherheit bist, kannst du einen Tag schlafen. Oder länger. Schlappmachen gilt nicht! Das kommt nicht in die Tüte! Ein Börnsen gibt nicht klein bei, Deibel noch mol!"

Er bog mit quietschenden Reifen in den Osterdeich ein. Das Heck schlug aus. Mist, er hatte nicht an die regennasse Fahrbahn gedacht.

„Konzentrier dich, Blödmann!"

Er legte den vierten Gang ein und brauste mit Schmackes Richtung Kiefhuck.

Halt! Stopp! Das ist es! Dass ich daran nicht eher gedacht habe! Er ließ den Wagen ausrollen. Agathe!

Obwohl, es war ihm natürlich in den Sinn gekommen, bei sich zu Hause Unterschlupf zu finden. Als er vor Stunden, zu Beginn seiner Flucht, über den Acker gestolpert war, hatte er für einen kurzen Moment ernsthaft in Erwägung gezogen, sich Richtung England zu verkrümeln. Weil er sich nämlich derart verloren gefühlt hatte dort draußen, dass er sich unwillkürlich nach einem Halt umgesehen hatte. Und da hatte nichts näher gelegen, als schleunigst bei seiner Mutter unterzukriechen.

Aber diesen lächerlichen Einfall hatte er sofort wieder verworfen. Weil seine Kollegen mit dem verfluchten Spezialisten im Schlepptau doch vermutlich als erstes diese Alternative abklären würden. Nein, der Weg zu sich nach Hause war blöderweise versperrt gewesen.

Aber seitdem waren einige Stunden vergangen. Woraus folgte, dass es im Augenblick vermutlich keinen sichereren Ort auf dieser vermaledeiten Insel gab als das Einfamilienhaus in der Osterkoogstraße. Weil der Blaschke, sofern er mittlerweile aus dem Koma erwacht war, doch mit Sicherheit längst vor Ort gewesen war, um diese Alternative auszuschließen.

Er wendete den Wagen. Von hier bis zu sich nach Hause war es bummelig einen Kilometer weit. In ein paar Minuten könnte er sich ins Warme verkriechen, ein Stück von der Geburtstagstorte verdrücken und sich dann für ein paar Stunden aufs Ohr legen. Morgen früh würde er dann weiter sehen. Bis dahin würde sich hoffentlich auch der Sturm verzogen haben.

Der Deich ...

„Ach, Scheiß was drauf!", stieß er aus. „Das Risiko muss ich eingehen. Er wird schon halten."

Und selbst wenn nicht, zwischen dem Meer und seinem Elternhaus lagen gut zwei Kilometer Weideland und ein paar Warften. Vermutlich würden sich die eindringenden Wassermassen verlaufen und jedenfalls nicht bis ins Zentrum der Insel vordringen.

Norbert Börnsen bog mit dem Daimler in die Osterkoogstraße ein. Wenige Meter hinter der langgezogenen Rechtskurve lag bereits sein Elternhaus. Im Vorbeifahren bestätigte sich seine Mutmaßung. Keine Menschenseele weit und breit. Alles lag still und friedlich da. Und sein kriminalistischer Instinkt sagte ihm, dass sich hier auch niemand versteckt hielt, um ihm aufzulauern und ihn dann hopps zu nehmen. Nein, seine Verfolger mochten Gott weiß wo sein, hier waren sie jedenfalls nicht!

Keine zwei Minuten später hatte er den Benz im Friesenweg abgestellt. Von dort aus hastete er zurück in Richtung Hauptstraße, wobei er sich mit aller Macht gegen den von rechts auf ihn einpeitschenden Sturm stemmen musste.

Als er den Schlüssel in das Schloss der Haustür steckte, ging im ersten Stock das Licht an. Er hatte, was er eigentlich hatte vermeiden wollen, seine Mutter geweckt. Gleich würde es wieder eins dieser einseitigen Endlosgespräche geben, die eigentlich Monologe waren. Sie würde ihn mit Vorwürfen überhäufen. Erstens sowieso, und zweitens, weil er es nicht einmal für nötig befunden hatte, an ihrem Ehrentag anzurufen und sie davon in Kenntnis zu setzen, dass er es nicht schaffen würde, rechtzeitig zum gemeinsamen Abendbrot zu Hause zu sein.

Merkwürdig war allerdings, dass Agathe offenbar bereits geschlafen hatte. Wo sie doch wusste, dass man ihm auf den Fersen war. Das hatten ihr seine Kollegen in den frühen Abendstunden doch bestimmt längst unter die Nase gerieben. Oder waren sie noch gar nicht hier gewesen? Konnte das sein? Offenbar schon, denn sonst wäre seine Mutter nie und nimmer schlafen gegangen. Weil sie sich nämlich Sorgen um ihn gemacht hätte. Oder war er ihr in jederlei Hinsicht egal? Ähnlich gesehen, das musste er sich eingestehen, hätte es ihr irgendwie schon.

„Bist du das, Nobbi?“, hörte er ihre stets leicht vibrierende Stimme aus dem ersten Stockwerk heruntertönen.

„Ja, Mutti! Entschuldige, es ist spät geworden. Leg dich doch wieder hin und schlaf weiter. Wir können morgen früh über alles reden.“

Doch da stand sie bereits in Sichtweite ein paar Stufen über ihm und schaute missbilligend zu ihm hinab.

„Wie oft soll ich dir noch sagen, dass du die Schuhe ausziehen sollst. Bei diesem Sauwetter da draußen. Nun sieh dir bloß den Dreck an. Und ich darf wieder hinter dir her wischen. Es ist immer dasselbe! – Ach ja. Noch eins. Weißt du eigentlich, was für ein Tag heute ist? Beziehungsweise war? Nun? Oder hat es mein werter Herr Sohn vergessen? Ich fass es nicht! Mir fehlen die Worte. Er vergisst den Ehrentag seiner Mutter ...! Hat ihn schnöde vergessen! Wenn das mein lieber Mann und dein Vater noch erlebt hätte ...“

Kopfschüttelnd stand sie neben ihm. Er hielt den Kopf gesenkt und murmelte etwas, das sich wie eine Entschuldigung anhörte. Dabei entledigte er sich seines verdreckten Schuhwerks und hängte seine Jacke mit der SIG Sauer in der Innentasche an den dafür vorgesehenen Haken.

„Nuschle nicht so, Norbert! Ich kann dich nicht versteeehen“, sang sie.

Er hob den Kopf und sah ihr mit einem Flehen im Blick in ihre kalten, stahlgrauen Augen.

„Verzeih, Mutti. Es soll nicht wieder vorkommen.“

„Papperlapapp!“ Sie stutzte. „Wie siehst du überhaupt aus? Was ist passiert? Erzähl schon! Lass dir doch nicht alles aus der Nase ziehen. Ach, ich habe es nicht leicht mit dir. Nein, wirklich nicht. Du weißt doch, dass du mit deiner lieben Mutter über alles reden kannst.“

„Also, ich finde, wir haben lange genug gewartet. Oder was meint ihr?“

Elfriede Hartmann sah ihren Freund an. Der zuckte mit den Achseln. Und auch Beate Holmsen schien unschlüssig zu sein.

„Vielleicht noch ein paar Minuten? Sicher ist sicher.“

„Nein! Es reicht! Wir müssen hier weg! Was ist, wenn der Deich bricht? Von hier bis zum Wasser sind es maximal dreihundert Meter. – Nein, das ist mir zu gefährlich. Ich fahre jetzt los.“

„Na gut. Aber lass das Licht aus. Jedenfalls fürs Erste.“

„In Ordnung, mein Liebster. Aber wenn sich auf Kiefhuck nichts tut, schalte ich spätestens beim Kreuzweg das Licht wieder an. Und dann geht es auf dem kürzesten Weg ab nach Hause!“

Sie setzten sich langsam in Bewegung. Auf Kiefhuck war alles ruhig. Elfriede fuhr mit mäßigem Tempo Richtung Südosten. Sie hatten den Wind im Rücken. Mit eingeschaltetem Scheibenwischer war die Sicht gar nicht mal so schlecht. Ihre Augen hatten sich längst an die Dunkelheit gewöhnt.

Sie näherten sich dem Richtung Alterkoogchaussee führenden Kreuzweg. Sie tastete bereits nach dem Lichtschalter.

„Seht ihr das?“

Die Hand Beate Holmsens tauchte aus dem Fond des Wagens auf. Sie zeigte in Richtung Osterdeich.

„Oh, Mist! Ein Auto kommt direkt auf uns zu! Was, wenn das der Bulle von vorhin ist?“

Elfriede gab Gas.

„W-w-was machst du?“, stieß Karl hervor. „Du fährst ja direkt auf ...!“ Weiter kam er nicht.

In diesem Moment riss seine Freundin das Steuer herum. Ihre Körper wurden nach links gedrückt. Gleich darauf ging sie in die Eisen und brachte den Golf zum Stehen. Jetzt ging es abrupt nach vorne.

Elfriede schaltete den Motor aus und schaute gebannt durch das linke Seitenfenster in die Richtung, aus der die Scheinwerfer geschienen hatten.

„Seht ihr das?“, flüsterte sie. „Der scheint zu kehren. Merkwürdig.“

Die beiden anderen, die sich mittlerweile wieder aufgerichtet hatten, starrten auch in die Nacht hinaus.

„Ja! Du hast Recht. Was mag der nur im Schilde führen?"

„Wenn er es ist, Karl. Wer sagt uns, dass es sich um das Bullenschwein handelt? Aber egal. Fest steht, dass er, oder sie, oder wer auch immer uns nicht bemerkt hat. Glück im Unglück", lächelte sie schwach.

„Aber was machen wir jetzt?"

„Gar nichts, Beate. Wir warten hier. Zur Not, bis die Nacht vorbei ist. Mir ist das alles nicht geheuer."

„Aber was ist, wenn der Deich bricht, mein Hasenfuß? Was dann?" Karl schloss seine Freundin in seine Arme.

„Dann haben wir mit Zitronen gehandelt. Trotzdem. Ich rühre mich hier fürs erste nicht weg."

Nach ungefähr einer dreiviertel Stunde, es ging bereits auf zwei Uhr zu, während der sie schweigend ihren Gedanken nachgehangen hatten, wobei Elfriede sich eng an ihren Freund gekuschelt hatte, näherte sich aus Richtung Norderhafen ein Auto. Der Scheinwerferkegel wurde schnell größer. Unwillkürlich duckten sie ab und machten sich ganz klein.

Als sie nach ein paar Sekunden zaghaft wieder ihre Köpfe erhoben und durch die Windschutzscheibe spähten, hielt der Wagen bereits auf die am Ortseingang von Odenbüll befindliche Rechtskurve zu. In der Dunkelheit schimmerte nur noch der schwache rötliche Schein des Rücklichts.

„Du hattest mit allem Recht! Der Psychofritze hat all deine Kombinationen und Schlussfolgerungen bestätigt."

„Was du sagst."

„Ja. Und der Stiekel war schwer beeindruckt, dass ein Normalsterblicher ohne Diplom oder Doktorabschluss zu derartig souveränen und wohldurchdachten Ableitungen überhaupt in der Lage ist."

„Tja, mein Lieber, das bringt unser Beruf nun einmal so mit sich. Wer, wenn nicht unsereins ist permanent mit den Abgründen des menschlichen Seelenlebens konfrontiert?!"

„Hab' ich dem reichlich hochnäsigen Seelenzergliederer auch gesagt. Und weißt du, was er mir darauf geantwortet hat?"

„Na?" Blaschke hatte bereits geahnt, was jetzt kommen würde. Richtig!

„Dass zwischen Erfahrungen und wissenschaftlich fundierter Urteilsbildung Welten liegen. Abgründe, so drückte der Knilch sich aus, tun sich auf zwischen dem bornierten Alltagsverstand von Ottonormalverbraucher und den ausgebildeten Denkern. Und dass du offensichtlich zu den letzteren zu zählen bist, dessen hätte sich Kollege Stiekel nie und nimmer versehen."

„Danke auch."

„Nichts zu danken, Horst. Ich habe lediglich den Sermon unseres überkandidelten Fachmannes referiert."

„Warte mal, Günter. Augenblick. Hier kommt gerade eine Nachricht rein."

Es hatte in der Leitung geknistert. Im Hintergrund hatte Schmuhl Stimmengewirr ausmachen können. Er hatte heute ausnahmsweise während der Dienstzeit zum Hörer gegriffen, auch auf die Gefahr hin, dass irgendjemand Unberufenes und womöglich der Börnsen höchstselbst etwas von ihrem Gespräch mitbekommen sollte. Dass der Stiekel die Gedankengänge und Schlussfolgerungen Blaschkes ohne jede Einschränkung für wohlfundiert gehalten hatte, hatte schleunigst an den Mann gebracht werden müssen. Und über das Handy war sein Kollege nicht zu erreichen gewesen.

„Hallo! Bist du noch dran?"

„Logo. Was ist denn passiert?" Blaschkes Stimme hatte aufgeregt geklungen.

„Eine Frauenleiche ist auf den Salzwiesen Nordstrands entdeckt worden. So wie es aussieht, hat der Börnsen", hatte sich von einem Moment zum nächsten seine Stimme gesenkt „wieder zugeschlagen."

„Scheiße!"

„Ja. Oder auch nicht. Eventuell ist das ja sogar von Vorteil. Irgendwie ... Egal, Günter, ich muss jetzt los. Du hörst von mir."

„Horst?"

„Ja?"

„Soll ich mich nicht vielleicht lieber doch ins Auto setzen und nach Husum kommen?"

Schmuhls Stimme hatte besorgt geklungen. Und er war extrem besorgt gewesen. Einmal sowieso. Dann, weil das Morden weiterging. Vor allem aber, weil er heute früh im Radio aufgeschnappt hatte, dass ein Jahrhundertsturm in den Abendstunden an der Küste Nordfrieslands an Land gehen würde. Und sein Kollege hatte sich ausgerechnet jetzt, da der Abend nahte, aus gegebenem Anlass auf das Eiland begeben wollen.

„Nein, Günter. Bleib, wo du bist. Noch ist alles unter Kontrolle."

„Das mag ja sein. Trotzdem. Du fährst mitten hinein in das Auge des Sturms. Das ist dir hoffentlich klar. Für heute Abend und die kommende Nacht hat der Deutsche Wetterdienst eine Springflutwarnung herausgegeben."

„Ach was, mein Guter. Hier ist strahlendblauer Himmel. Keine Wolke weit und breit."

Es hatte in der Leitung geknackt.

„Noch, Horst. Noch."

Aber diese ahnungsvollen Worte eines Besorgten waren nicht mehr an sein Ohr gedrungen. Blaschke hatte aufgelegt, weil er sich zusammen mit seinen Kollegen vor Ort schleunigst zu den Salzwiesen in der Nähe des Holmer Siels hatte begeben müssen.

Günter Schmuhl aber hatte gleich nach dem Telefonat einen Entschluss gefasst.

„Und nu?"

Der Notarzt war eingetroffen. Sie hatten sich gleich nach dessen Ankunft in die Wärme des Streifenwagens zurückgezogen.

„Tja, dat weet ick uck nich."

Hauptwachtmeister Grosse rieb sich nachdenklich sein Kinn.

„Avers dat is doch klaa as Klooßbrühe!", preschte der Jungpolizist vor.

„Ach ja? Ist es das? Na, dann erleuchten Sie uns mal, Sie Neunmalkluger."

„Dat Aas mut vör uns sien. Un dat heet, dat wie hev in disse Direkschion wietertofohrn."

Seine Hand wies in Richtung Norderhafen.

„Na gut. Damit mögen Sie immerhin Recht haben. Nur, was dann? Wenn ich mich nicht täusche, ist es bis dahin allenfalls noch ein schlapper Kilometer."

„Wat is, wenn de Börnsen een ganz een cleverer Jung is?"

„Sie meinen?!"

Blaschke drehte seinen Kopf wieder zurück in Richtung des älteren Kollegen.

„Ick mien, dat wie noch gonnich över de Possibilitie nachdacht hevt, dat he is to sick to Huus fohrn."

„Ach, der Börnsen wohnt auf dieser Insel? Warum erzählt mir das niemand?"

Horst Blaschke war ernstlich sauer.

„Ich wusste lediglich, dass er zusammen mit seiner stressigen Mutter haust. Aber ausgerechnet auf Nordstrand!"

„Dat deit mie Leed, mien Leever, dat wie ju dat noch nich secht hevt. Avers ..."

„Aber das würde ja bedeuten", unterbrach der Hauptkommissar seinen sichtlich betroffen wirkenden Kollegen, „dass er das größte Risiko überhaupt eingeht. Er muss doch damit rechnen, dass wir da als erstes hinfahren ..."

„Eeebeeen! Dat is exaktement de Casus Knacksus."

„Bitte?"

Der Kopf Blaschkes schnellte wieder herum.

„Na, ick mien, de Börnsen mutt doch glövn, dat wie dat as erstes affcheckt hevt. Un dat heet, dat de Luft all wedder klor is. Null Risiko."

„Mensch, dass ich nicht selbst darauf gekommen bin!"

Blaschke schlug sich mit der flachen Hand gegen die Stirn.

„Wissen Sie, wo genau der Börnsen wohnt?", wandte er sich wieder Peter Grosse zu.

„Logo. Osterkoogstrot Veeruntwinnich."

„Na, Kollege, denn mal los! Worauf warten Sie noch?"

Hauptwachtmeister Grosse startete den Motor, legte den ersten Gang ein und gab Gas.

Hoffentlich kommen wir nicht zu spät, ging es dem Flensburger Ermittler durch den Kopf. Er hatte so ein ungutes Gefühl, er hätte selbst nicht zu sagen gewusst, weshalb.

Sie saßen im Pesel. Seine Mutter im Schlafrock, er eingehüllt in eine Decke. Er hatte sich aus dem Kühlschrank eine Flasche Flensburger Pils geschnappt, aus der er hin und wieder einen Schluck nahm. Seit geraumer Zeit schwiegen sie sich an.

Er kannte das zur Genüge. Wenn seine Mutter ihn ihre Verachtung spüren lassen wollte, konnte es vorkommen, dass sie tagelang kein Wort mit ihm wechselte. Wenn sie ihm im Haus begegnete, musterte sie ihn demonstrativ von oben bis unten, schüttelte nachdenklich mit ihrem Kopf und ließ ihn dann links liegen.

Aus ihrem bisherigen Verhalten war zu schließen, dass sie keine Ahnung hatte, in was für Schwierigkeiten er steckte. Es war kaum zu glauben, aber seine Kollegen waren tatsächlich noch nicht hier gewesen. Das machte manches einfacher. Hätten sie nämlich seiner Mutter gesteckt, dass ihr Sohn ein auf der Flucht befindlicher Mehrfachmörder war, dann wäre das alles hier längst endgültig aus dem Ruder gelaufen. Agathe hätte wahrscheinlich sofort das Präsidium davon in Kenntnis gesetzt, dass die Frucht ihrer Liebe vorhabe, sich feige in ihrer Wohnung zu verkriechen. Und dass sie das auf gar keinen Fall zu dulden bereit sei.

„Was ist bloß los mit dir, Norbert? Was habe ich falsch gemacht?"

Ihre weinerliche Stimme riss ihn aus seinen trüben Gedanken.

„Nichts Mutti, nichts."

„Aber ich sehe doch, dass etwas nicht stimmt. Deiner alten Mutter machst du nichts vor. Was hast du ausgefressen?"

„Wieso, was sollte ich denn ausgefressen haben?"

„Nun stell dich mal nicht dümmer als du bist, mein Lieber!"

Ihre Stimme hatte sich bei den letzten Worten ein wenig erhoben. Sie setzte zu ihren üblichen Vorwürfen an. Er kannte das. Immer dieselbe Verlaufsform. Erst gab sie vor, sich Sorgen zu machen. Aber dann steuerte sie zielstrebig auf ihr immer gleiches Anliegen zu. Nämlich ihm unter die Nase zu reiben, wie schwer sie es, so lange sie denken könne, mit ihm gehabt habe. Dass sie machen könne, was sie wolle, nie danke er es ihr. Weil Undank der Welt Lohn sei. Obwohl sie sich für ihn krumm gelegt habe. Auf alles habe sie verzichtet, damit es ihm einmal besser gehen solle als ihr selbst. Undsoweiterundsofort.

„Also, spuck's aus. Mit mir, das weißt du, kannst du über alles reden. Ich habe für alles ein offenes Ohr. Schließlich sind wir eine Familie, in der jeder für jeden einzustehen hat, nicht wahr?!"

„Dass ich nicht ..."

Er hielt inne. Bloß kein Öl ins Feuer gießen.

„Jaaaa?"

„Ach nichts."

„Hör zu, mein Lieber! Ich lass mir das nicht länger bieten! Immer diese herablassende Ignoranz. Was habe ich getan, dass du mich so verachtest? Mein eigenes Fleisch und Blut ..."

Sie begann zu schluchzen. Dabei nestelte sie ein Taschentuch aus ihrem Schlafrock, mit dem sie ihre feuchten Augen betupfte.

Hatte er sich verhört? Ausgerechnet ihm warf sie das vor! Wo sie doch die personifizierte Verachtung war.

„Das ist jetzt nicht dein Ernst ..."

Weil sie sich in diesem Moment die Nase schneuzte, erreichten die Worte der Ratlosigkeit sie nicht.

„Bitte? Nuschle nicht so! Wie oft soll ich es dir noch sagen? Rede klar und deutlich. Damit ich dich versteeehe!"

„Ich habe gesagt ...!", erhob er seine Stimme.

„Schrei mich, bit-te, nicht so an!! Un-er-hört!! Was unterstehst du dich, deine alte Mutter derart anzublaffen?! Ich dulde das nicht!! Verstehst du das, mein Freundchen?!"

Langsam trat sie in die hysterische Phase ein.

Er schwieg und sah betreten zu Boden.

„Also, langsam verliere ich die Geduld! Erst weckst du mich, rücksichtslos wie du bist, in tiefster Nacht. Nachdem du, man stelle sich das vor, meinen Geburtstag vergessen hast. Und dann weigerst du dich, mit mir zu sprechen. Was habe ich nur falsch gemacht? Ach, wenn dein Vater noch lebte, dann wäre alles anders. Dann würdest du sehen, was es heißt, ungehorsam zu sein. – Ja, wir sind immer viel zu nachsichtig mit dir gewesen, das ist es. Ein paar Schläge haben noch Niemandem geschadet. Doch dafür ist es jetzt wohl zu spät. Und seitdem mein lieber Mann nicht mehr unter uns weilt, glaubst du, mir auf der Nase herumtanzen zu können. Mit mir kann man es ja machen ... Mit einer alten, gebrochenen Frau ..."

Es schüttelte sie erneut. Das Schluchzen erfüllte wieder den Raum.

Plötzlich erhob sie sich. Sie baute sich direkt vor ihm auf. Ihre Gesichter waren keinen Meter mehr auseinander. Er glaubte, ihren heißen Atem zu spüren. Und dann ging es richtig los.

„Steh auf, wenn ich mit dir rede!!“, schrie sie. „Hier und heute Nacht gebiete ich deinem wüsten Treiben Einhalt!! Los, geh mir aus den Augen!! Ich ertrage deinen Anblick nicht mehr!!“

Sie stampfte wahr- und wahrhaftig mit ihren bloßen Füßen auf den Parkettfußboden. Der knirschte unter dem heftigen Andrang. Er traute seinen Augen nicht. Derart aufgebracht hatte er sie noch nie gesehen. Ihr schien es wahrhaft ernst zu sein.

Na gut, dachte er, sie will es so haben.

Langsam erhob er sich. Sie standen jetzt Nase an Nase. Er roch ihren fauligen Atem. Ihre Augen waren gerötet. Es schauderte ihn.

„Ich habe getötet.“

Im Pesel war es sekundenlang totenstill. Sie standen nur da und starrten einander an.

„Was hast du?“, stammelte sie.

„Getötet, Mutti. Mehrere Male. Ich habe vier Frauen um die Ecke gebracht. Mit meinen bloßen Händen habe ich sie erdrosselt. – Ich bin der Salzwiesenmörder.“

„Was redest du da? Bist du von Sinnen?“

Sie starrte ihn ungläubig an. Dabei trat sie ganz langsam zwei Schritte zurück.

Hosianna! Sie fürchtet sich vor mir. Was für ein Triumph! Zum ersten Mal in meinem Leben hab ich sie in der Hand. Ich fass es nicht!

„Du hast ganz richtig gehört. Vier Schlampen habe ich um die Ecke gebracht. Und weißt du was? Es war ein Fest!“

„Hör auf damit!“, stieß sie hervor. „Hör auf, mir solche Horrorgeschichten aufzutischen. Ist das der Dank, dass wir uns für dich krumgelegt ...“

„Du hältst jetzt deine verdammte Fresse!! Ist das klar?!“

„Aber ...“, wollte sie intervenieren.

„Halt dein widerliches Schandmaul, du Drecksau!!!“

Agathe ließ sich in den Sessel fallen. Sie war kreidebleich und außerstande, sich noch zu rühren.

„Na siehst du. Es geht doch. Warum nicht immer so?"

Sein kaltes Grinsen war diabolisch. Plötzlich fühlte er sich so leicht. Richtig beschwingt. Wie würde er sich erst fühlen, wenn er ...? Ein Gedanke war dabei, sich in seinem Kopf zu formen.

„Die Bullenschweine sind hinter mir her, weil ich vier Frauen abgemurkst habe. Heute Abend haben sie es rausgefunden. Und seitdem befinde ich mich auf der Flucht."

„Aber wieso?", wimmerte sie.

„Das fragst du mich? Ausgerechnet du? Ich fass es nicht!"

„Was habe ich falsch gemacht? Bitte, sag es mir, Norbert!"

„Alles!!"

„Wie meinst du das? Wo ich doch immer für dich da gewesen bin. Immer! Du bist mein Ein und Alles! Das weißt du doch."

Sie begann wieder zu schluchzen und schlug sich dabei mit großer Geste ihre Hände vors Gesicht.

Da hörte sie es. Konnte das sein? Jemand lachte. Laut und deutlich. Aber war das überhaupt ein Lachen? Es klang so verzerrt, so keuchend und atemlos, als ob jemand nach schwerster körperlicher Anstrengung kurz davor war, zu kollabieren. Vor allem jedoch: Wer oder was war das?

Als sie die Hände vom Gesicht nahm, erstarrte sie vor Schreck. Ihr Sohn stand direkt vor ihr und blickte auf sie herab. Sein Gesicht war zu einer ekelhaften Grimasse verzerrt. Sein Mund war weit aufgerissen. Aus seiner Kehle drangen glucksende Geräusche. Etwas Vergleichbares hatte sie zuvor noch nie gehört. Es war, als ob Stimmen aus einer anderen Welt an ihr Ohr drängen.

Und urplötzlich begriff sie, dass Norbert hier und jetzt wahnsinnig geworden war.

„D-d-d-du m-musst d-dich stellen ...", stotterte sie.

Er schien sie nicht zu hören. Noch immer stand er vor ihr mit weit aufgerissenem Maul und produzierte wüste Geräusche. Dann drehte er sich langsam um und verließ den Raum.

Agathe hatte schon den Hörer in der Hand, als er wieder wie in Zeitlupe auf sie zukam. Er hielt etwas Schwarzes, Glänzendes in seiner rechten Hand, das genau auf sie gerichtet war. Sie ließ den Hörer fallen.

„W-w-w-was t-t-tust d-d-du ...?“, stieß sie stotternd hervor.

„Was ich schon längst hätte tun sollen!“

Seine Stimme war eiskalt.

„Aber Nobbi, ich bin doch deine Mutti ...“

„Warum hast du es zugelassen, dass er mich damals ...? Dass das Schwein sich an mir vergriffen hat?“

Die vier Schüsse, die er auf sie abfeuerte, hörte Agathe Börnsen nicht mehr. Sie war auf der Stelle tot.

„Können Sie etwas erkennen?“

„Nee. Nullkommajosef.“

„Aber das Licht brennt. Also muss jemand zu Hause sein.“

„Un nu? Wat muck wie nu?“

Hauptwachtmeister Grosse war ratlos.

Sie waren vor ein paar Minuten bei dem Einfamilienhaus in der Osterkoogstraße vorgefahren. Bereits von weitem war zu erkennen gewesen, dass dort Licht brannte. Es war das einzige Gebäude weit und breit, dessen Fenster im Erdgeschoss matt erleuchtet waren.

„Ist es das?“, hatte Horst Blaschke mit belegter Stimme gefragt. Das ungute Gefühl von vorhin war wieder da gewesen. Etwas war hier oberfaul, da war er sich ganz sicher.

Peter Grosse hatte nur genickt. Es war dem Hauptkommissar so vorgekommen, als ob auch seinem Nachbarn die ganze Sache nicht geheuer war.

Nachdem sie dann ihren Streifenwagen am Straßenrand abgestellt hatten, hatten sie sich schnurstracks zur Haustür begeben. Bevor sie klingelten, hatten sie die für solche Situationen vorgeschriebene Position bezogen. Bloß nicht frontal zum Eingang stehen. Die SIG Sauer P6 zücken und entsichern. Sich gegenseitig Deckung geben. Vor allem aber hatte der Hauptwachtmeister seinen jungen Kollegen mit einem kurzen Kopfnicken dazu aufgefordert, sich zum Hintereingang zu begeben, um, für den Fall der Fälle, dem Börnsen den anderen Fluchtweg zu verstellen.

Dann hatte Blaschke den Klingelknopf betätigt. – Nichts tat sich dort drinnen. Totenstille. Irgendwann hatte er Sturm geklingelt, und als auch das vergeblich gewesen war, waren sie ins Grübeln gekommen.

„Gefahr im Verzug!"

Die Stimme des Spezialisten aus Flensburg klang wild entschlossen. Ein Fauxpas pro Tag reichte. Jetzt galt es, konsequent zu sein.

„As ju mienen deist. Töv. Ick hol mol gliecks de Stemmiesen ut de Wogn. Just a Momang. Dat geiht gau."

Mit diesen Worten strebte Peter Grosse ihrem Gefährt zu. Nach knapp zwei Minuten war er wieder zur Stelle und setzte das Eisen an. Das Holz knirschte erst. Dann begann es zu splittern, und dann flog die Tür mit einem lauten Krachen auf.

Sie betraten den Flur. Blaschke gab seinem Kollegen mit der Ersatzwaffe, die Grosse ihm, als sie die Wohnung erreicht hatten, in die Hand gedrückt hatte, Deckung.

Nichts. Die rechterhand gelegene Küche lag im Dunkeln. Sie knipsten das Licht an. Der Raum war leer. Im linkerhand gelegenen Zimmer brannte, das hatten sie von draußen gesehen, Licht. Grosse drückte ganz langsam die Klinke hinunter und schob die Tür sachte auf. Das Licht im Pesel war schummrig.

Nichts. – Oder doch? Der Hauptkommissar sah es als erstes. Saß dort hinten am Fenster nicht jemand in einem von der Tür halb abgewandten Sessel?

„Uppston!", erklang die gepresst klingende Stimme seines Begleiters. „Avers gaaanz suutsche. Ick wull jours Wichsgriffl sehn."

Der dort hinten rührte sich nicht.

„Hallo! Hören Sie nicht? Bitte stehen Sie ganz langsam auf, und zeigen Sie uns Ihre Hände!"

Peter Grosse, den anderen in seinem Gefolge, näherte sich der Gestalt, die nach wie vor keinen Mucks von sich gab. Jetzt stand er direkt hinter dem Sofa.

Was war das? Am Fenster war unvermittelt eine Gestalt aufgetaucht und fuchtelte wild mit den Armen. Blaschke sah sie als erstes. Abrupt hielt er inne. Wer? Aber ja, der Jungspund, der draußen aufpassen sollte. Was ritt den Grünschnabel, dass er so einen Feiststanz aufführte?

„Was ...?“ Auch Grosse wurde jetzt von seinem Kollegen dort draußen abgelenkt.

„Hände hoch! Polizei! Ich will die Hände sehen!“

Jemand stand direkt hinter ihnen. Börnsen! Scheiße, sie waren in die Falle getappt. Ihr Begleiter vor dem Fenster hatte das Desaster als erstes registriert und hatte versucht, sie zu warnen. Zu spät! Sie befanden sich in der Gewalt des Serienkillers.

Die beiden Beamten hoben ganz langsam ihre Arme in die Höhe. Aus den Augenwinkeln sahen sie, wie ihr jugendlicher Mitstreiter seine Waffe auf den hinter ihnen gerichtet hielt.

Humor hat er ja, der Börnsen, ging es Blaschke in diesem Moment höchster Anspannung durch den Kopf. Erdreistet sich immer noch, sich als Polizist auszugeben.

„Lassen Sie Ihre Waffen fallen.“

Was sollten sie tun? Es darauf ankommen lassen? Sich hinhechten, zielen und abdrücken? Maximal einen würde der Killer erledigen können. Und vielleicht würde ihr Kollege ja den finalen Rettungsschuss abgeben können, bevor das Rabenaas überhaupt reagieren konnte?

Aber nein! Zu riskant, befanden beide Kriminalbeamten bei sich. Nicht noch mehr Blutvergießen. Diese verfahrene Situation musste anders in den Griff zu bekommen sein.

Sie ließen gleichzeitig ihre Waffen fallen, die mit einem metallischen Klacken auf den Holzdielen des Fußbodens auftrafen.

„So. Und jetzt gaaanz langsam umdrehen.“

Halt! Konnte das sein? War es möglich? Die Stimme ... Aber ja! Dass er es nicht gleich bemerkt hatte! Er war einfach zu überrascht gewesen. Und übermüdet!

„Günter!“, stieß er hervor.

„Horst?“

„Was machst du denn hier? Wie ...? Ich meine, woher weißt du ...? Und wie bist du überhaupt hier herein gekommen?“

„Ju weet, wer dat is?“ Peter Grosses Gesicht war aschfahl.

„Ja. Das ist mein Kollege aus Flensburg. Oberinspektor Günter Schmuhl.“

„Un ick dacht all, de Börnsen wull us twee Hübschn dat dore Licht utknipsn."

„Ging mir, wenn es Sie tröstet, genauso, mein Bester."

Horst Blaschke gab dem Jungpolizisten vor dem Fenster mit einer Handbewegung zu verstehen, dass die Gefahr vorüber war. Der zögert kurz, ließ dann aber seine Waffe sinken.

Blut! Überall Blut! Aus dem Kopf der tödlich Getroffenen sickerte weißlich schimmernde Gehirnmasse. Kein schöner Anblick. Der Hauptwachtmeister musste gegen den Brechreiz ankämpfen. Das hier ging ihm gehörig an die Nieren, zumal er inzwischen wusste, wer auf das Übelste zugerichtet worden war. Und dann hatte noch dieser Schmuhl für einen kurzen Moment sein Blut zum Gefrieren gebracht.

„Dat is de Moder vun de Börnsen. Dat Aas het siene Moder affmurkst. Ick glööv dat nich!"

Die drei Beamten standen jetzt frontal vor der von vier Schüssen hingestreckten Frau. Hier kam jede Hilfe zu spät, das konnte selbst ein medizinischer Laie sofort erkennen. Außerdem, doch dazu gehörte schon ein wenig mehr medizinischer Sachverstand, deutete alles darauf hin, dass die tödlichen Schüsse erst vor kurzem abgefeuert worden waren. Das ausgetretene Blut war noch nicht geronnen. Und auch die Körpertemperatur der Toten, die Blaschke spürte, als er, gegen jede Vernunft, versuchte, ihren Puls zu ertasten, war noch relativ nah an der von Lebenden. Obgleich das wenig zu sagen hatte, angesichts der, vorsichtig gesagt, kuscheligen Temperatur, die im Pesel der erneut reduzierten Familie Börnsen herrschte.

„Da kommt wohl jede Hilfe zu spät", richtete sich der Hauptkommissar wieder auf. „Aber eins ist sicher: Die Tat muss kurz vor unserem Eintreffen über die Bühne gegangen sein, und das heißt ..."

„Dat heet, dat de Börnsen villicht noch in dat Huus is", vollendete Peter Grosse den Satz seines Begleiters.

„Exakt, mein Lieber. Wir müssen sämtliche Zimmer abchecken, bevor wir den Notarzt rufen können."

„Nein. Das halte ich für ausgeschlossen. In diesem Haus befindet sich außer uns und der Toten dort niemand mehr. Der Vogel ist ausgeflogen."

„Du musst es ja wissen. Kommst ungebeten und gegen jede Abmachung an die Westküste. Erfragst im Husumer Präsidium einfach mal so die Adresse von dem Börnsen. Kutschierst bei Sturm und Wetter auf die Insel. Steigst durch die Hintertür in das Haus des Serienkillers ein und entdeckst die gemeuchelte Mutter des Wahnsinnigen. Habe ich was vergessen?"

„Jo. Dat he us to Doode erschreckn deit, de Tüffl!"

„Genau. Dabei hättest du jedenfalls mich erkennen müssen, Günter. Was ist bloß los mit dir?", zwinkerte er seinem übereifrigen Kollegen zu.

„Hast du eigentlich mal in den Spiegel gesehen? Weißt du, wie du aussiehst? Wie ein verdreckter Penner, der die Nächte auf irgendwelchen Parkbänken zubringt. Entschuldige, dass ich so deutlich werde."

„Schon gut. Ja, pikobello ist was anderes."

Schmuhl hatte, nachdem sich die kitzlige Situation von vor ein paar Minuten entspannt hatte, mit schnellen Worten, bevor sie sich dann auf die tote Frau konzentriert hatten, seine unverhoffte Präsenz rekapituliert. Bei der Gelegenheit hatten sie auch erfahren, dass unmittelbar vor der Insel, aber noch auf dem Damm eine Straßensperre errichtet worden war. Die Kollegen hatten ihn nur deswegen passieren lassen, weil er sich hatte ausweisen können. Sie hatten ihm den Weg zum Haus der Börnsens beschrieben. Und zum Schluss hatten sie ihn noch auf die Gefahr eines Deichbruchs hingewiesen.

„Trotzdem. Ich will ganz sicher gehen, dass der Börnsen sich nicht doch irgendwo hier verkrochen hat", ergriff Blaschke wieder die Initiative. „Lasst uns das Unterste zu Oberst kehren. Keller. Dachboden. Das volle Programm."

Sie machten sich gemeinsam daran, das ganze Haus zu durchsuchen. Zimmer für Zimmer inklusive des Kellers und einer im oberen Stockwerk gelegenen klitzekleinen Abseite. Aber sie fanden nichts. Der Vogel war ausgeflogen. Sie waren erneut zu spät gekommen. Der Salzwiesenmörder war ihnen immer einen Schritt voraus. Es war zum Aus-der-Haut-fahren!

Nachdem sie telefonisch den Rettungsdienst verständigt hatten, erlösten sie den hinter dem Haus fröstelnden Kollegen.

Als der das Malheur sah, rannte er nach draußen und erbrach sich auf der vor dem Haus gelegenen Grünfläche. Nach ein paar Minuten stand er wieder in der Wohnzimmertür, leichenblass und mit zittrigen Knien.

„Nu Jung, geit ju dat 'n beetn better?"

Der Jungpolizist nickte schwach.

„Na, denn is jo goot. Un apropos, dat hev ick ju jo noch gonnich vertellt: Dat is 'n Gooter. Schmuhl heet he, wenn ick dat recht verston hev. 'N Bulle ut Flensdörp."

Man schüttelte sich die Hand.

„Und wie gehen wir jetzt weiter vor? Hat jemand von Ihnen einen Einfall? Hinter dem Börnsen stapeln sich die Leichen, und wir haben ein ums andere Mal das Nachsehen. Das ist in-ak-zep-ta-bel!"

Horst Blaschke war ernsthaft sauer.

„Wieso das denn? Welche Leichen?" Günter Schmuhl wirkte perplex.

Also erzählte Blaschke ihm ausführlich, was innerhalb der letzten Stunden alles vorgefallen war. Sie hatten schließlich Zeit. Jedenfalls, bis der Rettungsdienst eingetroffen sein würde. Zwischendurch hörte man den Oberinspektor immer wieder einmal „was du nicht sagst!", „in echt!?" oder „unglaublich!" sagen.

Als der Hauptkommissar mit seinem Bericht zuende gekommen war, wandte er sich wieder dem Einheimischen zu und wiederholte seine Frage von vor dem Exkurs.

„Ick sech mol so. Över de Diek kann he nich. Affspeert. To Huus unnerkriechn, dat geit nu, wo he sine Moder affmurkst het, uck nich mehr. Dat heet, dat de Börnsen wedder över de vermaledeite Insel löppn deit ..."

„Nee, dat glööv ick nich. De löppt nich. De het een Wogn, wenn ju miene Weengkeit frogn deist. Sunst wär he uck nich so fix dörbie."

„Schön und gut. Aber hilft uns das alles irgendwie weiter? Wohin kann der Knabe jetzt noch? Haben Sie beiden Hübschen dazu einen sachdienlichen Hinweis?"

Aber damit konnten die beiden Streifenpolizisten nicht dienen. Und also warteten sie wieder und immer noch däumchendrehenderweise auf die Ankunft des Rettungsdienstes. So gesehen, hätten die Kollegen von der Ambulanz und die mit dem Zinksarg auch gleich auf der Insel bleiben können. Denn dass das hier die letzte Leiche in dieser Nacht bleiben würde, davon war irgendwie nicht auszugehen. Das war jedenfalls die Meinung des Hauptkommissars. Denn wer sogar seine eigene Mutter hinrichtet, dem ist schlechterdings alles zuzutrauen! Der schreckt vor gar nichts mehr zurück. Das Ende der Fahnenstange war noch nicht erreicht. Und wenn sie dem bösen Treiben nicht so schnell wie möglich Einhalt geboten, dann würde es der Salzwiesenmörder noch vor dem Ende dieser gruseligen Nacht locker schaffen, Nordstrands Einwohner weiter drastisch zu dezimieren. Einen nach dem anderen, bis kaum noch jemand übrig war. Und zum Schluss, das zeigte die Erfahrung, würde er entweder von einem Scharfschützen eines Sonderkommandos niedergestreckt werden, oder, dies die andere, nicht weniger gewalttätige Variante, sich selbst richten.

Mit derart trüben Gedanken vertrieb man sich die Zeit bis zum Eintreffen des Notarztes. Als der den Pesel betrat, konnte er sich die Bemerkung nicht verkneifen, dass er den schweren Verdacht habe, die Kollegen von der Kripo hätten einen Pakt mit dem Teufel geschlossen, dessen Gegenstand eine Wette sei. Wieviele Seelen man in einer Nacht in die Hölle transferieren könne ...

„Alle Achtung, meine Herren. Nur weiter so. Der Oberbösewicht mit dem Bocksbein ist sicher beeindruckt von Ihrer Quote. Aber immerhin: Was auf der einen Seite letal verloren geht, kommt auf der anderen hinzu. Das nenne ich eine ausgewogene Pattsituation“, schmunzelte er mit Blick auf den vierten im Bunde im Vorbeigehen.

„Man sieht sich!“, rief er ihnen, als sie die gute Stube verließen, hinterher. „Was gilt die Wette? In spätestens einer Stunde sind Sie wieder meiner Hilfe, oder der eines Kollegen von mir bedürftig. Obwohl“, stutzte er, als er den in sich zusammengesunkenen leblosen Körper auf dem Sofa sah, „hier kommt wohl wieder einmal jede Hilfe zu spät.“

Sie saßen sie wieder schweigend in ihrem Streifenwagen. Horst Blaschke auf dem vorderen Beifahrersitz neben Peter Grosse. Günter Schmuhl seinerseits hatte es sich im Fond neben dem Jungpolizisten bequem gemacht. Seinen Wagen würden sie fürs erste hier stehen lassen müssen.

Keinem wollte im Moment beikommen, was als nächstes zu tun war. Sie verplemperten, was sollten sie machen, erneut wertvolle Zeit.

Es ging bereits auf drei Uhr zu, als Peter Grosse den Wagen startete und, ohne ein Wort zu sagen, wendete.

„Was haben Sie vor, wenn ich fragen darf?"

„Ick sech mol so. Ick glööv nich, dat he to de Damm fohrn is. Nee, de is wedder torüch."

„Und wieso? Wie kommen Sie darauf?" Blaschke verstand nur noch Bahnhof.

„He is to his Moder fohrn, un dat, wo he weetn mut, dat wie dat uck weetn don."

„Sie wollen also sagen, der hält sich für einen ganz einen Schlauen, der immer genau das tut, was das am wenigsten Wahrscheinliche, weil Naheliegendste ist?"

„Exaktement! Dat is miene Sichtwies."

„Sie haben Recht, Kollege. Chapeau! Das wird tatsächlich seine Herangehensweise sein. Der Börnsen kichert sich eins, weil er immer genau das macht, was ein vernünftiger Mensch in seiner Situation nie und nimmer tun würde. Wie Mister X bei Scotland Yard. – Und das heißt, dass er sich vermutlich wieder auf dem Weg Richtung Norderhafen befindet. – Geben Sie Gas!"

„Stopp!"

Aus dem Fond des Wagens hörte man die sich vor Aufregung überschlagende Stimme des Jungpolizisten. Peter Grosse ging vor Schreck voll in die Eisen und brachte den Wagen kurz vor dem Osterdeich zum Stehen.

„Wie hev dor wat nich bedacht!"

„Und ... Was sollte das sein?", wandte sich Blaschke an den Mitfahrer.

„Dat wie em nich sehn hevt, as wie to sien Huus fohrn sind. Keen Wogn, keen Börnsen, keen gornix!"

Der Hauptkommissar konnte es nicht fassen. Dass er nicht selbst darauf gekommen war.

„Kehren Sie um!", brach es aus ihm heraus. „Oder, halt! Auszeit!"

Er formte mit seiner rechten und linken Hand das charakteristische pulsierende Pausen-T.

„Jo, wat denn nu? Hüh or Hot?"

„Givt dat ... Ich meine, gibt es noch einen anderen Weg Richtung Norderhafen als die Hauptstraße hier?"

„Ick verstor. Momang. – Jo, dor is de Engeländer Diek. Or heet de dore Strot Engeland? Egol. De föhrt, dat weet ick to Hunnertpro, över de Hamburger Diek direktemang nor de Hol merfährwech. Vun dor geit dat rechts wech to dat Holmer Siel un links wech to Norderhafn."

„Los, nehmen Sie diesen Weg!"

Peter Grosse wendete den Wagen. Keine zwei Minuten später bogen sie links nach England ein. Kurz zuvor sahen sie im Vorbeifahren, wie der Notarzt gerade aus der Tür des Hauses Osterkoogstraße 24 heraustrat und sich eine Zigarette ansteckte. Er hatte fürs erste wieder seine Arbeit getan, die erneut darin bestanden hatte, nichts mehr tun zu können. Der Mann konnte einem Leid tun.

Er stolperte wieder über die aufgeweichten Koppeln des Osterkoogs. Es hätte ohnehin keinen Zweck gehabt, hinter dem Holmer Siel mit dem Daimler über den lediglich für Fußgänger und Fahrradfahrer eingerichteten Deich zu fahren. Erstens sowieso, und zweitens auf Grund der vermutlichen Bodenbeschaffenheit dort oben. Die Grasnarbe war mittlerweile bestimmt derart aufgeweicht, dass man selbst zu Fuß höllisch aufpassen musste, nicht die Schräge hinunterzurutschen. Vor allem bei dem nach wie vor aus Nordwest über die Insel peitschenden Orkan.

Und weil es sich genauso verhielt, hatte er vorgesorgt. Regelrecht beschwingt hatte er nach vollbrachter Tat die Klamotten gewechselt. Eine jahrzehntelange Last war von eben auf jetzt von seinen Schultern gefallen. Endlich, es war vollbracht! Er hatte seine Mutter endgültig vom Hals. Familie Börnsen gehörte bis auf seine Wenigkeit der Vergangenheit an. Ausgelöscht. Für immer!

Er hatte sich so richtig dick eingepackt. Norweger mit Rollkragen. Lange Baumwollunterhose. Darüber eine breit gerippte dunkelbraune Cordhose. In die Seitentaschen seiner Lederjacke hatte er ein paar Fäustlinge gestopft. Bevor er über das ganze Arrangement noch den Nordfriesennerz gezogen hatte, hatte er sein Erspartes und das seiner Mutter in die Brieftasche zu der Visa-Karte gestopft. Blöderweise hatten die Hotdog-Dänen aus falsch verstandenem vaterländischem Dünkel ihre Währung damals nicht gegen den Euro eingetauscht. Er würde seine Kröten jenseits der Grenze wechseln müssen. Vor allem durfte er nicht vergessen, in Niebüll an einem Geldautomaten das Konto bis auf den letzten Cent und zur Not auch peu à peu zu plündern, um die Kohle dann auf der anderen Seite der Grenze bei den dösigen nördlichen Nachbarn in Kronen einzutauschen. Mit der Patte, die er dann bei sich haben würde, müsste er eine Zeitlang über die Runden kommen. Zum Glück konnte er ziemlich gut dänisch. Also würde er nicht groß auffallen. Ein Smörrebrödler unter Smörrebrödlern.

„Blödsinn“, begann er mit sich selbst zu sprechen, „alles Quatsch mit Soße. Ich muss den Zaster ja gar nicht umtauschen. Auf der dänischen Seite nahe der Grenze kann man ja auch mit harten Euros löhnen. Umso besser! Und warum? Weil so, und keinen Deut anders, die Abhängigkeiten im Verhältnis zwischen klein und Groß aussehen!“

Bevor er dann endgültig dem Haus seiner Kindheit den Rücken zukehrte, zog er sich Gummistiefel an, griff sich noch die Taschenlampe, die immer in der Fensternische am Eingang lag und schnappte sich die SIG Sauer, die er nach dem finalen Befreiungsschlag auf der Anrichte neben der Haustür deponiert hatte. Dann trat er entschlossenen Schrittes in die Nacht hinaus, ließ die Tür ins Schloss fallen und strebte den Feldern des Osterkoogs zu.

Vielleicht hätte er sich noch ein paar Stullen schmieren sollen. Wegzehrung. Doch das kam ihm zu spät bei, als er bereits die ersten Schritte über die Felder von England tat. Wegen ein paar Broten noch einmal umzukehren, nein, das kam nicht in Frage.

Denn, da war er sich sicher, in naher Zukunft würden die Bullen hier aufkreuzen. Und da wollte er nicht wie ein Schuljunge in der Küche stehen, der sich Butterbrote bestrich.

Doch dann kam der Blues. Und zwar gewaltig! Mit jedem Schritt, den er sich über die aufgeweichte Scholle quälte, wobei ihm der Wind direkt ins Gesicht blies, ging es mit seinem seelischen Gesamtbefinden rapide bergab.

Was hatte er getan? Das Unausdenkbare! Die Ursünde! Er hatte seine eigene Mutter liquidiert. Einfach so. – Nein, er hatte sie hingerichtet. Gemeuchelt für etwas, wofür sie doch gar nichts konnte. Nein, Fritz, die Sau, war der eigentliche Übeltäter! Doch der vermoderte längst auf dem Friedhof von Odenbüll. Den hätte er killen sollen. Kurzen Prozess und weg mit dem Aas! Aber doch nicht seine Mutti, die sich immer um ihn gekümmert hatte. Die für ihn da gewesen war, wenn er nicht mehr weiter gewusst hatte. Sein Ein und Alles!

Er blieb abrupt stehen. Tränen liefen ihm über die geröteten Wangen. Es brach aus ihm heraus. Ein Heulen, wie das eines einsamen Wolfes.

„Mutti!!“, stieß er hervor, „Mutti! Es tut mir so Leid! Was habe ich getan? Du hattest Recht! Ich habe dich nicht verdient! Du warst so gut zu deinem über alles geliebten Sohn! Immer warst du für ihn da! Hast zu ihm gestanden und deine schützende Hand über ihn gehalten! Und wie hat der undankbare Versager es dir gedankt?“

Er ging in die Knie und hob sein Antlitz. Dann schlug er sich mit stummer Verbissenheit mit den Fäusten auf seinen Brustkorb, bearbeitete sein Gesicht und raufte sich die Haare.

Zu spät! Es war vollbracht. Die Tat war geschehen. Er konnte sie, so sehr er es sich auch wünschte, nicht mehr rückgängig machen. Er war gezeichnet für den Rest seines erbärmlichen Lebens.

Er zog die Waffe aus der Seitentasche. Hielt sie an seine Schläfe. Öffnete den Mund. Schob den kalten Lauf hinein. Umschloss ihn mit seinen bleichen Lippen. Zog ihn wieder heraus. Drückte ihn mit aller Macht auf seine Stirn.

Er konnte es nicht. Selbst dazu fehlte ihm der Mut. Das einzige, was er konnte, war, seine arme Mutter feige abknallen. Und unschuldige Frauen mit seinen bloßen Händen erdrosseln. Eine nach der anderen. Zu mehr reichte es bei ihm nicht.

„Du bist so erbärmlich, Norbert! Ein nichtswürdiger Wicht bist du! Die Schande der Familie“, stammelte er. „Mutti, verzeih deinem Jungen! Es ist nur, weil ... Weil Papa ...“

Plötzlich sah er es vor sich. Seinen Vater, der sich über ihn beugte und ...

Nein!!! Er schlug um sich.

„Hundsfott!! Widerliches Aas!! Nimm das hier!! Und das!!“

Dann sank er zu Boden und rührte sich nicht mehr.

Als er wieder zu sich kam, wusste er im ersten Moment nicht, wo er war. Mit irrem Blick schaute er sich um. Da hinten, auf dem Hamburger Deich, konnte man den Scheinwerferkegel eines Autos sehen. Er bewegte sich mit ziemlicher Geschwindigkeit auf den Holmerfährweg zu.

Er verstand instinktiv. Das waren seine Verfolger. Sie hatten seine tote Mutter entdeckt. Er rappelte sich auf. Der Wagen hatte offenbar die parallel zum Deich führende Straße erreicht. Seine Bremslichter flammten auf.

Norbert Börnsen begann zu kichern. Er hatte den Vorteil wieder auf seiner Seite. Ungesehen würde er fortan alles sehen, was sich um ihn herum tat. Gesetzt den Fall, die anderen würden weiterhin auf ihrer Hatz auf den Streifenwagen der Polizei setzen. Dessen Scheinwerfer waren kilometerweit zu sehen.

Mein Gott, waren seine Ex-Kollegen bescheuert! So würden sie ihn nie kriegen. Nein, er war ihnen über! Daran bestand nicht der geringste Zweifel! Er würde entkommen!

Das Kichern war in ein lautes Lachen umgeschlagen. An die Selbstzerfleischung von vorhin erinnerte er sich kaum noch. Wann war das gewesen? In einem anderen Leben.

Er schaute auf seine Armbanduhr, indem er sie sich ganz dicht vor die Augen hielt. Er durfte jetzt nicht die Taschenlampe benutzen. Das hätte ihn verraten. Es war kurz vor drei.

Norbert Börnsen machte sich wieder auf den Weg. Er würde sich von nichts und Niemandem mehr aufhalten lassen.

VI

Hört ihr das?“

„Wie? Wo? Was ist?“

Elfriede Hartmann wusste im ersten Moment nicht, wo sie sich befand. Doch dann dämmerte es ihr. Natürlich! Der Bulle, der sie, warum auch immer, über die halbe Insel hetzte. Der auf sie geschossen hatte. Die Fremde aus Kiel, die sie vorhin bei Norderhafen aufgelesen hatten. Oder die sich, gleichfalls auf der Flucht, zu ihnen gesellt hatte. Und deren Stimme sie soeben geweckt hatte.

Ihr Freund und sie waren tatsächlich eingenickt. Hatten sich für ein paar Minuten aus der Realität verabschiedet, indem sie sich aneinander gekuschelt hatten. Wie schön war das gewesen, an der Seite ihres Liebsten sämtliche Unbilden der letzten Stunden für ein Weilchen hinter sich zu lassen!

Elfriede Hartmann rappelte sich auf. Sie warf einen Blick auf ihre Armbanduhr. Was war das? Das konnte doch unmöglich sein! Drei Uhr! Hatten sie wirklich ungefähr eine Stunde geschlafen? Sie führte ihr Handgelenk noch näher an ihre Augen. Es stimmte. Für sage und schreibe eine bummelige Stunde hatten sie sich im Land des Vergessens aufgehalten. Sie schüttelte ungläubig ihren Kopf.

Karl Grossmann schien den geistigen Anschluss an die Ereignisse der Nacht inzwischen auch wieder gefunden zu haben. Denn nachdem er seiner Freundin einen flüchtigen Kuss auf ihre Lippen gedrückt hatte, wandte er sich dem Fond des Golfs zu. Die Stimme Beate Holmsens hatte hochgradig erregt geklungen.

„Was ist?“

„Hört ihr das denn nicht? Dieses Rauschen?“

Tatsächlich, aus Richtung Norderhafen war ganz eindeutig ein Brausen und Tosen zu vernehmen. Irgendetwas war dort hinten und vor allem: Es schien sich direkt auf sie zuzubewegen, denn der Geräuschpegel nahm von Sekunde zu Sekunde zu.

„Verflucht! Der Deich! Er ist gebrochen! Das Wasser kommt! Wir müssen weg hier ...! Anneken!“

Elfriede stieß jedes Wort einzeln hervor.

In diesem Moment erstrahlte der Nachthimmel gleißend hell. Ein Blitz fuhr circa 100 Meter von ihrem Standort nieder. Der ohne wahrnehmbare Zeitverzögerung folgende Donnerschlag war ohrenbetäubend. Er ließ ihr Gefährt erzittern.

In dem Bruchteil einer Sekunde sahen sie es. Es war nicht das Wasser, das sich unaufhaltsam über die Insel ergoss. Es war schlimmer! Verheerender! So etwas hatten sie in ihrem ganzen Leben noch nicht gesehen. Jedenfalls nicht life.

„D-d-der R-r-r-üs-s-s-el ... Habt ihr ihn auch ...?“

„Das gibt’s doch nicht! Ein Tornado auf Nordstrand ...“

Weiter kam Karl Grossmann nicht. Elfriede hatte bereits den Motor gestartet. Als sie hektisch den ersten Gang einlegte, gab das Getriebe ein kreischendes Geräusch von sich. Sie ließ die Kupplung zu schnell kommen. Die Räder drehten durch. Das Heck schlug aus. Mit Ach und Krach bekam sie den Wagen wieder unter Kontrolle. Sie erhöhte das Tempo. Gleich darauf bog der Golf mit quietschenden Reifen in die Alterkoogchaussee ein. Die dabei entstehenden Fliehkräfte drückten Karl gegen die Seitentür, und Beate verlor auf dem Rücksitz vollständig das Gleichgewicht. Sie lag hingestreckt auf den Polstern.

Sie rappelte sich wieder hoch und starrte durch das Heckfenster.

Da! Wieder erhellten die Zacken eines Blitzes die Nacht. Rotierende Schwärze vor schwarzem Hintergrund. Das Tosen war allgegenwärtig. Etwas erfasste den Golf. Das Heck erhob sich für einen Augenblick von der Straße und donnert dann wieder zurück auf den Asphalt. Wieder wurden die Insassen durcheinander geschüttelt. Lediglich Elfriede, die sich am Lenkrad festkrallte, behielt einigermaßen ihre Position bei. Sie drückte das Gaspedal bis zum Anschlag durch. Das Aufheulen des Motors war bloß als unbedeutendes Hintergrundgeräusch wahrnehmbar. Bei der

Ortseinfahrt von Odenbüll legte sie den vierten Gang ein. Rechterhand konnte man die Silhouette des Kirchturms erahnen. Links lag der Gottesanger. Wenn es ganz dumm lief, würde das Gotteshaus in ein paar Sekunden Geschichte sein. Es sei denn, der Tornado änderte seine Richtung.

Elfriede hielt direkt auf die zum Ortskern von Süden führende Straße Am Ehrenmal zu. Als sie in den Rückspiegel sah, konnte sie schemenhaft die weit aufgerissenen Augen der Romanistikstudentin aus Kiel erkennen. Und noch etwas registrierte sie: Das Tosen, das soeben noch mit aller Macht den Raum erfüllt hatte, war verklungen. Der Rüssel der Windhose hatte sich entweder aufgelöst, oder hatte tatsächlich seine Richtung geän dert.

Am Herrendeich ließ sie den Wagen ausrollen. Sie waren fast zu Hause. Es waren nur noch wenige Meter bis zu ihrer Wohnung. Aber Elfriede konnte nicht mehr. Sie begann zu schluchzen. Ganz leise zunächst. Aber dann brach es aus ihr heraus. Es war kein Halten mehr. Die Tränen liefen ihre Wangen hinunter. Dabei zitterte sie am ganzen Körper.

Karl, der sich wieder gefangen zu haben schien, beugte sich zu ihr hinüber und legte seinen Arm auf ihre bebenden Schultern.

„So beruhige dich doch, Ellie“, flüsterte er. „Wir haben es ja geschafft. – Nein, du hast es geschafft. Ohne deine Geistesgegenwart wären wir jetzt wahrscheinlich Gott weiß wo ...“

„Dein Freund hat recht“, war aus dem Fond die tränenerstickte Stimme von Beate Holmsen zu vernehmen. „Wenn du nicht zur rechten Zeit und auf den letzten Drücker Gas gegeben hättest, hätte uns der Rüssel des Tornados ganz einfach angesogen und durch die Luft geschleudert. Und das wär's dann gewesen. Finito. Sense. Aus. Wir verdanken dir unser Leben. So einfach ist das.“

„Meint ihr ...?“, flüsterte sie.

„Ja, das meinen wir“, kam es gleichzeitig aus den Mündern der beiden Beifahrer.

Elfriede musste, mit immer noch tränenfeuchten Augen, kichern.

„Ja, ich habe mich wohl wirklich nicht schlecht geschlagen“, juchzte sie. „Verfolgungsjagden, Schüsse, Tote ohne Ende und zuguterletzt, quasi als Krönung vons Janze, ein Tornado. – Ob es das jetzt war?“

„Das will ich hoffen. Was wir in diesen paar Stunden erlebt haben, widerfährt anderen Menschen in ihrem ganzen Leben nicht. – Komm, mein Hasenfuß, lass uns nach Hause fahren. Du glaubst gar nicht, wie kaputt ich bin. Eine Mütze Schlaf wäre jetzt genau das Richtige. Und morgen früh sehen wir dann weiter.“

„Ich will ja nicht für schlechte Laune sorgen“, mischte sich Beate Holmsen in das Gespräch ein. „Aber was ist, wenn der Deich doch noch bricht? Oder wenn der Tornado es sich anders überlegt und zurückkommt? Was ist dann?“

„Das überlegen wir uns in unserer Wohnung“, ergriff Karl wieder die Initiative. „Bei einer guten Tasse Kaffee.“

„Ja, genau. Und dabei hören wir mal Radio. Kann doch sein, dass die vom Wetterbericht was Schlaues von sich geben. Oder die von den Nachrichten.“

„Wisst ihr, was komisch ist?“

Elfriede und Karl schauten ihre Begleiterin neugierig an.

„Dass außer uns und dem Wahnsinnigen offenbar niemand auf dieser Scheißinsel wach ist. Wo sind die Bullen? Wo die Rettungskräfte? Wo du hinschaust, tote Hose!“

„Du hast Recht. Merkwürdig ist das schon. Aber daran können wir jetzt auch nichts ändern. Und deswegen fahren wir fürs Erste zu uns nach Hause.“

„Sollen wir Anneken heute Nacht noch zu uns rüberholen? Oder lassen wir sie schlafen?“

„Ich weiß es nicht, mein Schatz. – Komm, gib Gas. Das entscheiden wir, wenn wir, bei einer Tasse Kaffee, in unserem warmen Pesel sitzen.“

„Und die Bullen, die sollten wir unbedingt sofort anrufen.“

„Wieso das denn?“

Elfriede und Karl schauten ihre Begleiterin irritiert an.

„Wie meinst du das? Was spricht denn dagegen?“, meldete sich Karl zu Wort.

„Na, überleg doch mal. Wo ein Bullenschwein wie blöd um sich ballert, da gibt es vielleicht noch eines. Ich jedenfalls traue niemandem mehr über den Weg. – Außer euch beiden natürlich“, lächelte sie ihn an.

„Da ist natürlich was dran. – Egal wie. Ab nach Hause. Der Rest findet sich.“

Elfriede Hartmann legte den ersten Gang ein, bog rechts in den Trendermarschweg ein und hielt auf ihr im Rungholtweg gelegenes Einfamilienhaus zu.

„Wat is dat? Hev ju dat uck sicn? Wat wor dat?“

Hauptwachtmeister Peter Grosse war voll in die Eisen gegangen. Sie befanden sich kurz vor Kiefhuck, als sich das Unmögliche ereignete.

„Möönsch, ick glööv dat nich! Dat givt dat doch nich!“

Der rechte Arm des Jungpolizisten wies die Richtung. Mit seiner stocksteifen Extremität zeigte er zwischen dem Fahrer des Streifenwagens und seinem Beifahrer hindurch in Richtung Norderhafen. Dort vorne hatte gerade ein Blitz für einen kurzen Moment die Nacht zum Tag werden lassen. Und hatte damit den Blick freigegeben auf eine Naturerscheinung, die sich für gewöhnlich eher in den Vereinigten Staaten von Amerika zuträgt.

„Ein Tornado!“, entfuhr es Horst Blaschke.

„Das ist wahr- und wahrhaftig ein ausgewachsener Tornado. Da hilft kein Vertun.“ Auch Günter Schmuhl war fassungslos.

„Oh hauehaueha! Möönsch Piet, kehr um! Avers bannich! Dat dore Ding kümmt direktemang in unsre Direkschion! Wie mutt utbüchsn, so fix dat geien doot!“

Aber dieser Aufforderung hätte es nicht mehr bedurft. Als der nächste Blitz niederfuhr und der Donnerschlag die Erde erbeben ließ, hatte auch der Fahrer der Streife glasklar erkannt, dass Gefahr im Verzug war. Sein Überlebensinstinkt meldete sich ohne zeitliche Verzögerung zu Wort. Er knallte den Rückwärtsgang rein, riss das Steuer herum und donnerte, aber darauf konnte er jetzt keine Rücksicht nehmen, mit dem Heck gegen den Gartenzaun des dortigen Anwesens. Holz splitterte, nasser Mörtel brach. Es ging nicht mehr vor oder zurück.

„Geben Sie Gas, Mann! Wir müssen hier weg!“ Blaschkes Stimme überschlug sich.

„Wat schall dat to? Möönsch Piet, vör dien Aggewaars is nu keen Tiet!“, sekundierte der im Fond des Wagens.

„Dat weet ick uck, Deibel noch mol. Wie sit fast. De schiet Staketen hev mie anne Moors. Wat schall ick doon?“

„Ruut! Wie mut ruut un anschewn. Un zwar glieks!“

Der Jungpolizist riss die Tür auf und stemmte sich keine Sekunde später bereits mit aller Kraft gegen das Heck des Autos. Gleich darauf leisteten ihm Blaschke und mit etwas zeitlicher Verzögerung der schwergewichtige Schmuhl Gesellschaft. Peter Grosse hatte unterdes den zweiten Gang eingelegt und ließ so einfühlsam, wie es ihm in dieser bedrängten Situation möglich war, die Kupplung kommen.

Nichts!

Er schaute in den Rückspiegel. Wo waren seine Helfer geblieben? Er konnte sie nirgendwo entdecken.

Oh nein!, schoss es ihm auf Hochdütsch durch den Kopf. Das darf nicht wahr sein! Dat dore Dingsbums het sem freetn. Un nu?, fiel er gedanklich in das ihm vertraute Idiom zurück. Dabei ging sein Fuß vom Gas.

Sekunden verstrichen, in denen gar nichts geschah. Zeitstillstand. Gelegenheit, sich seine ganz speziellen Gedanken zu machen.

Doch dann, genug der fruchtlosen Grübelei!, fasste der Hauptwachtmeister einen Entschluss. Er musste sich vergewissern, was dort draußen im Gange war, und das konnte nur heißen, dass er aussteigen und sich den Tatsachen stellen musste.

Gerade als er die Tür öffnen wollte, tauchte hinter dem Gefährt etwas auf. Er sah es aus den Augenwinkeln. – Das durfte doch nicht wahr sein! Da waren sie wieder. Unversehrt, wie es schien. Der Hauptkommissar fuchtelte wild mit den Armen. Peter Grosse verstand. Er legte erneut den Gang ein und gab vorsichtig Gas. Es ruckelte und dann, mit einem kleinen Satz, war der Wagen wieder frei.

„Möönsch, wo wer ju affblevn? Ick hev all dacht, dat dore Ding het ju freetn!“

Seine drei Mitstreiter saßen wieder auf ihren Plätzen. Sie sahen reichlich derangiert aus. Ihre Klamotten waren verdreckt, und auch ihre Hände sahen so aus, als ob sie sie in eine Jauchekuhle getaucht hätten.

„Haben Sie eine ungefähre Vorstellung von der Beschaffenheit des Untergrundes dort draußen?“, blaffte ihn Blaschke an.

„Wenn Sie bei dem glitschigen Modder versuchen, eine Karre anzuschieben, haben Sie so was von verkackt!!“, sekundierte Schmuhl.

„Dat hev ick nich wusst“, duckte der Gemaßregelte kleinlaut ab. „Ick mien, de Sitschuatschion wer vör miene Wengkeit uck nich grod de Beste. Ick hev glöövt, ju wer doot. So is dat, un keen beetn anners!“, redete Peter Grosse sich in Rage. Er war es Leid, wie ein Dorftrottel behandelt zu werden. Was bildeten der hochnäsige Fatzke aus Flensburg und der Dicke sich eigentlich ein?

„Tut mir Leid, Kollege. Entschuldigen Sie. Es war nicht so gemeint. Stress plus Todesangst erzeugt erfahrungsgemäß Aggression. Und apropos Todesangst. Wären Sie so gut, uns in Sicherheit zu bringen.“

„Klor! Geit gliex los.“

Mit diesen beschwingten Worten, die irgendwie deplaziert klangen, setzte der Streifenpolizist den Wagen in Bewegung. Sie fuhren denselben Weg zurück, den sie vor ungefähr zehn Minuten gekommen waren. Dass sie eigentlich einen Serienmörder hopps nehmen wollten, hatten sie in der Aufregung glatt vergessen. Nach gut einer Minute befanden sie sich wieder auf der Höhe des Hamburger Deichs.

„Halten Sie mal an, Kollege. Bevor wir hier weiter kopflos durchs Gelände düsen, sollten wir uns einen Überblick verschaffen. So viel Zeit muss sein.“

Peter Grosse trat auf die Bremse.

„Wul ju dat in echt riskeern? Ick mien, wat is, wenn de dore Tornado in disse Direkschion ...“

Weiter kam er nicht.

„Exakt das ist es, was ich herausfinden muss“, unterbrach ihn Horst Blaschke barsch. „Denn wir haben da noch dieses andere klitzekleine Problem, wenn Sie sich erinnern, und das heißt Norbert Börnsen. Der schleicht oder fährt nach wie vor durch die Nacht und hat vermutlich Übles im Sinn."

Er bekam einfach nicht den aggressiven Unterton aus seiner Stimme. Dabei konnte der Grosse ja nun wirklich nichts dafür, dass heute Nacht im wahrsten Sinne des Wortes alles drunter und drüber ging.

„Entschuldigen Sie, mein Bester. Es war nicht so gemeint", lenkte er ein. „Wenn das alles vorbei ist, lade ich Sie und Ihren Kollegen auf ein Glas Bier ein. Aber bis dahin bitte ich Sie, mir nachzusehen, wenn ich mich hin und wieder im Ton vergreife. Nehmen Sie's nicht persönlich. Mehr kann ich dazu nicht sagen."

„Allns kloor", schmunzelte Peter Grosse den Hauptkommissar an.

Nach knapp einer Minute befand der sich wieder im Wageninnern und erstattete Bericht. Der Tornado schien sich für einen anderen Weg entschieden zu haben. Jedenfalls war er nicht mehr zu sehen oder zu hören. Nur das normale Heulen des Windes erfüllte die Nacht. Womöglich hatte er sich auch längst in Wohlgefallen aufgelöst. Das rückte die andere Problematik wieder auf die Agenda. Wohin sollten sie sich nun begeben? Welche Richtung war einzuschlagen? Aber diese Frage konnten weder er noch seine Begleiter beantworten, und deswegen blieben sie fürs Erste mit abgestelltem Motor und ausgestellten Scheinwerfern an Ort und Stelle, auch wenn sie das beklommene Gefühl nicht los wurden, dass es eigentlich keinen abwegigeren Ort auf diesem Eiland fürs Abwarten geben konnte, als ausgerechnet diesen. Denn auf der anderen Seite des Deiches ging es vermutlich auf eine Weise her, für die das Wort chaotisch allenfalls andeutungsweise das passende war.

Er lag bäuchlings im Dreck. Instinktiv war er abgetaucht. Purer Überlebenswille beherrschte ihn. Zum Glück war er klamottentechnisch einigermaßen gerüstet gegen Ausnahmesituationen wie diese. Auch wenn der Nordfriesennerz eher gegen Regen schützen sollte, als ausgerechnet gegen eine Windhose.

Als er sich vor ein paar Minuten, ein Blitz hatte die Sicht in Richtung Norderhafen freigegeben, hingehechtet hatte, war ihm vor diesem Reflex der Schreck derart in die Glieder gefahren, dass er sich sekundenlang nicht mehr hatte rühren können. Es war wie in einem Alptraum gewesen. Man will und muss unbedingt rennen, aber man kann es einfach nicht. Das Unglück naht, und es gibt kein Entrinnen. Genauso hatte er sich gefühlt. Wie ein hilfloses Opfer, das keine Chance mehr hat, sich in Sicherheit zu bringen, weil die Beine ihren Dienst versagen.

Ein rotierendes, schwarzes Etwas hielt aus Richtung Norderhafen direkt auf ihn zu. Es mochte noch ungefähr einen halben Kilometer entfernt sein. Dann hörte er es nur noch. Ein urgewaltiges, donnerndes Brausen, wie er es noch nie zuvor vernommen hatte. Es war gerade so gewesen, als ob die Stimme Gottes sich erhoben hätte. Der Schöpfer Himmels und der Erden sprach auf seine Weise zu dem nichtswürdigen Erdenwurm, und sein Unheil anzeigender Finger streifte übers Land und führte mit sich fort, was sich ihm keckerweise in den Weg stellte.

Norbert Börnsens Empfindungen waren in diesen Sekunden, die ihm wie eine Ewigkeit erschienen waren, eindeutig religiöser Natur gewesen. Die Strafe Gottes war im Begriff, ihn zu ereilen und zu zerschmettern, weil er das Unausdenkbare getan hatte. Für den Mord an seiner Mutter gab es eben nur eine logische Buße. Und die kam geradewegs auf ihn zu.

Hier lag er nun und zitterte wie Espenlaub. Er presste seine Hände auf die Ohren und betete. Ja, so war es! Unwillkürlich formten seine Lippen Worte, die er als kleines Kind vor dem Schlafengehen hatte aufsagen müssen. Seine Mutter hatte es so gewollt.

„Herr im Himmel“, flüsterte er, „erbarme Dich unser. Denn wir sind nichts, und Du bist alles. Deine Wege sind unergründlich. Du gibst und nimmst. Und wir haben es zu tragen, so schwer es manchmal wird. Denn alles, was Du tust, ist recht. Ich Nichtswürdiger finde allein in Dir mein Heil. Also begebe ich mich voller Vertrauen in Deine Hände. Denn Dein ist die Macht und das Licht und die Herrlichkeit in Ewigkeit. Amen.“

In diesem Moment allergrößter Not fuhr ein Blitz nieder. Norbert schaute auf und sah. Der Finger des Allmächtigen passierte ihn in vielleicht hundert Metern Entfernung und ließ ihn, er konnte es kaum fassen, links liegen.

Gott wollte ihn nicht! Weil er verworfen war. Weil im Himmel kein Platz war für Jemanden wie ihn. Nein, für einen Muttermörder würde es hinab gehen. Hinab in die ewigen Qualen der Hölle.

„Ich bin verflucht!", stammelte er. „Ich bin es nicht wert, dass Gottes Finger sich auf mich richtet und mich verschlingt."

Tränen schossen aus seinen Augen. Er rappelte sich auf und begann zu rennen. Er rannte hinter dem Rüssel her, weil er erlöst sein wollte. Weil es ein Ende haben musste. Hier und jetzt.

Umsonst! Gerade als er glaubte, die himmlischen Heerscharen würden ihn nach oben tragen, weil er den Boden unter den Füßen verlor, löste sich die Erscheinung so schnell auf, wie sie gekommen war. Übrig blieb ein disparates, hin und her flatterndes Wolkengekräusel, das sich hier- und dorthin verlor. Und dann war da nur noch das teuflische Heulen des Sturms, das seit Stunden sein Begleiter gewesen war.

Der Allmächtige wollte ihn nicht!

Er ging in die Knie und senkte sein Haupt. So verharrte er regungslos. Für wie lange? Er hätte es nicht zu sagen gewusst. Aber er sprach kein Wort. Es war alles gesagt. Zu spät! Für ihn war die Uhr längst abgelaufen. Die Zeit der Reue lag hinter ihm.

Er erhob sich. Schaute in die Runde. Wo war er? Ach ja. Das Holmer Siel war dort hinten. Die erste Etappe auf dem Weg von der Insel.

Er machte auf den Hacken kehrt und schritt entschlossen aus. Wenn es noch so etwas wie Zweifel gegeben hatte, dann waren sie jetzt wie weggeblasen. Er hatte den Pakt mit dem Anderen, dem gefallenen Engel geschlossen. Er für seinen Teil würde sich an das Abkommen halten. Was dann aus ihm werden würde? Es war ihm egal.

„Der deutsche Wetterdienst gibt bekannt, dass es an der Küste Nordfrieslands auf Grund einer in den gestrigen Abendstunden aufgezogenen Schlechtwetterfront zu einer Springflut gekommen ist. Bislang ist aber nichts darüber bekannt, ob es infolge des dramatisch angestiegenen Wasserpegels zu Deichbrüchen gekommen ist. Außerdem wird vor der Möglichkeit punktuell auftretender Tornados gewarnt. Es wird den Bewohnern der Inseln und des Küstenstreifens geraten, sich per Radio in den nächsten Stunden auf dem Laufenden zu halten. Sollte sich eine Evakuierung einzelner Landesteile als nötig herausstellen, werden Sie davon in unserem Sender umgehend in Kenntnis gesetzt. In den Morgenstunden soll sich, wie wir gerade erfahren, laut Wetterdienst die Lage wieder beruhigen. – Hören Sie jetzt von Klaus und Klaus *An der Nordseeküste* ...“

Karl Grossmann schaltete das Radio aus. Sie hatten genug gehört. So wie es aussah, hielten die Deiche noch.

Sie saßen, in Decken eingehüllt, im Pesel und tranken Kaffee. Elfriede hatte sich ganz dicht an ihren Freund gekuschelt und streichelte gedankenverloren seine Hände. Gleich nach ihrer Ankunft im Rungholtweg hatten sie beschlossen, Anneken für den Rest der Nacht bei der Nachbarin zu lassen. Das Kind sollte nach Möglichkeit von all dem Schrecklichen unbehelligt bleiben. Was geschehen war, war geschehen, und was kommen würde, das würden sie noch rechtzeitig genug erfahren. Und falls in den nächsten Stunden doch noch Handlungsbedarf bestehen sollte, würden sie handeln, sich die Kleine schnappen und sich schleunigst aufs sichere Festland begeben. Obwohl das vom Nachrichtensprecher zuletzt Mitgeteilte der Hoffnung Raum gab, dass sie das Schlimmste bereits hinter sich hatten.

„Du schläfst natürlich heute bei uns“, wandte sich Elfriede an die Studentin aus Kiel.

Die saß zusammengekauert auf einem Sessel und schien ihren Gedanken nachzuhängen. Sie hatte bereits seit geraumer Zeit keinen Ton mehr von sich gegeben. Wahrscheinlich machte ihr die schreckliche Erinnerung an den Mordanschlag vorhin am Holmer Siel zu schaffen. Die Arme konnte einem Leid tun. Ausgerechnet der Mann, von dem sie schwanger war, hatte versucht, sich ihrer gewaltsam zu entledigen. Elfriede erschauerte bei dem Gedanken an diese Ungeheuerlichkeit. Wie gut, dass sie ihren Karl hatte! Dass sie sich, komme was da wolle, auf ihn verlassen konnte. Und Anneken ...

Ach mein Liebes, mein wunderschönes, allerliebstes Kind! Was würde ich ohne euch beiden, die ihr das Zentrum meines Lebens seid, bloß anfangen? Nicht auszudenken, sollte euch etwas zustoßen! Es wäre das Ende! Auch mein Schreiben, das mir so viel Freude bereitet, hätte plötzlich jeden Sinn verloren. Einsam und verlassen auf dieser Insel zu leben, was für ein Los. An wen könnte ich mich wenden in meiner Not? Not ist in Nordfriesland der ständige Begleiter seiner Einwohner. Denn der Sturm, er braust unentwegt übers flache Land und beugt die Bäume nach Osten. Weil er doch unaufhörlich von Westen bläst. Blasen steigen aus den Tiefen des Meeres an die Oberfläche und zerplatzen bei der leisesten Berüh ...

Es war ruhig geworden im Pesel des Hauses von Elfriede Hartmann und Karl Grossmann. Die Anstrengungen der letzten Stunden forderten ihren Tribut. Alle drei waren eingeschlafen. Hin und wieder durchfuhr ein sanftes Zucken die Körper der Übermüdeten. Sie träumten jeder ihren tagesschweren Traum. Und sammelten ein wenig Kraft für das, was noch auf sie einstürzen sollte. Denn noch war das Abenteuer nicht vorbei ...

„Heh! Wachen Sie auf!“

Horst Blaschke schüttelte seinen Nachbarn. Der schlief ruhig und fest und schnarchte leise. Jedenfalls zeigte er keine Reaktion. Und auch die anderen beiden im Fond des Wagens machten keinen Mucks. Es war nicht zu fassen! Sie waren trotz des tosenden Meeres jenseits des Deiches, das sich jederzeit todbringend über den Schutzwall ergießen konnte, weggedämmert. Die deutsche Polizei hatte Nerven!

Der Hauptkommissar musste unwillkürlich schmunzeln. Obwohl er sich wie gerädert fühlte. Der Kurzschlaf in unbequemer Sitzposition hatte seinem Rücken nicht gut getan. Ihm war sehr danach, auszusteigen und sich mit ein paar Kniebeugen oder einem kurzen Sprint wieder in Form zu bringen. Und ein Kaffee, ging es ihm durch den Kopf, wäre jetzt auch das Schlechteste nicht.

Wie spät war es eigentlich? Er betätigte den Lichtschalter. Die plötzliche Helligkeit war nichts für seine übermüdeten Augen.

Unwillkürlich schirmte er sie gegen die einen stechenden Schmerz verursachenden Strahlen ab. Nachdem er sich einigermaßen an die Helligkeit gewöhnt hatte, richtete er seinen Blick auf das Armaturenbrett. 3.45 Uhr. Das hieß, dass sie ein knappes halbes Stündchen weggetreten gewesen waren. Beziehungsweise, er war in den Schacht des Vergessens abgetaucht. Die anderen drei tauchten immer noch. Er schaltete das Licht wieder aus.

„He, Kollege Grosse, wachen Sie auf!"

Er rüttelte erneut. Endlich kam Bewegung in den Mann. Er bewegte seinen Kopf hin und her, öffnete die schlaftrunkenen Augen, plierte, gab grunzend ein paar unverständliche Worte von sich. Dann sah er den Ermittler aus Flensburg an und hatte augenblicklich begriffen, dass er sich, da gab es kein Vertun, unvorschriftsmäßig hatte gehen lassen.

Er nahm augenblicklich Haltung an und grinste verschämt.

„Deibel noch mol, dor bin ick doch glatt inslöppt. Dat deit mie Leed. Ick weet uck nich, wat över mie ..."

„Geschenkt, Kollege", unterbrach Blaschke den zu einer umständlichen Entschuldigung ansetzenden Hauptwachtmeister. „Wir sind alle bloß Menschen. Und irgendwann ist der Akku nun einmal leer. Da hilft kein Vertun. Und wo es ja auch bloß ein lächerliches halbes Stündchen war. Kein Wort weiter."

Von den Aktivitäten im vorderen Teil des Wagens waren nun auch der Jungpolizist und Schmuhl wach geworden. Sie rekelten sich und streckten auf eine reichlich unbeholfen wirkende Art ihre Arme von sich. Für einen Moment bestand akute Verknotungsgefahr.

„Oh Mann, ick sech ju, wat ick träumt hev, dat givt dat gonnich. Waaaahnsinn! Ick wer up de Dieck un ..."

„Dafür ist jetzt keine Zeit, mein Bester. Das muss warten", unterbrach ihn der Flensburger Hauptkommissar. „Wir müssen uns schleunigst neu sortieren. Es geht auf vier Uhr zu. Der Sturm scheint, wenn ich mich nicht täusche, etwas nachgelassen zu haben. Und das könnte bedeuten, dass die Gefahr eines Deichbruches nicht mehr ganz so akut ist wie noch vor ein paar Stunden. Zumal inzwischen längst die Ebbe eingesetzt haben dürfte. – Haben Sie einen Vorschlag, wie wir weiter vorgehen sollen?"

Dem schien nicht so zu sein, denn die Angesprochenen antworteten nicht.

„Na gut. Oder auch nicht. Fest steht jedenfalls, dass wir eine Entscheidung treffen müssen. Und die kann, dies ist meine bescheidene Meinung, nur so ausfallen, dass wir uns in Bewegung setzen und uns in Richtung Festland aufmachen. Auf dem Damm können wir die Kollegen kurz über den Stand der Dinge in Kenntnis setzen. Und anschließend begeben wir uns in Husum für ein paar Stunden in die Horizontale. In unserem jetzigen Zustand sind wir ohnehin zu nichts Rechtem zu gebrauchen. Und wenn uns der Börnsen heute durch die Maschen geht, dann gibt es ja immer noch die Ring- und Rasterfahndung. Stimmt's oder habe ich recht?"

Allgemeines Kopfnicken.

„Also schön. Kollege Grosse, starten Sie bitte den Motor. Dat wart Tiet, dat wie veer Hübschn us vun de dore Acker muckn", schmunzelte er.

„Mooomang!", hörte man die aufgeregte Stimme des Jungpolizisten in der Dunkelheit.

„Was ist denn nun schon wieder?"

Horst Blaschke drehte sich in seinem Sitz um.

„Ick hev wat sien. Dor löppt wat över de Koppel!"

„Wo? Ich kann nichts erkennen!"

Alle vier starrten gebannt durch die rechten Seitenfenster in die Nacht hinaus. Da war nichts! Oder doch? Tatsächlich! Dort hinten, etwa dreihundert Meter von ihrem augenblicklichen Standort entfernt, stolperte etwas über die Äcker des Elisabeth-Sophien-Koogs. Ein Mensch. Kein Zweifel. Und der steuerte, wenn den Hauptwachtmeister nicht alles trog, direkt auf das Holmer Siel zu.

Die Erkenntnis traf ihn wie ein Schlag. Natürlich! Wieso war er nicht längst darauf gekommen!? Der am Rande des Naturschutzgebietes auf dem Deich entlang führende Teerweg für Fußgänger und Fahrradfahrer! Über den wollte der flüchtige Mehrfachmörder das Festland erreichen. Das war aus dessen Sicht der einzig sinnvolle Weg runter von der Insel!

„Ick, ick ...", überschlug sich seine Stimme.

„Jaaa ...?"

Blaschke nahm Blickkontakt zu seinem Nachbarn auf.

„Was wollen Sie uns sagen? Mensch Grosse, reißen Sie sich zusammen!“

Für einen kurzen Moment wollte der erneut Gemaßregelte protestieren. – Ach was, dafür war jetzt keine Zeit! Er musste sich auf das Wesentliche konzentrieren. Also gab er sich einen Ruck und stieß unter heftigem Zittern seines massigen Körpers hervor, was ihm soeben wie Schuppen von den Augen gefallen war.

„Dat Aas het vör, över de Dieck dat Wiete to sökn. De will nor Lüttmoor Siel un denn nor de Damm to de Beltringharder Koog. Un vun dor direktemang nor Struckum, or wat weet ick ...“

„Was Sie sagen. Und was bedeutet das?“

Horst Blaschke war für den Moment überfordert, denn all die Namen, die der Hauptwachtmeister soeben atemlos hervorgestoßen hatte, sagten ihm überhaupt nichts.

„Dat heet, dat de Börnsen een ganz een cleveres Bürschchen is. Dat heet dat“, mischte sich der Andere in den laufenden Disput ein.

„Und inwiefern, wenn ich fragen darf?“ Auch Schmuhl schien überfordert zu sein.

„Na, dat is doch sowat vun klor. Wat mien Kompanjong mienen deit, dat is, dat de Börnsen up de schnellste Art un Wies vun de dore Insel runner will. Un dor givt dat nur eenen Wech, un de geit över dat Holmer Siel. Klor so wiet?“

„Warum sagen Sie das nicht gleich?“ Blaschke schien verstanden zu haben.

Die sich über den Acker quälende Gestalt hatte mittlerweile offenbar den Jebeweg erreicht. Das Gehen fiel ihr sichtlich leichter. Sie kam schneller voran. Gleich würde sie den Fuß des Deichs erreicht haben.

„Schietkroms!“

„Was ist denn nun schon wieder?“ Die alte Ratlosigkeit war wieder da.

„Wie hev nu twee Possibilities. Per Pedes över de Dieck, or mit de Wogn över de Strot.“

„Wieso das denn? Ich meine ...“

„Ach wat“, ignorierte der Hauptwachtmeister das Gestammel seines Flensburger Kollegen. „Över de Dieck per Pedes, dat duert to lang. Dor hev wie keen Tiet vör.“

Er startete den Wagen, bog rechts in den Hamburgerdeich ein und gleich darauf links in die zum Jebeweg führende schmale Verbindungsstraße. Dann schaltete er hoch und trat aufs Gaspedal. So donnerten die vier Beamten durch die Dunkelheit. Ohne Licht zu fahren war zwar riskant. Aber was sollten sie machen? Wollten sie unentdeckt bleiben, hatten sie keine andere Wahl. Zum Glück war die Straße schnurgerade. Und auch die paar Meter zum Holmer Siel sollten, Dunkelheit hin oder her, locker zu bewältigen sein.

Der, dem seit ein paar Minuten ihre gebannte Aufmerksamkeit galt, war bereits, so viel sie im Fahren erkennen konnten, hinter dem Deich verschwunden. Das hieß, dass das Wasser, wie gemutmaßt, inzwischen zurückgegangen sein musste. Der Weg über den Deich schien frei zu sein. Sie mussten sich beeilen.

Hauptwachtmeister Peter Grosse bremste scharf ab. Sie hatten den direkt auf dem Deich gelegenen kleinen Parkplatz erreicht, von dem aus man bei Tag rechterhand in ungefähr dreihundert Metern Entfernung die kleine Gastwirtschaft am Rande des Siels und das zum Siel selbst gehörende größere Gebäude sehen konnte. Jetzt sah man nur die sich gegen die Dunkelheit abhebenden Silhouetten der Häuser. Und ein einsamer Wagen parkte dort unten auf dem mit Sand und Kies aufgeschütteten Parkplatz direkt neben der Gaststätte.

Ein Schatten huschte die geteerte Auffahrt zum Deich entlang. Der Börnsen, sofern er es tatsächlich war, hatte sich also doch noch nicht auf die andere Seite des Schutzwalls begeben. Traute er sich nicht? Egal. Jedenfalls was das anging waren sie ihrem Widerpart um eine Nasenlänge voraus. Denn soviel von hier oben aus zu erkennen war, war das Wasser tatsächlich zurückgegangen. Es schäumte zwar noch. Weiß schimmerte es hier und da auf dem kabbeligen Nass. Aber der Pegel war während der letzten Stunden rapide gesunken. Der Deich war vom andrängenden Wasser weitestgehend befreit.

Gleichzeitig öffneten sie die Türen des Streifenwagens. Sie entsicherten ihre Waffen, verständigten sich mit einem kurzen Kopfnicken und rannten los. Der andere, der mittlerweile die Krone des Deiches erreicht hatte und dort für einen Moment verharrte, hatte sie noch nicht bemerkt. Zu sehr war er absorbiert von seinem Starren auf das, was sich zu seinen Füßen abspielte.

Jetzt setzte er sich wieder in Bewegung. Nach ein paar Sekunden war er hinter dem Deich verschwunden. Seine Verfolger legten noch einen Zahn zu. Sie durften ihn nicht aus den Augen verlieren.

Dort unten, halb rechts, lag das Holmer Siel. Am Fuß der Aufschüttung bewegte sich der Verfolgte zielstrebig auf die Schleuse zu. Wann würde er sie bemerken? Egal. Sie mussten es darauf ankommen lassen. Nach kurzem Innehalten schlichen sie leicht gebückt die Schräge hinab. Als sie auf halber Höhe waren, geschah es. Der vor ihnen drehte sich ganz langsam um. Instinktiv schien er der Gefahr gewahr geworden zu sein.

Sie verharrten an Ort und Stelle. Niemand rührte sich. Weder der da vorne noch die vier Staatsbediensteten. Hätten sich die Wellen nicht bewegt, und hätte nicht der Wind ihre Körper umspielt, man hätte meinen können, die Zeit sei erneut stehen geblieben.

Er hob seinen Arm. Mündungsfeuer. Einmal, zweimal. Ohrenbetäubendes Knallen. Sie duckten ab. Er machte kehrt und rannte los.

„Börnsen!!“, brüllte Horst Blaschke, der sich wieder aufgerichtet hatte, „bleiben Sie stehen!! Ich muss sonst von der Schusswaffe Gebrauch machen!“

Das kümmerte den Anderen wenig. Er sprintete weiter auf das Siel zu.

Ein Schuss fiel. Hauptwachtmeister Grosse hatte in die Luft geschossen. Der, dem dieser Schuss gegolten hatte, hielt inne. Drehte sich um und feuerte erneut. Dann machte er wieder auf den Hacken kehrt. Gleich darauf hatte er die Schleuse erreicht. Dort duckte er ab.

Sie nickten einander zu. Die vier Beamten verteilten sich. Sie mussten ihn umzingeln und dann zuschlagen. Horst Blaschke fand zusammen mit seinem Flensburger Kollegen hinter einem der vielen meterhohen Steinhaufen Schutz. Die beiden anderen strebten dem schmucklosen Backsteingebäude auf der Deichkrone entgegen, das in noch nicht weit zurückliegenden besseren Zeiten den allerdings bereits wieder stillgelegten Landesbetrieb für Küstenschutz beherbergt hatte. Der Hauptkommissar schob sachte seinen Kopf vor. Börnsen kauerte in allenfalls vierzig Metern Entfernung jenseits des Siels. Jetzt erhob er sich und zielte erneut. Ein weiterer Schuss löste sich. In dem Augenblick, als der Serienkiller wieder abducken wollte, drückte der Hauptkommissar ab.

Die Gestalt begann zu taumeln. Hielt sich am Geländer fest. Verlor das Gleichgewicht und stürzte kopfüber in das sich in das Arlau-Speicherbecken machtvoll ergießende Nordseewasser.

Sie standen am Geländer des Siels und starrten in den sich unaufhaltsam ziehenden schwarzen Sog zu ihren Füßen. Allein vom Hinsehen wurde einem schwindlig.

„Nu is dat vörbie“, hörte man Hauptwachtmeister Grosses belegte Stimme. „De Börnsen is doot. Null Schanze, dat he dat överleevt het.“

„Nein, das glaube ich auch nicht. Selbst wenn ihn meine Kugel nicht ins Jenseits befördert hat, allein der Sturz dort hinein ist lebensgefährlich. Das dürfte selbst ein körperlich Unversehrter kaum überstehen.“

Horst Blaschke fröstelte. Auch wenn er einem Mehrfachmörder das Licht ausgeblasen hatte, er fühlte sich, vorsichtig gesagt, nicht wohl in seiner Haut.

Er machte Anstalten zu gehen.

„Wat muck wie nu? Ick mien, schalln wie de Börnsen up de annere Siet nich sökn?“

Ihr jugendlicher Begleiter schien Skrupel zu haben, den Leichnam des Exkollegen den Fischen und Krebsen zu überlassen. Das sprach für ihn.

„Nee, nee. Das können unsere Kollegen nachher erledigen. Wenn es hell geworden ist. Unter diesen Bedingungen hätten wir ohnehin keine Chance. Zumal wir ein Boot bräuchten. Woher nehmen, wenn nicht stehlen? Nee, nun kommen Sie mal schön mit. Wir haben uns ein Päuschen redlich verdient. Eine Mütze Schlaf ist jetzt erste Bürgerpflicht, und der Rest vom Schützenfest findet sich dann noch früh genug."

Als die vier Beamten den Deich erklommen, sahen sie knapp über dem westlichen Horizont die bleiche Scheibe des Halbmondes. Die Wolkendecke war in den letzten Minuten aufgerissen. Der Sturm hatte sich gelegt. Die Deiche hatten gehalten, soweit sie das von hier aus einschätzen konnten. Dort unten auf dem Parkplatz stand noch immer der BMW mutterseelenallein. Weit und breit war niemand zu sehen.

Als sie kurz darauf den Streifenwagen erreicht hatten, dämmerte im Osten ganz schwach der Morgen. Ein neuer Tag brach an. Die Schrecken der letzten elf Stunden waren Geschichte. Man hörte erste zaghafte Vogelstimmen. Irgendwo krähte ein Hahn. Als sie sich zunächst über den Jebeweg Richtung Festland bewegten, war es bereits nach fünf Uhr. Am Damm würden sie die Wache haltenden Kollegen auf den neuesten Stand bringen und dafür Sorge tragen, dass die nunmehr überflüssig gewordene Straßensperre entfernt wurde. Und in Husum wartete auf jeden von ihnen ein warmes Bett. Das Protokoll würden sie irgendwann im Laufe des Tages oder nach dem Wochenende anfertigen. So viel Zeit musste sein.

Lediglich Günter Schmuhl hatte, kaum dass sie sich in Bewegung gesetzt hatten, darum gebeten, ihn bei seinem Gefährt abzusetzen. Er wollte schleunigst zurück nach Flensburg, von seiner Wohnung aus den Striegel aus den Federn klingeln, rapportieren und dann nur noch schlafen. Seinem Wunsch war entsprochen worden. Sie hatten den Umweg über die Osterkoogstraße genommen und ihn am Haus des verblichenen Serienkillers, wo er vor ein paar Stunden seinen Wagen geparkt hatte, abgesetzt.

„Mach gut, mein Alterchen. Man sieht sich! Spätestens Montag oder Dienstag bin ich wieder zurück in der Heimat."

„Mach du auch gut, Horst. Ich bin froh, dass die Kuh vom Eis ist, wie der Olle sagen würde."

„Ja, oder irgendwas von in trockenen Tüchern. Und übrigens: Danke dafür, dass du mir zur Hilfe geeilt bist."

„Dafür nicht.“

Sie hatten sich kurz umarmt, und dann hatten sich ihre Wege fürs erste getrennt.

„Wat secht de Klock?“, erklang die spröde Stimme des Jungpolizisten aus dem Fond des Streifenwagens.

„Es geht auf 6 Uhr zu, mein Bester. – Ich möchte mich übrigens bei Ihnen beiden bedanken. Sie haben sich wacker geschlagen, Kollege Grosse. Mein Kompliment. Und auch Sie ... Ach übrigens, wie heißen Sie eigentlich, junger Freund? Das habe ich bei all der Aufregung ganz zu fragen vergessen.“

„Helmut Schmoll. Miene Frünne seggen klipp un klor Helle“, schmunzelte der Angesprochene.

„Ja, also, Helle, saubere Arbeit, alles was Recht ist. Ich werde gegenüber der dafür zuständigen Stelle eine Belobigung aussprechen. Vielleicht, wer weiß, rechnet sich der Stress der letzten Nacht für sie auch noch. Das könnte doch immerhin sein.“

„Dorför nich, Horst, dorför nich. Dat wer uns beedn Hübschn eene Ehr, mit Se tosom n beetn Licht in dat Dunkl to bringn. Scheder Tiet wedder. Ju weet jo, wo ju uns sökn un findn deist.“

„Danke, Piet, ich werde auf Ihr großzügiges Angebot bei Gelegenheit zurückkommen.“

VII

Eine Gestalt, angetan mit einem reichlich verdreckten Nordfriesennerz quälte sich aus dem noch immer aufgewühlten Wasser des Arlau-Speicherbeckens an Land. Nachdem sie sich kurz besonnen hatte, stapfte sie Richtung Arlauschleuse. Hin und wieder fiel sie hin. Blieb für einen Augenblick liegen. Rappelte sich mühsam wieder auf. Ihrer Haltung nach zu urteilen war sie verletzt. Am Kopf war eine blutige Strieme zu erkennen. Etwas schien sie dort getroffen zu haben. Eine Kugel? Das hätte bedeutet, dass der, der dort über den aufgeweichten Untergrund taumelte, Glück im Unglück gehabt hatte. Die Sonne war bereits aufgegangen. Der Jahrhundertsturm der vergangenen Nacht hatte sich endgültig gelegt. Es versprach, ein schöner Frühlingstag zu werden.

Jetzt blieb er wieder stehen. Schien sich erneut zu orientieren. Wandte sich um und starrte zurück in die Richtung, aus der er gekommen war. Er machte ein paar Schritte aufs Holmer Siel zu. Verharrte wieder. Wandte seinen Kopf hin und her. Setzte sich wieder in die entgegengesetzte Richtung in Bewegung. Aber nur kurz.

Eine endgültige Entscheidung schien ihm unsäglich schwer zu fallen.

VIII

Was war das? Ein Geräusch. Als ob jemand vor Schmerzen leise wimmerte. Woher kam es? Von nebenan? Sie tat ein paar Schritte auf die Tür zu. Stockte. Nichts. – Doch, da war es wieder. Sogar etwas lauter als eben noch. Ein Stöhnen. Schmerzensvoll? Litt jemand? – Sie setzte sich wieder in Bewegung. Schritt vor Schritt. Ganz langsam. Jetzt berührte sie den Rahmen der Tür. – Eine Frau. Ja, kein Zweifel, eine weibliche Stimme formte Worte, die sie nicht verstand. Und wimmerte dabei. Zu komisch. – Sie schob sich ganz dicht an den Spalt. Lugte hindurch. Der Boden knarrte unter ihren Füßen. Sie erstarrte. Und sah. – Dort hinten, im Bett an der Wand, bewegte sich etwas. Rythmisch. Auf und ab. Immer schneller. Keuchen. Ihr wurde warm. Es zog sie dorthin! Sie musste in dieses Zimmer! Langsam schob sie die Tür auf, stahl sich durch den breiter gewordenen Spalt. Ein nackter, wohlgeformter Rücken. Makellos. Schweißüberströmt. Der birnenförmige Hintern bewegte sich, sich schlangengleich windend, auf und ab. Das Keuchen flutete durch den Raum. Unflätige Worte. Es zog sie unwiderstehlich dort hin. Sie atmete schwer. Näher, immer näher. Gerade, als sie mit ihrem ausgestreckten, vor Erregung zitternden Arm kurz davor war, die Feuchte der Haut zu berühren, drehte die, die sich in wilder Extase auf und ab bewegte, sich zu ihr um. Das war doch ... Und jetzt sah sie auch in das Gesicht des Mannes, das in Lust und seliger Selbstvergessenheit zu verschwimmen schien.

„Karl!“, stieß sie aus.

Tränen strömten über ihre Wangen. Sie schluchzte laut auf. Fort! Fort! Aber sie konnte sich nicht rühren. Die beiden Liebenden kannten nur noch sich. Und fanden, ein Schrei der Lust erfüllte den Raum, sich in dem jeweils anderen ...

Elfriede Hartmann fuhr hoch. Sie weinte. Tränen liefen ihr übers Gesicht. Sie fühlte sich so unendlich traurig und allein. So allein, wie sie sich damals gefühlt hatte, als der Vater ihres Kindes sich gleich nach der Niederkunft sang- und klanglos verkrümelt hatte.

Knapp zwei Jahre später hatte sie Karl in Kiel anlässlich einer Lesung aus ihrem Erfolgskrimi *Rungholts Untergang* kennengelernt. Und sich unsterblich in ihn verliebt. Und jetzt betrog er sie mit dieser Studentin, die doch eben noch ihr gegenüber dort auf dem Sofa gesessen hatte.

Sie schaute sich irritiert im Raum um. Wo waren die beiden geblieben? Na klar. Im Schlafzimmer! Wo sonst? Sie hatte gerade eben noch gesehen, wie sie es miteinander hemmungslos trieben. Selbst ihre Gegenwart hatte sie nicht davon abhalten können. Ganz im Gegenteil. Der Höhepunkt schien nur noch wonnevoller gewesen zu sein. Aber das Schlimmste an dem, was sie wie eine Voyeuse beobachtet hatte, war gewesen, dass es sie erregt hatte. Ja, sie hatte Lust verspürt. Und das war ihr im Wachzustand hochgradig unangenehm.

Sie traute sich kaum, sich zu bewegen. Ach was, dachte sie, ich muss mir Gewissheit verschaffen! War das Ganze ein Traum, oder hat Karl die Studentin aus Kiel tatsächlich in unserem Bett nebenan gevögelt?

Sie erhob sich und schlich wie ein Dieb durch den Raum. Zu hören war nichts. Komisch, es ist bereits hell. Wie spät mag es sein? Die Zeiger der Uhr auf dem Sekretär zeigten auf kurz vor acht. Sie hatte bummelig zwei Stunden geschlafen. Die Sonne schien. Der Sturm hatte sich verzogen.

Die Tür knarrte in den Scharnieren. Das Bett war leer. Unberührt. Hier hatte in der letzen Nacht niemand geschlafen. Oder sie hatten die Laken nach vollbrachter Tat wieder geglättet. Die verräterischen Spuren verwischt.

„Karl ...!“

Ihre Stimme versagte. Sie räusperte sich.

„Karl! Wo bist du? Wo seid ihr?“, rief sie erneut.

Niemand antwortete. Wo waren die beiden geblieben? Hatten sie, während sie geschlafen hatte, gemeinsam das Haus verlassen? Aber wieso?

Sie begab sich zurück in das Wohnzimmer. Von draußen drang Motorengeräusch an ihr Ohr. Sie ging zum Fenster und lugte durch die Gardinen, die sie ein bisschen zur Seite schob, hinaus.

Karl. Er hatte den Golf vor dem Haus abgestellt und war gerade dabei, sein Fahrrad aus dem aufgeklappten Heck herauszubugsieren. Natürlich! Das Fahrrad. Das hatte die ganze Nacht dort hinten bei Norderhafen am Zaun gestanden. Er hatte es zurückgeholt.

Er wurde in diesem Augenblick auf sie aufmerksam. Hatte sie sich getäuscht, oder hatte er bei ihrem Anblick kurz zusammengezuckt? Er winkte ihr zu und wies dann mit dem ausgestreckten Arm in Richtung der neben dem schmucken Friesenhaus befindlichen Garage. Sie winkte zurück. Dann ging sie wieder zum Sofa und kuschelte sich in die Decke ein.

Komisch, ging es ihr durch den Kopf, was mag aus Beate geworden sein? Egal, er würde es ihr gleich erzählen.

Keine zwei Minuten später stand er vor ihr im Pesel und sah sie verlegen grinsend an. Gerade so, als ob er ein schlechtes Gewissen hatte. Er wirkte irgendwie fahrig und nervös. Sie schaute neugierig zu ihm auf und schwieg.

„Hallo, mein Schatz“, durchbrach er das Schweigen. „Wie fühlst du dich? Hast du dich ein wenig ausgeruht?“

„Wo ist Beate?“, entfuhr es ihr.

Ihre Stimme klang merkwürdig barsch. Karl zuckte zusammen. Das hatte sie nicht gewollt.

„Tut mir Leid, dass ich dich so angefahren habe“, entschuldigte sie sich. „Mein Nervenkostüm ist wohl immer noch nicht das beste“, lächelte sie schwach.

„Kein Wunder, mein Liebling, nach all dem, was in der letzten Nacht passiert ist.“

Er beugte sich zu ihr hinab und fuhr mit seiner rechten Hand flüchtig über ihr blondes Haar.

Sie wich zurück. Die Bilder des Traumes waren wieder da. Er schien irritiert. Seine mit Dreck beschmierte Hand hing wie verloren im Raum, so, als ob sie nicht zu seinem Körper gehörte.

Reiß dich zusammen!, schalt sie sich. Was kann der Arme für deine erotischen Phantasien. Nichts und wieder nichts!

„Soll ich uns einen Kaffee machen? Ich für meinen Teil brauche jetzt unbedingt Koffein. Wie ist es mit dir?“

Sie nickte und versuchte ein Lächeln. Mehr als ein verzerrtes, unechtes Grinsen brachte sie nicht zustande.

„Ich soll dich übrigens von Beate grüßen.“ Seine Stimme klang beiläufig. „Sie hat mich gegen 6.30 Uhr geweckt und mich gebeten, sie zur nächsten Bushaltestelle zu bringen. Sie schien es plötzlich sehr eilig zu haben, wieder nach Kiel zu kommen. Ich weiß auch nicht, wieso. – Na ja, und da habe ich anschließend, und weil ich ohnehin unterwegs war, das Fahrrad geholt. Es war glücklicherweise noch an Ort und Stelle. Wäre schade gewesen um den schönen Drahtesel, findest du nicht auch? Das Wetter ist übrigens ganz toll. Man sollte kaum glauben, dass gestern Nacht ...“

„Hattet ihr was miteinander?“, unterbrach sie seinen Redeschwall. Wer viel redet, hat viel zu verbergen, überlegte sie.

„Bitte?“

Mit dieser Frage hatte er nicht gerechnet. Das sah man. Er starrte sie fassungslos an. Sein linker Nasenflügel zuckte. Stress. Sie kannte das an ihm.

„Ob du es ihr besorgt hast, will ich wissen!“

Bei den letzten Worten hatte sie sich ganz langsam aufgerichtet. Karl wich unwillkürlich zwei Schritte zurück.

„W-w-wie k-k-kommst d-d-du d-d-darauf?“, stotterte er. „Da ist nichts, mein Schatz. Da war nichts. Und da wird nie etwas sein.“

„Wirklich?“

„Aber natürlich. Es gibt nur dich für mich. Aber das weißt du doch.“

„Na dann ist ja gut. – Apropos. Du wolltest mir doch einen Kaffee machen. Wird das heute noch was?“ Sie bekam den aggressiven Ton nicht aus ihrer Stimme. So sehr sie sich bemühte. Aber das Komische war, dass ihr Freund ihr nicht Leid tat, wie er da hilflos, die Hände tief in die Hosentaschen vergraben, stand, gerade wie ein begossener Pudel, der nicht wusste, wie ihm geschah. Sein Frauchen drosch erbarmungslos auf ihn ein. Warum nur? Er hatte doch nichts Schlimmes angestellt.

Gesenkten Hauptes verließ er den Pesel und begab sich in die Küche. Elfriede hörte ihn während der nächsten Minuten hantieren. Sie machte es sich wieder auf dem Sofa bequem. Ihre Gedanken sprangen hierhin und dorthin. Als Karl nach zehn Minuten mit einem Tablett auf dem Arm zurückkam, war seine Freundin bereits wieder eingeschlafen.

Er stellte das Tablett auf den Tisch. Dann richtete er sich auf und schaute, nachdenklich den Kopf schüttelnd, auf Elfriede hinab. Er drehte sich um und verließ den Raum. Gleich darauf hörte man im Bad das Rauschen des Wassers, das in die Badewanne eingelassen wurde. Und dann war es für eine lange Zeit still im Rungholtweg 7.

IX

Wo de Mövn schriien, schrill ind Sturmgebruus, dor is miene Heimat, dor bin ick to Huus."

Er sang, Tränen in den brennenden Augen, aus voller Kehle das Lied, das ihm sein Vater vor langer Zeit, als er noch ein Kind gewesen war, in den Sommerferien fast jeden Morgen vorgesungen hatte. Damals hatte er, je älter er geworden war, seinen Alten mehr und mehr dafür verflucht. Er hatte dieses dösbaddelige Gesabbel und die nervtötende Melodie irgendwann einfach nicht mehr hören können. Jetzt aber, auf seiner atemlosen Flucht durch das Dunkel der Nacht, tat ihm dieser vaterländische Singsang seltsam gut. Er empfand fast so etwas wie Geborgenheit, und das, obwohl seine Lage eigentlich aussichtslos war.

Wohin sollte er sich wenden? Welcher Weg war der richtige? Wie konnte er seinem mordlüsternen Verfolger entkommen? Lief er geradewegs in sein Verderben? Stille stehen? Abducken? Sich klein machen?

Nein! Laufen! So schnell ihn seine Beine trugen. Durch den Matsch der vom vielen Regen der letzten Stunden aufgeweichten Äcker und Wiesen. Immer weiter. Bloß keine Angriffsfläche bieten. So hatte er es gelernt.

Dort hinten. Die Silhouette. De Kark vun Odenbüll. Im Gotteshaus könnte er Unterschlupf finden und sich ein wenig ausruhen.

„Bitte, lass sie offen sein!", stammelte er. „Bitte sei offen …"

Schon war er da. Mit zitternder Hand drückte er den Türknauf nach unten und stemmte sich gleichzeitig gegen das nasse Holz. Die Angeln quietschten. Er spürte einen Widerstand. Stieß erneut mit aller Kraft zu. Da! Die Tür sprang wie von selbst auf.

Kühl und stockfinster wie in einer Gruft war es hier. Totenstille umgab ihn. Er rührte sich nicht. Stierte in das Nichts.

Tock, tock, tock …

„Ist hier jemand?“ Seine Stimme war nur ein heiseres Krächzen. War das überhaupt seine Stimme? Oder hatte jemand anders zu ihm gesprochen? Der Andere? Der ihn durch die Nacht hetzte?

Tock, tock, tock …

Es oder er kam näher. Unaufhaltsam.

„Halloooo …!“ Das Flüstern erstarb.

Tock, tock, tock …

Oh nein! Jetzt war es plötzlich in seinem Rücken. Ganz nah. Jemand stand hinter ihm und streckte seinen Arm nach ihm aus. Eine bleiche Hand. Er sah es aus dem Augenwinkel. Gleich würde sie seine Schulter berühren. Seit Sekunden schon hatte er zu atmen aufgehört. Er spürte, wie das Blut in seinen Schläfen pulsierte.

Dong, dong, dong …

Die Glocken. Sie läuteten direkt über ihm. Er fuhr herum. Die Hand war verschwunden.

Jemand lachte. Es klang wie das Glucksen eines Gebirgsbachs. Wie das helle Kichern eines Kindes. Jetzt schwoll es an. Ohrenbetäubendes Kreischen und Fauchen.

Er hielt sich die Ohren zu, schloss die Augen und begann erneut, das Lied aus seiner Kindheit zu singen.

„Wo de Mövn schriien, schrill ind Sturmgebruus, dor is miene Heimat, dor bin ick to Huus.“

Als er seine tränenfeuchten Augen zaghaft wieder öffnete, starrte es ihn an. Das Gesicht. Bleich wie der Tod. Nichts als Hautfetzen und Knochen. Grotesk abstehende Ohren. Eine riesige Hakennase. Wie die einer Kasperlepuppe. Hinter den zu einem hässlichen, ausdruckslosen Grinsen leicht geöffneten, blutleeren Lippen erblickte er lediglich einen einzigen, von Karies völlig zerfressenen, überdimensionalen Zahnstumpf. Ein erbärmlicher Gestank wie aus einer Kloake wehte ihn an.

Dong, dong, dong …

Er schrie und schlug wild um sich. Hörte sich schreien.

Dong, dong, ding …

Etwas fiel scheppernd zu Boden.

Horst Blaschke riss seine Augen auf.

Was …? Wo …?

Das Telefon lag auf dem Fußboden neben seinem Bett. Er vernahm eine Stimme. Sie kam von dort unten. Wie ein Flüstern. Als er mühsam nach dem Hörer angelte, löste sich eine Träne von seiner feucht schimmernden Nasenspitze und tropfte schwer auf das schweißnasse und total verdrehte Bettlaken.

„Hallo? Wer ist denn da?"

„Der Portier. Hier ist ein Herr von der Kriminalpolizei. Der wünscht, Sie zu sprechen. Soll ich ihn zu Ihnen hochschicken?"

„Was ...?"

Horst Blaschke stand vollkommen neben sich. Kein Wunder, wo er doch eben noch tief und fest geschlafen hatte. Geschlafen? Er fühlte sich wie gerädert. Was für ein Traum! So wirklich. Und so schrecklich! Er konnte sich im Moment nicht erinnern, jemals zuvor etwas derart Grauenhaftes geträumt zu haben. Der Börnsen saß ihm immer noch im Nacken. Anders als in der Realität, wo es sich doch ganz eindeutig umgekehrt verhalten hatte.

Als er vorhin, bei Tagesanbruch, bei seinem Hotel von den beiden Streifenpolizisten abgesetzt worden war, war er sogar zu erschlagen gewesen, um sich zu duschen. Also war er nur flüchtig mit einem nassen Waschlappen über seinen erschöpften Körper gefahren, hatte kurz seine Zähne geputzt und war unmittelbar danach auf sein Bett gesunken und hatte sich im Sinken bereits von der Realität verabschiedet.

Er schaute auf den auf dem Nachttischchen stehenden Wecker. Kurz vor neun. Wahrscheinlich Samstagmorgen. Er hatte lediglich und wenn es hoch kam lächerliche zwei Stunden geschlafen. Es war zum Aus-der-Haut-fahren! Konnten die dösigen Husumer Dorfscherifs ihn nicht für ein paar Stunden in Ruhe lassen?

„Hallooo! Sind Sie noch dran?" Die Stimme des Portiers klang unsicher.

„Ja. Sagen Sie dem Herrn, er möge unten auf mich warten. Ich komme in ein paar Minuten runter. – Ach ja, und machen Sie mir bitte eine Tasse extrastarken Kaffee, seien Sie so gut." Damit legte er auf.

„Waaas? Es sind noch zwei Leichen entdeckt worden?"

Er musste sich verhört haben. Das konnte doch nicht sein! Oder träumte er schon wieder? War das alles nichts weiter als ein schwerer Alptraum, der kein Ende nehmen wollte?

„Exaktemang. Dor buutn ..."

„Halt! Stopp!, Auszeit!", formte er das entsprechende Zeichen mit seinen beiden Händen. „Bevor Sie weiter reden, habe ich eine Bitte."

„Jo?" Der Beamte der Husumer Kriminalpolizei sah ihn verdutzt an. „Wat kann ick vör Se doon?"

„Reden Sie hochdeutsch, wenn es Ihnen möglich ist. Bitte, seien Sie so gut. Ick kann dat dore Platt hüt nich mehr ertrogn."

„Geht klar, Chef. – Also, was wollte ich? – Ach ja ..."

Sie saßen in einem kleinen Aufenthaltsraum des Hotels, in dem der Hauptkommissar untergekommen war. Der schlürfte seinen Kaffee, während er den Ausführungen des Kriminalisten folgte. Soviel er verstand, waren am Holmer Siel von einem frühen Spaziergänger zwei Leichen entdeckt worden. Ein Mann und eine blutjunge Frau. Der Körper des in etwa vierzigjährigen Mannes, bei dem es sich aber, wie er, ohne dass der Hauptkommissar ihn danach gefragt hätte, ausdrücklich betonte, auf gar keinen Fall um den Serienkiller Börnsen handelte, hatte sich im Schleusentor verfangen. Jämmerlich ertrunken, wie es aussah. Kein schöner Anblick! Die Frau hingegen, eine, wie ihm mitgeteilt worden war, außerordentliche Schönheit, habe derselbe Wanderer an einen BMW gelehnt entdeckt, der dort auf dem Parkplatz abgestellt worden war.

„Ein BMW?"

Horst Blaschke war plötzlich ganz Ohr. Der BMW auf dem Parkplatz am Holmer Siel!

„Ja, ein 3er BMW. Schicke Kiste. Nicht billig."

„Und an den angelehnt war die weibliche Leiche?"

„So ist es."

„Und wie ist die Hübsche, bitteschön, ums Leben gekommen? Auch ertrunken?"

„Sie meinen ...?" Sein Gegenüber schien verwirrt.

„Ach nichts. Bitte, fahren Sie fort."

Nein, die sööte Deern sei ganz offenbar erwürgt worden. Mit den bloßen Händen. Und das lege den Gedanken nahe, dass der Salzwiesenmörder Norbert Börnsen eventuell doch den Sturz in das Siel überlebt habe, um gleich anschließend dort weiter zu machen, wo er den Abend zuvor aufgehört habe.

„Quatsch mit Soße! Der ist hinüber! Da gibt es für mich keinen Zweifel. – Apropos hinüber. Hat man sich schon auf die Suche nach ihm gemacht?“

Das hatte man. Allerdings bislang ohne jedes Ergebnis.

„Deswegen dachte ich ja, dass der Börnsen sich auf die nächstbeste Frau ...“

„Nein, hat er nicht!“, fiel Blaschke seinem Kollegen ins Wort.

„Aber das Tatschema ist doch das des Serienkillers, oder etwa nicht?“

Der Beamte der Husumer Kriminalpolizei ließ nicht locker. Ein Sturkopf wie er im Buche stand.

„Nein, ist es nicht!“

„Und wieso nicht, wenn ich fragen darf?“

„Weil er die Frau nicht auf den Salzwiesen abgelegt hat, deswegen.“

„Möglicherweise wurde er gestört ...“

„Papperlapapp! Passen Sie mal auf, junger Mann. Erstens ist die Hübsche viel zu jung. Zweitens, und das wiegt viel schwerer: Als meine Wenigkeit und die beiden Streifenpolizisten, die mir in der letzten Nacht so überaus kompetent zur Seite gestanden sind, heute früh an Ort und Stelle waren, da stand auf diesem Parkplatz nur dieser BMW. Keine Menschenseele weit und breit. Sie verstehen?“

„Na und? Ich meine, der Mord ist ja schließlich danach passiert. Die Frau von der Rechtsmedizin meint, dass die Deern so zwischen 6 und 7.30 Uhr ins Jenseits befördert worden ist. Und zu diesem Zeitpunkt könnte der Börnsen den Fluten längst wieder entstiegen gewesen sein, um sich erneut auf Brautschau zu begeben. Oder etwa nicht?“

„Nein! Tünkram!“

„Das müssen Sie mir jetzt aber doch mal auseinanderklamüsern.“

Ein überaus zäher Brocken, und das ausgerechnet zu so früher Stunde, da der Hauptkommissar sich immer noch wie erschlagen fühlte.

„Weil er nur noch eines im Sinn hatte. Runter von der Insel! Nichts wie weg! Verstehen Sie das?"

„Und wenn er es sich anders überlegt haben sollte ...?"

„Wenn, wenn, wenn! Sie operieren mit zu vielen Wenns und Abers, mein Guter. Und außerdem, wir derhen uns im Kreis. So wird das nichts."

„Wenn Sie meinen ..." Sein Gegenüber schien eingeschnappt zu sein. Jedenfalls hörte er sich so an.

„Frage. Wissen Sie, wer die beiden Toten sind? Personalien?"

„Ja."

„Ja, und?" Jetzt schaltete der Knabe auch noch auf stur.

„De Deern heet Beate Holmsen. Wohnhaft in Kiel. 23 Jahre alt. Der Typ ist ein 38jähriger Doktor. Ebenfalls wohnhaft in der Landeshauptstadt."

„Der Name?"

„Bernd-Günther Brahmsen."

„Liegt gegen die beiden etwas vor? Vorstrafen?"

„Nee. Der Computer hat jedenfalls nichts ausgespuckt. Beide haben, wie es aussieht, eine blütenreine Weste."

„Also gut. Wir gehen jetzt wie folgt vor. Sind die Kollegen von der Spurensicherung noch vor Ort?"

Der Beamte nickte.

„Was ist mit den Leichen. Abtransportiert?"

„Nein. Ich habe veranlasst, sie an Ort und Stelle zu lassen, bis Sie grünes Licht gegeben haben, sie in die Gerichtsmedizin zu transferieren."

„Das haben Sie gut gemacht. – Kommen Sie. Wir fahren jetzt zum Holmer Siel. Ich will mir vor Ort einen Eindruck verschaffen."

Fünf Minuten später, nachdem sich Horst Blaschke seine Jacke aus dem Zimmer geholt hatte, saßen sie in dem Dienstwagen und hielten auf Nordstrand zu. Dass er so bald wieder einen Fuß auf das grüne Herz des Wattenmeers setzen würde, hatte er nicht gedacht. Es war kurz nach halb elf, als sie den Parkplatz am Holmer Siel erreichten.

X

Dummerweise war die Presse auch schon zugegen. Wie die Aasgeier lungerten sie auf dem Parkplatz herum und knipsten, was ihnen vor die Linse kam. Und jedem, der an ihnen vorbeikam, hielten sie ihre Mikros ins Gesicht. Es war immer dasselbe. Hyänen, dachte Blaschke, als er sich mit einem grimmigen Kopfschütteln seinen Weg durch die Meute bahnte. Man sollte das Gesocks in eine Rakete stecken und zum Mars schießen. Da können sie dann den Marsmännchen auf den Sack gehen.

Die Rechtsmedizinerin, die ziemlich angefressen wirkte, setzte ihn kurz über ihre ersten Erkenntnisse in Kenntnis. Das Mädel sei mit bloßen Händen erwürgt worden. So zwischen 6 und 7.30 Uhr. Die blutunterlaufenen Augen, das gebrochene Zungenbein und die Hämatome am Hals ließen keine andere Schlussfolgerung zu. Die Leichenstarre sei noch nicht eingetreten. Gewehrt habe sie sich scheinbar nicht, was den Gedanken nahe lege, dass sie eventuell ihren Mörder gekannt habe. Oder auch nicht. Erwähnenswert sei vielleicht noch, dass sie höchstwahrscheinlich kurz vor ihrem Exitus Geschlechtsverkehr gehabt habe. Anzeichen für sexuelle Gewalt gebe es allerdings nicht. – Das männliche Exemplar sei aller Wahrscheinlichkeit nach ertrunken, und zwar, seiner Gesamterscheinung nach zu schließen, irgendwann gestern Abend. Fremdeinwirkung sei allerdings zum jetzigen Zeitpunkt noch nicht auszuschließen. Sie rate im übrigen davon ab, einen Blick auf den Knaben zu werfen. Das sei nichts auf nüchternen Magen.

Dann schwirrte sie ab, wobei sie im Abwenden noch allen Beteiligten einen schönen Morgen wünschte. Die genaueren Ergebnisse lägen voraussichtlich im Laufe des Montags vor.

Nachdem der Hauptkommissar sich jedenfalls noch die junge Frau angesehen hatte, gab er das Zeichen, dass die beiden Leichen in die Zinksärge verstaut werden könnten. Die Nervensäge von vorhin hatte Recht gehabt: Die Deern war ein Augenschmaus, selbst jetzt noch im erkalteten Zustand, mit heraushängender Zunge und geweiteten Pupillen, die ein für alle Mal nichts mehr sahen. Es war ein Jammer.

Die Jungs von der Spurensicherung hatten auch bereits ihre Arbeit erledigt und standen auf eine reichlich ratlos wirkende Weise in der Gegend herum. Gefunden hatten sie, nach eigenem Bekunden, nichts Verwertbares und wirklich Aussagekräftiges. Zu viele Autospuren vor Ort. Aufgeweichter Boden. Fußspuren ohne Ende. Man könne allerdings davon ausgehen, dass die junge Frau an Ort und Stelle erdrosselt worden sei. Dafür spreche die Tatsache, dass auf dem Untergrund dezente Spuren von Furchen zu erkennen seien, die darauf hindeuteten, dass sie im Todeskampf mit ihren Beinen gestrampelt habe. Außerdem sei, mögliche Folge der Agonie, ein Absatz ihrer Schuhe abgebrochen. Der BMW sei, wie sie inzwischen wüssten, auf den Toten zugelassen. Die Schlüssel für den Schlitten hätten sich in seiner Hosentasche befunden. Und ein Seidenschal habe im Wageninnern gelegen, der eventuell der Kleinen gehört haben könnte.

„Wenn das stimmt, könnte das bedeuten, dass die beiden gemeinsam aus Kiel auf die Insel gekommen sind. Um was zu machen?“, sinnierte Blaschke. „Sich verbotenerweise zu vergnügen?“

Nicht auszuschließen, überlegte er. Die hier war zwar auch blond, wie die Opfer des Salzwiesenmörders. Aber sie war entschieden zu jung. Und sie lag, beziehungsweise saß nicht dort, wo sie hätte liegen müssen. Außerdem war der Börnsen hinüber. Er hatte ihn getroffen, und dann war er kopfüber in den Strom gestürzt. Das überlebte keiner! Der andere Tote war der beste Beweis dafür. Und der war schließlich nicht zuvor angeschossen worden. – Nein, hier hatte jemand Anderes sein dunkles Werk verrichtet, da war sich der Fachmann aus Flensburg ganz sicher. Fragte sich nur, wer? Wer hatte heute Morgen, gleich nachdem seine Kollegen und er diesem Ort des Schreckens den Rücken zugekehrt hatten, Hand an dieses junge Leben gelegt? Und warum?

„Ach übrigens“, verschaffte sich eine Stimme neben ihm Gehör. Der Hauptkommissar schreckte aus seinen Gedanken auf.

„Was ist denn noch?“, entfuhr es ihm barscher, als er es gewollt hatte.

Einer von der Spurensicherung hielt ihm mit einem verlegenen Grinsen ein Plastiktütchen hin.

„Das hier haben wir neben der Leiche entdeckt. Sieht aus wie der Teil eines Emblems. Meine Kollegen und ich haben uns bereits über die Bedeutung des Fitzelchens den Kopf zerbrochen. Sieht, meiner bescheidenen Meinung nach, wie der Teil eines Logos aus. Irgendwas Mathematisches ... Oder was Archäologisches ... Ich weiß auch nicht ...“

„Zeigen Sie mal her.“

Beim ersten Hinsehen konnte er überhaupt nichts erkennen. Doch dann sah er es. Er hielt das Tütchen gegen das Licht. Wendete es hin und her, bis die Perspektive den Blick auf das Gebilde einigermaßen freigab.

Ein Stofffitzelchen, so viel war klar. Eine geometrische Form? Zwei Spitzen, die sich berührten? Eventuell Pyramiden, deren Gipfel einander zugewandt waren? Oder zwei das Licht brechende Prismen?

Nein, das konnte alles Mögliche bedeuten oder auch überhaupt nichts. Zu blöd, dass die Ausmaße dieses Fragments so mickrig waren! Denn wenn es sich tatsächlich, wie der Kollege soeben gemutmaßt hatte, um ein Firmenlogo handeln sollte, dann würde auf dem leider nicht vorhandenen größeren Teil desselben doch vermutlich ein Name oder eine Anschrift stehen.

Horst Blaschke steckte die Tüte mit dem Stofffetzen in die Tasche seiner Jacke. Er hatte einen Entschluss gefasst. Er musste allein sein. Um in Ruhe zu überlegen. Vielleicht hatte er ja etwas übersehen? Eventuell würde ihm bei einem Spaziergang auf dem Deich die Erleuchtung kommen. Das Wetter lud förmlich zu einer ausgedehnten Wanderung ein. Sonnenschein von einem fast wolkenlosen Himmel. Kein Lüftchen regte sich. Die Lufttemperatur lag um und bei 20 Grad. Es war gerade so, als ob sich die Natur von ihrem gestrigen Ausbruch biblischen Ausmaßes erholte. Oder zeigen wollte, dass sie auch anders konnte. Menschengemäßer eben.

Wenn er in Richtung Norderhafen schlendern würde, so viel hatte er über die Entfernungen auf der Westseite dieser Insel nach der nächtlichen Irrfahrt allemal mitbekommen, würde er bei mäßigem Tempo keine Stunde benötigen, um die Gastwirtschaft *Zur Nordsee* in der Mittagszeit zu erreichen. Dort könnte er dann einkehren und seinem Körper etwas Gutes tun. Und bei Speis und Trank den Blick auf das friedlich daliegende Wattenmeer genießen. Ja, genauso würde er jetzt vorgehen. Sein Entschluss stand fest.

Den teilte er dem Kollegen mit, der ihn hiehergefahren hatte. Auf dessen leicht gereizt klingende Frage, wie er im Anschluss an seinen samstäglichen Ausflug die Insel wieder zu verlassen gedenke, gab er ihm Bescheid, dass er sich darum nicht zu kümmern brauche. Wozu gebe es schließlich Taxis? Und ein Spesenkonto für verbeamtete Staatsdiener?

„Wenn Sie meinen ...“

„Ja, das meine ich. Wünsche ein sonniges Wochenende.“

Damit drehte er ab und strebte dem Schutzwall zu. Die nach wie vor herumlungernde Meute der vierten Gewalt strafte er, als er sich durch sie seinen Weg bahnte, demonstrativ mit Nichtachtung. Keine drei Minuten später war er hinter der Deichkrone verschwunden.

XI

Es war eine Freude, auszuschreiten! Horst Blaschke fühlte sich nahezu schwerelos. Euphorisch war das richtige Wort. Er hätte jubeln mögen! Was für ein Tag! Das Unwetter hatte die Atmosphäre gereinigt. Die Luft war klar und frisch. Ein ganz dezent salziger Duft umspielte die Nase. Vereinzelte Schäfchenwolken wirkten wie angeklebt auf den hellblauen Hintergrund. Die weiß leuchtende Sonnenscheibe stand hoch im Süden. Ab und an hörte man das Schreien von Möven. Das Grau des Wattenmeers lag verwaist zu seinen Füßen. Weite, nichts als Weite. Hier und da vereinzelt Menschen, die sich genauso ergingen wie er. Richtung Westen konnte man glasklar die Küste Pellworms erkennen. Im Nordwesten Langeness und dahinter einen kleinen Teil Föhrs.

Man sollte mal wieder Urlaub machen, ging es ihm durch den Kopf. Alles stehen und liegenlassen, um auf dieser oder einer der anderen nordfriesischen Inseln wieder zu sich selbst zu finden. Immer nur Mord- und Totschlag. Das legte sich aufs Gemüt. Davon wurde man auf lange Sicht schwermütig. Stundenlang spazierengehen, einkehren dort, wo einen die Füße hingetragen hatten. Nichts planen. Einfach so in den Tag hinein leben. Und abends bei einem Glas Wein oder einem kühlen Bier einen Krimi lesen und dazu eine gute kubanische Zigarre rauchen. Das Leben hätte wieder einen nachvollziehbaren Sinn! Bei der Gelegenheit könnte er auch den Abstand zwischen sich und Hertha bringen, den er jetzt mehr denn je herzustellen entschlossen war. Der Krampf musste schleunigst beigelegt werden! Gleich nach seiner Rückkehr nach Flensburg würde er das entscheidende Gespräch führen. Ja, ein Schlussstrich musste her, und zwar lieber heute als morgen!

Er hielt abrupt inne. Da vorne! Unter ihm! Die Gestalt, die sich über die Salzwiese direkt auf ihn zu bewegte. Sie mochte noch gut zweihundert Meter entfernt von ihm sein. Sie wirkte so zielstrebig. So fixiert. Und sie hielt etwas in ihrer rechten Hand. Etwas Schwarzes.

Börnsen!, schoss es ihm durch den Kopf. Er stoppte ab. Unwillkürlich fasste er nach seinem Holster. Nichts! Weder befand sich der Schultergurt mit dem Halfter noch seine SIG Sauer P6 an ihrem Ort. Jetzt rächte es sich, dass er seine Dienstwaffe immer nur ausnahmsweise mit sich führte. Den Ersatz, den ihm Peter Grosse in der Nacht vor dem Haus der ermordeten Mutter Börnsens ausgehändigt hatte, hatte er dem vor ihrer Trennung heute morgen wieder ausgehändigt.

Sollte er ausbüchsen? Zurück Richtung Holmer Siel? Ach was!, wischte er diesen Gedanken beiseite. Flucht vor dem Feind ist keine Lösung. Jetzt oder nie! Wenn das Aas den Schuss und den Sturz überlebt haben sollte, ist es mit seiner körperlichen Verfassung vermutlich nicht zum Besten bestellt. Ich schnappe mir das Bürschchen hier und jetzt.

Er stürmte los. Schräg zum Gefälle des Deiches. Direkt auf den Mann zu, der sich noch immer auf ihn zu bewegte. Jetzt blieb der stehen. Er hob den schwarzen Gegenstand langsam auf Augenhöhe.

Horst Blaschke hechtete sich hin. Wälzte seinen Körper von der einen zur anderen Seite. So hatte er es gelernt. So wenig Angriffsfläche wie möglich bieten. Immer in Bewegung bleiben. – Nichts! Kein Knall! Er hob seinen Kopf.

Der vermeintliche Angreifer stand dort hinten und blickte, das schwarze Etwas nach wie vor vor seinen Augen, regungslos in seine Richtung. Halt! Jetzt kam Bewegung in den Mann. Sein Körper krümmte sich. Er schlug sich mit der freien Hand auf den Oberschenkel. Und jetzt hörte der Hauptkommissar es. Jemand lachte. Laut und deutlich.

Er rappelte sich wieder auf. Tat ein paar Schritte nach vorn. Und hatte begriffen. Der, den er für den Serienkiller gehalten hatte, lachte über ihn. Er kriegte sich gar nicht mehr ein. Durch das Fernglas hatte er seinen Feiststanz beobachtet.

Horst Blaschke errötete. Dann floss der Schweiß der Scham über seine Stirn. Wie peinlich! Und das ihm, dem Fachmann aus Flensburg. Glücklicherweise war keiner seiner Husumer Kollegen in Sichtweite. Oder etwa doch? Er drehte sich um. Nein. Da war niemand.

Der gut gelaunte Wandersmann mit dem Fernglas hatte sich wieder in Bewegung gesetzt. Sein Lachen schwoll an. Gleich hätte er ihn erreicht. Tränen liefen über seine geröteten Wangen. Er juchzte wie ein kleines Kind.

„Moin, moin!", strahlte er den Hauptkommissar an. „Allns klor so wiet? Bannig rutschig de dore Dieck hüt. Jo, jo, wat son Storm allns utrichtn deit. Deit ju de Moors weh? Höhöhö ...!"

Wieder krümmte sich der Knabe vor Lachen.

„Danke der Nachfrage ...", stammelte der Kriminalist. „Alles Bestens. Bin nur ausgerutscht. Und dann das vermaledeite Gefälle."

„Na, denn is jo goot. Ick dacht all, ju hett een beetn groteres Problem mit jours Kopp. Falls ju verstorn deist, wat ick mien ... Gootn Tach uck. Un jümmers een Fööt vör de annern settn."

Lachend setzte der Wandersmann seinen Weg Richtung Holmer Siel fort. Horst Blaschke schaute ihm kopfschüttelnd hinterher. Schön, dass die deutsche Polizei ab und an für gute Laune sorgt, ging es ihm durch den Kopf.

Dann setzte auch er schmunzelnd seinen Weg in die entgegengesetzte Richtung fort.

Halt! Da war etwas! Die Ahnung einer Erinnerung!

Er blieb abrupt stehen. Bis zur Gastwirtschaft waren es nur noch ein paar hundert Meter. Hinter dem Deich konnte man bereits ganz deutlich die Dächer der Häuser Norderhafens erkennen. In spätestens zehn Minuten würde er seine Bestellung aufgeben können.

Er kramte das Plasitiktütchen aus seiner Jackentasche hervor und hielt es sich dicht vor die Augen. Pyramiden ... Deren Spitzen sich berührten ... Wo hatte er diese merkwürdige Konstruktion schon einmal gesehen?

Aber natürlich! Er schlug sich mit der Hand vor den Kopf. In Paris. Vor dem Louvre. Die gewagte Glaskonstruktion. Der Da Vinci Code. Tom Hanks. Die hübsche Audrey Tautou. Der heilige Gral.

Aber half ihm das weiter? – Quatsch! Das habe ich vor kurzem erst Live und in Farbe gesehen. Aber wo? Und wann?

Horst Blaschke rührte sich nicht vom Fleck. Er grübelte und grübelte. Es half alles nichts. Er konnte sich beim besten Willen nicht daran erinnern, wo er dieses verfluchte Symbol oder Logo oder was auch immer gesehen hatte.

Er setzte sich wieder in Bewegung. Stoppte wieder ab. Verharrte für ein paar Sekunden. Nahm wieder Fahrt auf. Auf diese Weise erreichte er die Lokalität kurz nach halb eins. Er setzte sich an einen Tisch auf der mit Glas eingefassten Veranda. Von hier aus hatte man einen herrlichen Blick übers Wattenmeer. Aber dafür hatte er nun keinen Sinn mehr. Zerstreut nahm er die Karte entgegen, die ihm der grauhaarige Kellner keine Minute nach seiner Ankunft reichte. Fünf Minuten später hatte er seine Bestellung bei dem freundlichen Brillenträger aufgegeben. Während er auf sein Essen wartete, hörte man ihn immer wieder dieselben Worte flüstern: „Wo hab ich dieses Zeichen gesehen? Wo war das, Deibel noch mol?“

Die Gäste am Nachbartisch quittierten sein nicht enden wollendes Genuschel mit einem missbilligenden Kopfschütteln. Das kümmerte ihn wenig, weil er es nämlich überhaupt nicht wahrnahm. Stattdessen fixierte er das Plastiktütchen, das er vor sich auf den Tisch gelegt hatte. Erst als das Essen vor ihm stand, verstaute er es in seiner Jackentasche und machte sich ohne großen Appetit an den Verzehr des Heilbutts mit Kartoffelsalat. Dabei schweifte sein Blick, der nichts sah, immer wieder über die Weite des sich langsam mit Wasser füllenden Wattenmeers.

XII

Was war das? Am Revers der Jacke fehlte doch etwas. Sie schaute genauer hin. Aber natürlich! Sein Firmenlogo. Ganz unten fehlte ein Fitzelchen. Im Bereich der Pyramiden.

Das war ihr Einfall gewesen, als er zu ihr gezogen war und sein Büro an Ort und Stelle eingerichtet hatte. Sie hatte es ihm entworfen. In Anlehnung an den Da Vinci Code mit Tom Hanks. Und sie hatte auch dafür gesorgt, dass ein weithin sichtbares Schild mit den sich an ihren Spitzen berührenden Pyramiden an der Kreuzung Rungholtweg, Trendermarschweg angebracht worden war. Jedermann sollte schließlich schon im Vorbeifahren sehen können, dass ein paar Meter weiter ein Architekt sein Büro hatte.

Elfriede Hartmann war vor ein paar Minuten aufgewacht. Im Haus war es mucksmäuschenstill gewesen. Auf dem Tisch hatte das Tablett mit den Kaffeetassen gestanden. Sie hatte einen Schluck genommen. Das Coffeingetränk war eiskalt gewesen. Sie hatte auf ihre Armbanduhr geschaut. Halb zwölf. Sie hatte erneut gute zwei Stunden geschlafen.

Wo war Karl geblieben? Hatte er sich hingelegt? Sie hatte sich erhoben und sich in den Flur begeben. Dort hatte seine Jacke auf der Anrichte gelegen. Sie hatte sich vorsichtig umgeschaut. War sie allein? Beobachtete er sie? Nein. Die Gelegenheit war günstig gewesen. Und sie hatte sie genutzt. Denn der nagende Zweifel von vorhin hatte sich wieder geregt. Eventuell hatte er ja etwas in den Taschen seiner Jacke verstaut, das ihn verraten hätte.

Merkwürdig! Was hat er denn da in der Innentasche ...? Das ist doch ... Nein, das kann nicht sein! Sie griff hinein. Ihre Hand ertastete etwas Hartes, Rundes, Längliches. Sie griff zu und zog das sich kühl anfühlende Etwas mit spitzen Fingern aus seinem Versteck.

Wieso? Er besitzt doch gar keine Waffe? Oder etwa doch? Und einen Waffenschein hat er auch nicht. Wie kommt er an dieses verfluchte Ding? Was will er damit?

Elfriede befiehl ein leichter Schwindel. In der rechten Hand hielt sie eine dunkelgraue Walther P99 und in der linken nach wie vor die Jacke ihres Freundes.

In diesem Augenblick fiel etwas zu Boden. Es landete mit einem lauten Klacken direkt vor ihren Füßen. Sie schaute an sich herab. Es schimmerte rot. Wie Blut.

Elfriede ließ die Jacke fallen. Dann ging sie ganz langsam in die Knie und griff mit zittriger Hand nach dem prismenförmigen Etwas.

Ein Rubin. So groß und glänzend, wie sie noch nie zuvor einen gesehen hatte. Sie konnte sich gar nicht satt sehen an seinem dunklen Gefunkel. Die Waffe in ihrer anderen Hand hatte sie vollkommen vergessen.

Doch dann stürmten noch mehr Fragen auf sie ein. Woher hatte Karl diesen Edelstein? Hatte er ihn heute Morgen gefunden? Und die Waffe? Aber wo?

Halt! Aber ja! So musste es sein! Blitzartig schossen die Mosaiksteinchen in ihrem überanstrengten Kopf zu einem Bild zusammen.

Der Mann gestern Abend auf dem Watt zwischen Südfall und Pellworm. Vor dem sie hatte flüchten müssen. Rungholt! Sie hatte von Anfang an Recht gehabt. Der, der auf sie geschossen hatte, und den sie dann, Stunden später, mit seinem Motorrad von der Straße gefegt hatten, hatte den Rubin gefunden. Deswegen hatte er die drei auch unbedingt töten müssen, um zu verhindern, dass sie ihm in die Quere kamen und andere Schmuckstücke, die dort draußen womöglich noch lagen, vor der Nase wegschnappten. – Aber wie war Karl an die Waffe und den Stein gekommen? Quatsch! Beate! Die hatte beides an sich gebracht, als sie sich allein zu dem Verunglückten begeben hatte. Aber warum befand er sich jetzt im Besitz ...? Natürlich! Er war ihr doch hinterher gestiefelt. Hatte sie ihm die beiden Gegenstände ausgehändigt? Aber warum sollte sie das getan haben? Nein, das machte keinen Sinn! Es sei denn, die beiden kannten sich von früher her. Aus Kieler Zeiten. Aber ja! Sie machen gemeinsame Sache. Und womöglich haben sie dem Motorradfahrer den finalen Schlag versetzt. Und deswegen auch wollte sie nicht, dass wir heute früh die Polizei alarmieren. – Aber warum hatte sie sich aus dem Staub gemacht? Wollte sie in Kiel einen Deal einfädeln? Oder hatte sie sich erneut aufs Wattenmeer hinausbegeben, um auf Schatzsuche zu gehen? Dann hatte Karl sie vorhin angelogen ...

Karl! Wo war ihr Freund?

Plötzlich hörte sie ein Plätschern. Es kam aus dem Badezimmer. Sie drückte ganz langsam die Klinke herunter und schob sachte die Tür auf. Da lag er nackt in der Wanne und schien zu schlafen. Die Tür knarrte leise in den Scharnieren. Das Geräusch reichte aus, um ihn wieder in die Realität zurückzuholen. Er schlug die Augen auf. Überraschung stand in sein Gesicht geschrieben. Er lächelte sie schwach an. Dann fiel sein Blick auf die Waffe und auf den Rubin in ihren Händen. Von einem Moment zum nächsten lag ein Fremder in der Wanne. Er fixierte sie auf eine derart beängstigende Weise, die sie zurückschrecken ließ. Die Pistole und der Edelstein entglitten ihren Händen. Als sie auf dem Boden aufschlugen, gab es ein hässliches, klirrendes Geräusch. Als ob eine Fensterscheibe in tausend Stücke zersprungen war.

Er erhob sich. Stieg aus der Wanne und bückte sich. Gleich darauf hatte er die Pistole in der einen Hand und den Rubin in der anderen. Als er sie erneut ansah, war der, den sie kannte, wieder zurückgekehrt. Fast. Denn mit seinem hilflos wirkenden Lächeln kontrastierte sein sie misstrauisch taxierender Blick.

„Woher hast du die Waffe?"

Elfriedes Stimme klang unsicher.

„Und den Rubin?"

Sie bekam keine Antwort. Sein linker Nasenflügel begann zu beben. In diesem Augenblick begriff Elfriede, dass etwas Furchtbares vorgefallen sein musste.

„Was hast du getan? Warum Karl, warum?“

Sie saßen im Pesel. Er hatte sich, als sie vor einer guten halben Stunde gemeinsam das Bad verlassen hatten, einen Bademantel übergezogen. Seitdem hatte er weder die Waffe noch den Rubin aus der Hand gelegt.

Zuerst hatte er geschwiegen. Hatte sie nur angesehen mit einem Blick, der sowohl aggressiv als auch ängstlich war. Eine beunruhigende Mischung. Sie hatte ihn mit all den Fragen eingedeckt, die sie sich kurz zuvor selbst gestellt hatte. Aber er hatte ihr nicht geantwortet.

Bis sie ihn wieder mit ihrem Verdacht konfrontiert hatte, dass er heute früh mit Beate Holmsen geschlafen habe. Da hatte er sie mit einem eindringlichen Blick fixiert und die alles entscheidende Frage gestellt, die den Stein ins Rollen gebracht hatte.

„Woher weißt du das?“, hatte er sie gefragt. „Wie kannst du das wissen, wo du doch tief und fest geschlafen hast!?“

„Ich habe euch gesehen“, hatte sie kalt lächelnd geantwortet.

„Also bist du doch aufgewacht?“

„Nein!“ Ihre Stimme hatte eisig geklungen. „Ich habe es euch im Traum treiben sehen. Wie du das Miststück gefickt hast. Gefickt, als ob es kein Morgen gäbe!“

„Geträumt ...? Das verstehe ich nicht ... Wie kann man es träumen und trotzdem wissen?“ Fast hätte er ihr Leid getan in seiner Hilflosigkeit.

Doch dann hatte ihre Wut obsiegt. Und er war unter der Kraft ihres Willens zusammengebrochen und hatte unter Schluchzen und Heulen zu beichten begonnen. Dass er Beate Holmsen aus Kieler Zeiten kenne. Dass sie eine kurze, heftige Beziehung gehabt hätten. Dass sie ihn aber schon bald verlassen habe, weil er ihr nicht das Leben habe bieten können, das sie sich immer gewünscht habe. Er habe gelitten damals. Wie ein Hund. Und es habe sehr lange gebraucht, bis er sich von diesem Schmerz erholt habe. Dann habe er sie kennengelernt, sie und Anneken, und es sei wieder bergauf gegangen. Aber in der letzten Nacht habe sie wie aus dem Nichts plötzlich vor ihm gestanden. Er habe es zunächst gar nicht realisiert. Und dann, als ihm klar geworden war, dass sie und niemand anders es war, die von diesem Professor geschwängert und dann am Holmer Siel verfolgt worden war, da hatte ihn die Vergangenheit mit aller Macht wieder eingeholt. Er sei im Begriff gewesen, sich wieder zu verlieren. Aber er habe dagegen angekämpft. Mit aller Kraft. Habe sich dumm gestellt. Um nicht zu erliegen. Aber bereits bei dem Motorradfahrer habe sie sich ihm an den Hals geschmissen. Und als sie dann heute Morgen hier im Pesel gesessen hätten, da habe sie sich nur schlafend gestellt. Und als Elfriede dann eingeschlafen sei, habe sie ihn beiseite genommen und ihn mit einer schlafwandlerischen Sicherheit in das Schlafzimmer bugsiert. Und das, obwohl sie sich hier doch überhaupt nicht auskenne. Es sei wie ein Zeichen gewesen. Und dann sei es eben passiert.

„Wo ist sie jetzt?"

Er zögerte kurz. „In Kiel, nehme ich an. Oder auf dem Weg dorthin."

„Du lügst! Das kann nicht stimmen!"

„Aber wieso denn?"

„Weil du die Waffe hast. Und den Rubin."

Er zögerte. Schien mit sich zu ringen.

„Also gut!", stieß er hervor. „Die hab ich von ihr. Bist du jetzt zufrieden?"

„Nein! Denn woher, mein Lieber, hatte sie das Mordwerkzeug und den Stein, kannst du mir das mal sagen?"

Er kam erneut ins Grübeln. So sah Ratlosigkeit aus.

„Na gut. Wenn du es unbedingt wissen willst. Die hat sie dem verunglückten Motorradfahrer entwendet, bevor ich zu ihr stieß. Und nachdem wir ... Ich meine ..."

„Sag's ruhig! Spuck's aus, du Mistkerl! Nachdem du sie gevögelt hast, hat sie dir davon in einer schwachen Minute erzählt. War's so?"

Er nickte nur.

Eine Pause entstand. Keiner sagte etwas.

„Aber warum hat sie dir die Sachen überlassen? Und hat sich anschließend aus dem Staub gemacht? Das macht doch hinten und vorne keinen Sinn!"

„Weil ... Weil ..."

„Jaaa?"

„Ach, Scheiß was drauf! Du erfährst es ja sowieso. Spätestens am Montag wird es in den Husumer Nachrichten stehen."

„Was wird dort stehen?“

Angst kroch in ihr hoch. Konnte das sein? War es möglich, dass der Mann, mit dem sie seit gut zwei Jahren zusammenlebte, den sie liebte und der ihrem Kind ein so guter Vater war, einen ...? Sie wagte den Gedanken nicht zuende zu denken. Das Logo. Oh Gott, das Logo!

„Hast du sie etwa ...?“, flüsterte sie.

Er nickte nur und sah sie aus großen Augen traurig an.

„Aber warum? Ich meine, wo du sie doch geliebt hast!“

„Sie hat mich zu erpressen versucht. Nachdem wir ... Sie wollte es dir brühwarm unter die Nase reiben.“

„Und warum hat sie es nicht getan?“

„Na, weil ich so getan habe, als würde ich mich auf ihr Spielchen einlassen. Ich wollte euch doch nicht verlieren. Dich und Anneken. Wegen einer Frau, die von einem anderen Kerl schwanger ist.“

„Also hast du sie nicht zur Bushaltestelle gebracht?“

Er schüttelte den Kopf. „Nein. Ich habe sie zum Holmer Siel gefahren.“

„Zum Holmer Siel? Wieso das denn?“

„Weil dort der BMW von ihrem akademischen Stecher steht, deswegen.“

„Ja ... Und ...“

„Elfriede ...“

„Ja?“

Die Spannung war unerträglich. Noch war nicht alles gesagt. Das Entscheidende fehlte. Sie spürte es genau.

„Sie hat den Motorradfahrer erschlagen. Er lebte noch, als sie sich über ihn beugte. Da hat sie ihm mit dem Stein, der dort zufällig lag, den Schädel zertrümmert. Verstehst du? Beate Holmsen war eine Mörderin, die zu allem entschlossen war. Also hatte ich doch keine andere Wahl. Sie hätte unser Leben ruiniert.“

Wieder war es still im Pesel. Totenstill.

„Und warum hast du sie zum Holmer Siel gebracht?“

„Weil es mir gelungen war, ihr weiszumachen, dass Rungholt sich auf der Höhe des Siels im Wattenmeer befunden hat. Deswegen.“

„Sie wollte also ihrerseits auf Schatzsuche gehen?“

„Genau. Beate Holmsen ist in jederlei Hinsicht unersättlich. Das kannst du dir nicht vorstellen. Die Frau nimmt sich ganz einfach, was sie haben will."

„Aber das heißt doch ..."

Da war sie wieder, die Angst. Der Mann, der im Begriff war, alles kaputt zu machen, beziehungsweise der bereits alles kaputt gemacht hatte, war nur noch ein Fremder. Einer, der, wie es aussah, kaltblütig einen Mord geplant und dann auch ohne mit der Wimper zu zucken in die Tat umgesetzt hatte.

„Ja ...?"

„Das heißt, dass du sie dorthin gefahren hast, um sie zu töten ..." Das letzte Wort war kaum mehr zu verstehen gewesen. Elfriede hätte es am liebsten verschluckt.

Er nickte nur.

„Das ist vorsätzlicher Mord, verstehst du das?"

Wieder nur ein Nicken.

„Aber wieso das Holmer Siel? Warte, unterbrich mich nicht! Du wolltest sie auf die falsche Fährte locken. So tun, als ob du auf ihrer Seite warst. Aber warum musste das ganze ausgerechnet dort zu einem Ende gebracht werden? Wieso nicht in Süderhafen, Fuhlehörn oder Gott weiß wo?"

„Weil ich so zwei Fliegen mit einer Klappe schlagen konnte. Denn es hätte doch sein können, dass der Prof aus Kiel sie erst um die Ecke gebracht hat und dann seinerseits verunglückt ist."

„Das ist doch ausgemachter Bullshit! Ein bereits seit Stunden krepierter Typ killt nach seinem Ableben seine Studentin? Tickst du noch ganz sauber?"

Karl schaute sie verdutzt an. „Mist, das hatte ich gar nicht bedacht. Du hast Recht. Das macht alles keinen Sinn ... Dann war es eben der Salzwiesenmörder ..."

„Bitte ...?" Sie glaubte sich verhört zu haben.

„Natürlich! Der mordet hier doch bereits seit Jahren frisch, fromm, fröhlich, frei drauf los. Da kommt es auf eine Frauenleiche mehr oder weniger auch nicht mehr an."

Auf seinem Gesicht erschien ein triumphierendes Lächeln. Elfriede hätte ihm am liebsten in seine Visage geschlagen.

„Ach ja? Darauf kommt es also nicht an? Wie reizend. Da bin ich aber beruhigt ... Ein Trittbrettfahrer. Na danke!"

Er schwieg betreten. Das Grinsen war wie weggewischt.

„Wie hast du es getan?"

„Ich habe sie erdrosselt."

„Du hast waaas ...?" Sie starrte ihn ungläubig an. Er hatte sie mit seinen bloßen Händen umgebracht. Einfach so. Sie fröstelte erneut.

„Sie hat es verdient, Ellie ..."

„Nenn mich nicht so!!", stieß sie hervor. „Du bist ein verdammter Mörder! Geht das nicht in deinen Schädel rein?"

„Aber sie wollte mich erpressen. Und sie hat kaltblütig einen Menschen umgebracht. Und ich brauche dringend das Geld, das der Verkauf dieses Rubins abwerfen wird. Du weißt doch, wie schlecht meine Geschäfte in letzter Zeit laufen. Das war meine Chance, und ich habe sie ergriffen."

„Du glaubst doch nicht im Ernst, dass du damit durchkommst?"

„Aber wieso denn nicht? Außer dir weiß doch niemand davon ..."

„Sag mal, tickst du noch ganz sauber? Ich soll so tun, als ob nichts geschehen wäre?! Soll zusammen mit meinem Kind mit einem Mörder unter einem Dach hausen? So in etwa, ja?"

„Aber warum denn nicht? Wo ich euch doch so liebe ..."

Seine Stimme klang jämmerlich. Elfriede hätte ihm am liebsten ins Gesicht gespuckt.

In diesem Augenblick klingelte es an der Haustür.

XIII

Würden Sie mir noch einen Espresso bringen?“

Der grauhaarige Kellner war gerade dabei, das Geschirr abzuräumen. Er nickte freundlich und machte sich zurück auf den Weg ins Innere des Restaurants.

Horst Blaschke kramte wieder das Plastiktütchen hervor und legte es vor sich auf den Tisch. Insgeheim hatte er gehofft, dass ihm beim Essen die Erleuchtung kommen würde. Wie oft kam es vor, dass man selbst oder gerade bei angestrengtestem Nachdenken nicht auf einen Namen beispielsweise eines Filmschauspielers kam. Und dann, ganz unverhofft und wie aus heiterem Himmel stellte der sich zuvor verzweifelt gesuchte Name quasi wie von selbst ein, bloß weil man nicht mehr mit dem Problem beschäftigt war, sondern an etwas ganz anderes dachte. Aber diese Rechnung war heute nicht aufgegangen. Und also ging das Grübeln wieder los.

Tom Hanks, Audrey Tautou. Diese hübsche Frau mit dem leichten Überbiss. Den unschuldigen, tiefbraunen, großen Kinderaugen. Den niedlichen Grübchen, wenn sie lächelte. Dem liebreizenden französischen Akzent in der deutschen Synchronisation. Horst Blaschke hätte sich in dieses Wesen, wäre er ihm irgendwo in Flensburg auf der Straße begegnet, sofort und auf der Stelle verliebt!

Er lächelte versonnen.

Quatsch!, rief er sich selbst zur Ordnung. Reiß dich mal zusammen. Audrey Tautou in Flensburg! Lachhaft! Da müsste ich schon nach Cannes oder Venedig fahren, um eine halbwegs reelle Chance zu haben, um gegebenenfalls einen flüchtigen Blick auf die Hübsche zu erhaschen. Wenn sie, abgeschirmt durch Bodygards, an der Seite ihres Lovers über den roten Teppich schwebt. Nein, das ist nicht deine Welt, und wird es nie sein. Wer verliebt sich schon in einen Bullen? Und selbst wenn ... Bei meinen Arbeitszeiten bleibt für ein einigermaßen glückliches Privatleben doch kaum Zeit. Ständig lebt man auf Abruf. Kaum ist man eingeschlafen, läutet das Telefon. Der nächste Mord auf irgendeiner heruntergekommenen Werft. Eine Prostituierte ist von ihrem Zuhälter übel zugerichtet worden. Ein eifersüchtiger Ehemann hat in einem Anflug von Selbstzweifeln seine ganze Familie und anschließend sich selbst gemetzelt ...

Nein, beim besten Willen nicht. Das passt mit privatem Glück einfach nicht zusammen. Von Audrey Tautou ganz zu schweigen.

Hertha ... So ein Mist! Diese anstrengende Pseudobeziehung, die, bei Licht besehen, lediglich ein halbseidenes Ausweichmanöver war. Gab es im Laufe eines Lebens nur einmal den Volltreffer, nach dem sich doch irgendwie jeder sehnte? Wenn überhaupt? Und war alles andere nichts weiter als eine Verlegenheitslösung? Um dem Alleinsein zu entkommen ...

„Das ist eben von Ihrem Tisch geweht worden."

Horst Blaschke schreckte auf. Wie aus einem Traum. Neben ihm stand eine freundlich lächelnde Frau und hielt etwas in ihrer Hand. Das Plastiktütchen mit dem Stofffetzen.

Sie reichte es ihm. Den Espresso hatte sie bereits auf den Tisch gestellt, ohne dass er es bemerkt hatte.

„Danke! Das ist sehr aufmerksam von Ihnen."

„Dafür nicht! Das ist schließlich mein Job. Als gute Gastgeberin gilt die Aufmerksamkeit dem Gesamtbefinden meiner Kundschaft."

Die Frau mit den relativ kurzen, leicht gewellten schwarzen Haaren hatte eine angenehm rauhe, dunkle Stimme. Sie mochte Mitte bis Ende dreißig sein. Der Hauptkommissar empfand sofort so etwas wie Vertrautheit und Sympathie für diese, wie er fand, rundherum erfreuliche Erscheinung. Sie wirkte so keck. Ja, das war das richtige Wort. Und sie strahlte auf eine ungemein natürliche Art gute Laune aus.

„Darf ich Sie fragen, warum Sie den Stofffetzen eingetütet haben?", lächelte sie ihn an.

„Ja, das dürfen Sie. Es ist ein Beweisstück."

„Ach so ... Sie sind also von der Polizei?"

„Ja. Und wissen Sie was? Dieses Fitzelchen treibt mich noch in den Wahnsinn."

Komisch. Die Frau stachelte sein Mitteilungsbedürfnis an. Er musste sich zusammenreißen, um sie nicht mit den Details seiner laufenden Ermittlungen einzudecken.

„Wieso das denn? Was ist denn so wichtig an dem Firmenlogo?"

„Das darf ich Ihnen ..."

Er stutzte. Was hatte sie eben gesagt?

„Würden Sie das noch einmal wiederholen!" Seine Stimme klang aufgeregt.

„Was meinen Sie?" Sie schien für den Moment überfordert zu sein.

„Sie sprachen von einem Firmenlogo!", drängelte er.

„Ach so. Das meinen Sie."

„Genau. Woher wissen Sie ...? Ich meine ..."

„Ganz einfach. Das ist das Firmenlogo eines Architekten, der auf Nordstrand sein Büro hat. Und wissen Sie was? Ich kenne den persönlich. Ist der Freund meiner besten Freundin", strahlte sie ihn an.

Horst Blaschkes Augen hatten sich bei ihren letzten Worten immer mehr geweitet. Das gab's doch gar nicht! Aus heiterem Himmel fiel ihm die Lösung in den Schoß. Bloß weil er hier eingekehrt war, und weil ein Luftzug in dem Augenblick das Tütchen vom Tisch geweht hatte, als die Besitzerin der Gastwirtschaft ihm seinen Espresso brachte. Unglaublich!

„Können Sie mir die Adresse sagen? Ich meine, wo liegt das Büro dieses Architekten?"

„Im Rungholtweg Nummer 7."

„Und wo ist das? Können Sie mir den Weg dorthin beschreiben?"

„Warten Sie. Ich bin gleich wieder da. Ich hole einen Plan der Insel. Das macht sich leichter."

Er rutschte unruhig auf seinem Stuhl hin und her, während er auf ihre Rückkehr wartete. Mit einem einzigen Schluck schüttete er den inzwischen lauwarmen Espresso hinunter. Sollte das Finale seines Nordstrandaufenthaltes vor der Tür stehen? Sollte er den Mord an Beate Holmsen noch heute aufklären können? Vorausgesetzt natürlich, dass die Existenz dieses Stofffetzens wirklich etwas mit ihrem gewaltsamen Dahinscheiden zu tun hatte.

Da kam sie wieder. In der Hand hielt sie einen Plan der Insel, den sie auf dem freien Nachbartisch entfaltete. Beide beugten sich über die Karte.

„Also“, begann sie, „das hier ist Süden, der größte Ort von Nordstrand. Wenn Sie von Süderhafen über die Evensbüller Chaussee und den Herrendeich“, fuhr sie mit ihrem Zeigefinger der rechten Hand den Straßenzug nach, „nach Süden hineinfahren, dann müssen Sie sich an das andere Ende dieses hübschen Dorfes begeben. Sie kommen, wenn Sie der Hauptstraße folgen, in den Trendermarschweg. Kurz bevor Sie Süden verlassen, zweigt links der Rungholtweg ab. Sehen Sie? An der Ecke steht ein Schild, das auf das Architekturbüro von Karl Grossmann hinweist. Und auf diesem Schild ist die Pyramidenkonstruktion von Ihrem Schnipselchen zu sehen. Elfriede, also meine Freundin, hat es im übrigen entworfen. Und sie hat es ihm auch auf seine diversen Jacken aufgenäht. Muss ihm wohl abgerissen worden sein.“

Er sah nicht nur. Er verstand auch. Die Besitzerin der Gastwirtschaft hatte mit ihrem Finger exakt den Weg beschrieben, den er gestern Nacht zusammen mit den Husumer Kollegen unter wüstesten Bedingungen gefahren war. Es war der reine Wahnsinn! Und jetzt sah er es auch. Im Vorbeifahren hatte der Scheinwerferkegel des Streifenwagens kurz das Schild angestrahlt. Er hatte sich noch über die merkwürdige Position der Pyramiden gewundert. Deswegen also das Wiedererkennen von vorhin.

Er schaute in das ihn freundlich anlächelnde Gesicht von Monika Hass.

„Konnte ich Ihnen behilflich sein? Ich meine ...“

„Mehr als Sie denken!“, unterbrach er sie, „mehr als Sie denken. – Würden Sie mir ein Taxi rufen? Und bringen Sie mir bitte auch die Rechnung. Ach ja, und vielen Dank auch! Für alles. Das Essen war vorzüglich. Und Ihrer Aufmerksamkeit verdanke ich ...“

Er stutzte. Sie schaute ihn irritiert an.

„Ja ...?“

„Ach nichts.“

Er durfte ihr auf gar keinen Fall verraten, dass es mehr als bloß wahrscheinlich war, dass dieser Architekt etwas mit dem Mord an einer jungen Frau zu tun hatte. Nachher warnte sie ihn noch per Telefon vor seinem Eintreffen. Schließlich war sie mit den beiden befreundet.

„Vielen Dank nochmal für Alles“, lächelte er sie an.

„Dafür nicht“, erwiderte sie, „dafür nicht! Das ist schließlich mein Job.“

Eine Viertelstunde später saß er in dem Taxi, das ihn in den Rungholtweg 7 beförderte.

XIV

Vor der Tür stand die Nachbarin Hand in Hand mit Anneken, die ihre Mama anstrahlte.

„Guten Tag, Elfriede. Ich bringe dir deine entzückende Tochter wieder. Die Lütte hat etwas für dich."

Bei den letzten Worten streichelte sie der Kleinen über ihren blonden Haarschopf.

„Ja, Mammi. Guck mal. Ich hab dir ein Bild gemalt. Eine Kuh. Die macht Muh", gluckste sie. Dabei umarmte sie ungestüm mit ihrer freien Hand ihre Mutter, die sich zu ihr hinabgebeugt hatte.

„Die Kuh macht muh, hihi."

„Ach Anneken, das ist so lieb ..."

Weiter kam sie nicht. Tränen stiegen ihr in die Augen. Sie war kurz davor, loszuschluchzen. Sie verbarg ihr Gesicht in den Haaren der Kleinen.

„Mami ...? Bist du traurig?"

„Was? Aber nein. Wie kommst du denn darauf, mein Schatz? Mami ist nur etwas müde, weil in der letzten Nacht ..."

„Mann oh Mann. Das war ein Schietwedder!", mischte sich die Nachbarin dankenswerter Weise in das Gespräch ein. „Mein Mann und ich haben kein Auge zugemacht. Zum Glück hat der Deich gehalten, nach allem was man hört. Das hätte bös ins Auge gehen können. Im Wetterbericht heute morgen war sogar von einem Tornado die Rede. Ein Tornado, hier bei uns! Ich fass es nicht! Wo so etwas doch normalerweise nur ..."

„Kannst du dich in den nächsten Stunden noch um meine Kleine kümmern?", unterbrach Elfriede den Redefluss der Nachbarsfrau. Sie hatte sich wieder erhoben.

„Bitte! Es ist wichtig!"

„Aber Mami. Wir wollten heute doch ins Schwimmbad!“, protestierte das Mädchen. „Versprochen ist versprochen, und wird auch nicht gebrochen.“

„Ich weiß, mein Schatz. Aber es ist etwas dazwischen gekommen, von dem ich gestern noch nichts wissen konnte. Wir holen das nach. Bestimmt.“

„Ganz ehrlich?“

„Ja. Ganz ehrlich.“

Sie fuhr ihrem Kind mit der freien Hand übers Haar. In der anderen hielt sie das Blatt mit dem Bild.

„Fehlt dir etwas? Ich meine, kann ich dir helfen? Du siehst gar nicht gut aus.“

„Nein, nein. Es ist nur, auch wir haben in der letzten Nacht kein Auge zugemacht.“

„Ach so ...“ Die Nachbarin war nicht überzeugt. Sie schien zu überlegen, ob sie nachhaken sollte. Plötzlich hellten sich ihre Gesichtszüge auf.

„Weißt du was, Anneken? Wir drei Hübschen fahren nachher nach Husum. Erst machen wir zusammen mit Bärbel einen Einkaufsbummel, und danach gibt es ein Stück leckerer Schokoladentorte. Nun, was hältst du davon?“

„Au jaaa! Das ist toll!“ Anneken hüpfte von einem Bein aufs andere.

„Danke!“, lächelte Elfriede ihre Nachbarin an. „Du hast etwas gut bei mir.“

„Dafür nich. Und wo es ja auch so eine Freude ist, deine Tochter um einen zu haben. Ein richtiger Sonnenschein ist das. Und wie gut sie sich mit meiner Babsi versteht!“

Elfriede beugte sich zu ihrer Tochter hinab und drückte ihr einen Kuss auf die Stirn.

„Bis nachher, mein Mädchen. Mammi hat dich ganz doll vermisst!“

„Anneken hat Mammi auch vermisst. Und Papi. Gibst du ihm einen Kuss von mir?“

Elfriedes Gesicht war von einem Moment zum nächsten aschfahl.

„Natürlich, mein Liebes. Und nun viel Spaß und bis heute Abend. Ich liebe dich.“

Mit diesen Worten schloss sie die Tür hinter sich.

Oh Mann, da hängt der Haussegen aber tüchtig schief, dachte die Nachbarin kopfschüttelnd im Weggehen noch. Hoffentlich ist es nicht so schlimm, wie es aussieht.

„Wer war das?"

„Frau Greben mit Anneken. Ich habe sie gebeten, sich für den Rest des Tages um sie zu kümmern. Denn wir haben noch etwas zu erledigen. Du erinnerst dich?" Ihre Stimme klang eiskalt.

Er saß noch immer dort, wo er vor ein paar Minuten gesessen hatte. Die Waffe lag allerdings auf dem Tisch. Nur den Rubin drehte er gedankenverloren in seiner rechten Hand.

„Wie meinst du das?" Er schien wirklich nicht zu verstehen. Es war kaum zu fassen!

„Na, nun stell dich mal nicht blöder als du bist!", schnauzte sie ihn an.

„Du meinst ...?"

„Also, nun pass mal genau auf. Entweder du stellst dich freiwillig der Polizei, oder ich rufe da jetzt an. Du hast die Wahl."

Ein paar Sekunden war es still im Pesel. Er reagierte nicht. Es war so, als ob er sie gar nicht gehört hatte. Nur seine Nasenflügel zuckten pausenlos.

„Gut. Wie du willst."

Sie machte zwei Schritte auf das Telefon zu.

„Ich wüsste da noch eine Alternative", hörte sie ihn in ihrem Rücken flüstern. Irgendwie klang seine Stimme bedrohlich. Sie fuhr herum.

„Ach ja? Und die wäre?", blitzte sie ihn an. Ihr Blick drückte nur noch Verachtung aus. Dann drehte sie sich erneut um und griff zum Hörer.

„Auf einen Mord mehr oder weniger kommt es nun auch nicht mehr an, findest du nicht auch?"

Seine emotionslos klingende Stimme war direkt hinter ihr. Er musste sich bei den letzten Worten erhoben haben. Es lief ihr eiskalt den Rücken hinunter. Für einen Moment konnte sie sich nicht mehr bewegen. Als sie sich ganz langsam zu ihm umdrehte, sah sie aus den Augenwinkeln etwas Schwarzes auf sich niedersausen. Der Knauff der Walther P99 kam mit unglaublicher Geschwindigkeit auf ihren Kopf zu. Sie wollte abducken. Zu spät. Elfriede sackte mit einem leisen Stöhnen zusammen und lag gleich darauf regungslos auf dem Boden. Ihre blonden Haare verfärbten sich knapp über dem Haaransatz langsam rot.

„Denk nach!", flüsterte er. „Denk nach, verflucht nochmal!"

Er saß auf dem Sofa und stierte auf die Ohnmächtige zu seinen Füßen.

„Was jetzt? Wohin mit ihr? – Ach Elfriede, es hätte alles so schön werden können. Oder nein. Es war alles so schön. Wie habe ich dich geliebt. Dich und Anneken. Warum bist du mir in den Rücken gefallen? Ich habe doch alles nur für uns getan. Und wie dankst du es mir?"

Unwillig stieß er mit der Spitze seines nackten Fußes gegen den reglosen Körper.

„Das ist sooo unfair. Dir fliegt alles zu. Du, die erfolgreiche Kriminalautorin. Ich der Versager, dem alles misslingt. Jetzt hatte ich endlich eine Chance, aus dem finanziellen Elend herauszukommen. Und was tust du? Du machst sie mir kaputt."

Wieder trat er nach ihr. Diesmal etwas stärker.

„Wohin? Wie kann ich dich am besten entsorgen? – Denk nach, Karl! Denk nach!"

Plötzlich hellten sich seine Gesichtszüge auf. Aber natürlich! Das Holmer Siel. Da konnte schon einiges passieren. Ein kleiner Fehltritt und bauz, pardauz, aus ist's mit der Maus. Er musste nur warten, bis es dunkel geworden war. Dann würde er seine Ex dort hinten versenken und fortan glücklich und zufrieden mit Anneken in diesem hübschen Häuschen leben.

Anneken ... Wann hatte die Schlampe noch einmal gesagt, würde die Oltsch von nebenan das Kind zurückbringen? – Genau! Heute Abend. Es würde dann eben etwas später werden. Nach Einbruch der Dunkelheit würde er das Biest im Kofferraum des Golf über die Insel kutschieren, und anschließend würde er Anneken nach Hause holen. Und wenn die Bullenschweine die Mami dann finden und ihn benachrichtigen würden, würde er den trauernden Freund mimen und nach ein paar Tagen das Kind davon in Kenntnis setzen, dass Mami jetzt im Himmel ist und von dort aus über ihre Kleine wacht.

Er erhob sich und verließ das Zimmer. Nachdem er sich angezogen hatte, vergewisserte er sich noch einmal, dass seine Ex inzwischen nicht auf dumme Gedanken gekommen war. Nein, sie lag noch immer reglos an Ort und Stelle. Sicherheitshalber fesselte er sie und verklebte ihren Mund mit Tesaband, das er sich aus dem Keller besorgt hatte. Schließlich sollte sie ertrunken sein. Und das funktionierte nur, wenn sie noch atmete.

Dann ging er nach draußen und fuhr den Wagen hinters Haus. Nicht auszudenken, wenn man ihn dabei beobachtete, wie er Elfriede im Kofferraum verstaute.

XV

Können Sie nicht ein wenig schneller fahren? Ich habe es eilig“, blaffte er den Taxifahrer an.

„Jümmers mit de Ruhe. In de Ruhe lecht de Kraft, as een groter Dichter secht.“

Immer dieses dösige Plattdütsch. Er konnte es nicht mehr hören! Allein deswegen war es höchste Zeit, dass er von der Insel runter kam. Obwohl in Flensburg ja auch diese Mundart zum guten Ton gehörte.

„Es geht um Leben und Tod, guter Mann“, versuchte er es mit einem plausiblen Grund für sein Gedrängel.

„Wat ju nich seggen deist. Weetst wat, ick hev keen Bock, vör de Tiet aftokratzn, dat sech ick ju.“

Es hatte keinen Zweck. Der Knabe war nicht aus der Ruhe zu bringen. Und so fuhr er auch. Er zuckelte über die Insel, gerade so, als ob sie dabei waren, eine gemütliche Sightseeingtour zu machen.

In diesem Moment ertönte die Melodie seines Handys. Komisch. Das Ding schien über so etwas wie einen Selbstheilungsmechanismus zu verfügen. Er fischte das Mobiltelefon aus seiner Jackentasche. Auf dem Display leuchtete der Name seiner Freundin auf. Ausgerechnet jetzt! Herthas Timing war wieder mal voll daneben. Obwohl sie ihn, was ihr gar nicht ähnlich sah, in den letzten Tagen in Ruhe gelassen hatte. Oder war das alles bloß Tarnung gewesen? Hoffte sie etwa, ihn auf diese kindische Art weichzukochen und gefügig zu machen? Ähnlich gesehen hätte es ihr.

„Hallo, Hertha. Das ist jetzt ganz …“

Weiter kam er nicht.

„Schön, dass der feine Herr noch weiß, wer ich bin.“

Das fing ja gut an. Bloß nicht aufregen jetzt, ermahnte er sich. Wo er doch, auf Grund der hochdramatischen Umstände, ohnehin schon ganz zappelig war. Schließlich ging es um ein Leben. Und da konnte er die überdrehten Zustände seiner Freundin überhaupt nicht gebrauchen.

„Halloooo! Sagst du vielleicht auch mal was? Das ist mal wieder sooo typisch! Er hüllt sich in Schweigen. Und wie es mir dabei geht, das interessiert dich nicht die Bohne. Das habe ich wirklich nicht verdient, dass du mich seit Tagen zappeln und auf einen Anruf von dir warten lässt. Du bist ein gemeines, kaltherziges Arschloch!"

„Hertha, bitte …"

„Bitte, bitte", äffte sie ihn nach. „Du baust Scheiße, und dann tust du so, als ob ich nicht ganz richtig ticken würde. Aber nicht mit mir, mein Lieber, nicht mit mir. Das lass ich mir nicht …"

„Hör zu, Hertha", unterbrach er ihren Sermon. Für diesen Blödsinn hatte er jetzt keine Zeit. „Du weißt ganz genau, dass ich einen Serienkiller zur Strecke bringen muss. Die Lage ist Ernst, verstehst du, verteufelt ernst."

„Ernst … Dass ich nicht lache."

„Hör, bitte, auf damit! Ob du es glaubst oder nicht, es geht gerade um Leben oder Tod."

„Nun mach aber mal halblang. Geht's nicht noch ein bisschen größer, Herr Hauptkommissar?"

„Genau. Das bin ich. Und das hast du gewusst, als du dich auf mich eingelassen hast. Und wenn du damit nicht klar kommst, dann ist das nicht mein Problem. Verstehst du das?"

„Was willst du damit andeuten?" Von einem Moment zum nächsten klang ihre Stimme nicht mehr aggressiv, sondern weinerlich. Ihre Stimmung drohte, wie gewöhnlich und wie er es an ihr kannte umzukippen. „Hast du etwa vor, dich von mir zu trennen?"

„Pass auf, Hertha. Der Fall steht kurz vor dem Abschluss. Spätestens Mittwoch oder Donnerstag", spielte er ein wenig auf Zeit, um noch eine kleine Galgenfrist zu haben, „werde ich voraussichtlich wieder in Flensburg sein. Und dann reden wir. Einverstanden?"

„Reden, reden …"

„Ja, reden. Und jetzt, so Leid es mir tut, werde ich auflegen. Es gibt nämlich, auch wenn du das anders sehen solltest, außer dir noch andere Menschen auf der Welt. Und denen geht es wirklich beschissen.“

„Was soll das denn heißen? Unterstehe dich …“, war das letzte, was er noch hörte. Dann war es in der Leitung still.

„Huuskrüüz?“

Horst Blaschke sah das Schmunzeln des Taxifahrers im Rückspiegel.

„Kann man so sagen.“

„Kenn ick. Miene Olle is uck sone Fruu, de wo mie jümmers bannich up de Sack gein deit. Gau is dat nich, mien Leever.“

„Das können Sie laut sagen. Spaß sieht anders aus“, schmunzelte der Ermittler zurück.

„Dat is nich mehr wiet. Gliex sind wie twee Hübschn dor.“

Tatsächlich. Da vorne konnte man die ersten Häuser Südens erkennen. Er atmete auf. Sie waren von Norderhafen aus auf der Alterkoogchaussee Richtung Odenbüll gefahren. Gerade hatten sie die Kirche und den Friedhof passiert. Vor ihnen lag der Zubringer Am Ehrenmal. Wenn er sich recht erinnerte, war es von dort bis zum Rungholtweg allenfalls noch einen halben Kilometer weit. Sie würden das Haus des Architekten und seiner Freundin gleich erreicht haben.

Scheiße! Was ist das?

Vor dem Haus hielt ein Taxi. Er war gerade dabei, Elfriede in den Kofferraum zu wuchten. Er hatte sie durch den Keller hierher verfrachtet. Nicht auszudenken, wenn beispielsweise die blöde Kuh von Nachbarin oder, noch schlimmer, Anneken ihn bei seinen Aktivitäten beobachtet hätten! Sie war immer noch bewusstlos. Hoffentlich verreckte sie nicht vor dem finalen Bad im Arlau-Speicherbecken!

Schweiß lief ihm von der Stirn. Schnell noch die Beine verstaun! Erledigt! Mit seiner rechten Hand fuhr er sich übers Gesicht.

„Entschuldigen Sie!“

Er blickte auf. Natürlich hatte er den Mann, der inzwischen aus dem Taxi gestiegen war, längst gesehen. Von seinem Standort aus – er befand sich an der hinteren Ecke des Hauses – konnte er problemlos den Rungholtweg einsehen. Lediglich der Golf stand, die Schnauze voraus, hinter dem Haus. Aber sich dumm zu stellen war hin und wieder nicht die schlechteste Art, seinen Kopf zu retten.

„Ja ...?“ Er drehte sich langsam um.

Der drahtig und durchtrainiert wirkende Mann mittleren Alters kam quer durch den Garten auf ihn zu.

„Entschuldigen Sie. Spreche ich mit Herrn Grossmann? Karl Grossmann?“

„Mit demselben. Sie wünschen bitte? Was kann ich für Sie tun?“

Der Störenfried reichte ihm die Hand.

„Schön, dass ich Sie zu Hause antreffe. Darf ich fragen, wo sich Ihre Frau befindet ...?“

„Freundin ... Elfriede ist lediglich ...“

Er stutzte. Der Fremde lächelte ihn vielsagend an. Hatte er etwas falsch gemacht? Wer war dieser Typ eigentlich, dessen Grinsen nicht aus seinem Gesicht weichen wollte?

„Wer sind Sie? Was wollen Sie?“, fuhr er den Gutgelaunten an.

„Ach ja. Entschuldigen Sie. Wie nachlässig von mir. Ich bin von der Kriminalpolizei ...“ Horst Blaschke zückte seinen Ausweis.

„Von der Kripo? Wieso das denn? Ich meine, ist etwas passiert? Ist meiner Frau ...?“

„Freundin ...“

„Bitte? Ja, natürlich. Also ist meiner Freundin etwas zugestoßen?“

„Wie kommen Sie darauf? Sollte ihr denn etwas zugestoßen sein?“

„Woher soll ich das denn wissen?“, platzte es aus ihm heraus. Der Kerl mit seiner penetrant guten Laune machte ihn noch wahnsinnig. „Sind Sie der Bulle oder ich?“, giftete er ihn an.

„Nun verlieren Sie mal nicht gleich die Nerven, mein Bester. Nein, so weit ich weiß fehlt Ihrer Freundin nichts. Oder etwa doch?“

„Woher soll ich das denn wissen?“ Sie waren wieder am Anfang der Fragestunde.

„Ist sie denn nicht zu Hause?“

„Nein. Ist sie nicht!“

„Sicher?“

„Ganz sicher.“

„Hätten Sie etwas dagegen, wenn ich mich vergewissern würde? Darf ich einen Blick in Ihr Haus werfen?“

„Nein! Das dürfen Sie nicht! Oder haben Sie etwa einen Durchsuchungsbefehl?“

„Beschluss.“

„Bitte?“

„Das Ding nennt sich Durchsuchungsbeschluss. In der Glotze nimmt man es damit nicht so genau. Sie verstehen? Tatort, Polizeiruf 110 oder so.“

„Ach so ... Ja ...“

„Haben Sie denn etwas zu verbergen?“

„Ich? Nein! Wieso?“

„Weil Sie von einem Durchsuchungsbefehl redeten.“

„Bitte?“

„Fehlt Ihnen etwas? Sie machen keinen guten Eindruck, junger Freund.“

„Nein. Alles Bestens. Wieso? Wie kommen Sie darauf?“

Horst Blaschke schaute sein Gegenüber an und schwieg vielsagend. Hier war etwas oberfaul, das war ihm sofort klar gewesen, als er sich dem Mann genähert hatte. Der war ganz eindeutig mit den Nerven am Ende. Ein Schatten seiner selbst. Und dann diese penetrant zitternden Nasenflügel. Allein vom Hinsehen wurde einem schwindlig. – Nein, der Gute hatte etwas zu verbergen, und der Ermittler ahnte auch schon, was. Der hatte nicht nur Beate Holmsen auf dem Gewissen, sondern auch seine Lebensabschnittsgefährtin. Weil die ihm nämlich inzwischen hinter sein dunkles Geheimnis gekommen war. – Verflucht, er kam zu spät!

„Ich soll Sie von Frau Hass grüßen.“

„Von Moni? Wieso das denn? Ich meine ...“

Verwirrung stiften. Den Heini aus der Reserve locken. Ihn provozieren ...

„Ich habe da übrigens etwas gefunden, was, glaube ich, Ihnen gehört.“

„Bitte?“

„Am Holmer Siel lag das hier.“ Er kramte die Plastiktüte aus seiner Tasche. „Und wissen Sie, was daneben lag? Na?“

„Sagen Sie es mir ...“ Seine Nüstern blähten sich in unglaublicher Geschwindigkeit. Auf und ab, auf und ab. Schweiß lief von seiner Stirn. Seine Augen waren gerötet. Karl Grossmann, so viel war klar, war kurz davor zusammenzubrechen.

„Eine Frauenleiche. Aber das wissen Sie ja längst, nicht wahr?“

Was war das? Ein Klopfen. Und ganz weit weg ein Geräusch, das sich wie ein Stöhnen anhörte.

Die Köpfe der beiden Männer schnellten in dieselbe Richtung. Sie starrten auf den Kofferraum.

Sie lagen auf dem Boden und wälzten sich. Karl Grossmann hatte als erster reagiert. Er wollte sich über den Trendermarschkoog im wahrsten Sinne vom Acker machen. Aber da war der Fachmann aus Flensburg davor gewesen. Mit einer kaum merklichen zeitlichen Verzögerung war er hinter dem Architekten hergesprintet und hatte ihn gleich darauf am rückwärtigen Gartenzaun eingeholt. Fäuste waren geflogen. Beide hatten tüchtig ausgeteilt. Aber letztlich war Blaschke, seiner berufsbedingten Ausbildung wegen, doch im Vorteil gewesen. Mit zwei, drei rechten Haken auf die Leber und die Nase hatte er den anderen zu Boden gestreckt und sich dann auf ihn geworfen.

Langsam kehrte Ruhe ein. Karl Grossmann, der aus der Nase blutete, gab sich geschlagen. Er war körperlich am Ende. Und folglich war auch sein moralischer Widerstand gebrochen.

Er begann zu schluchzen und stammelte unverständliches Zeug. Wahrscheinlich war er gerade dabei, sich vor sich selbst für sein unverantwortliches Treiben zu rechtfertigen. Den Ermittler interessierte das Gelaber nicht. Er kannte das zur Genüge. Plötzlich, wenn alle Wege verrammelt waren, wurden die harten Jungs zu jämmerlichen Heulsusen. Hart waren sie immer nur zu ihren wehrlosen Opfern. Das Zähneklappern wollte dann kein Ende nehmen. Aber sollte er deswegen Mitleid mit den Würstchen haben, die kurz zuvor noch zu allem entschlossen gewesen waren?

Er wuchtete den Gebrochenen hoch und trieb ihn, mit der linken Hand dessen Schulter umklammernd, mit der rechten seinen rechten Arm auf dem Rücken fixierend vor sich her zurück zum Haus. Dort angekommen legte er ihm die an seinem Gürtel befestigten Handschellen an, nachdem er ihn aufgefordert hatte, mit seinen beiden Händen das Geländer der Kellertreppe zu umfassen. Dann klärte er ihn über seine Rechte auf.

Als er den Deckel des Kofferraums öffnete, starrte ihn aus verängstigten Augen eine blonde Frau an. Sie war gefesselt, und ihr Mund war mit Tesaband zugeklebt. Erst als sie realisierte, dass es nicht Karl Grossmann war, der vor ihr stand, verschwand zusehends die Panik aus ihrem Blick.

Blaschke half ihr aus ihrer bedrängten Lage. Löste die Fesseln und entfernte das Klebeband.

„Er wollte mich ...“, stotterte sie. „Er hat ... Oh mein Gott!“

Elfriede Hartmann fiel ihm um den Hals. Instinktiv spürte sie, dass sie gerettet war. Trotzdem zitterte sie am ganzen Körper. Sie konnte nur noch weinen. Alles brach aus ihr heraus. Minutenlang.

Währenddessen redete der Ermittler beruhigend auf sie ein. Streichelte ihr von Schweiß und Blut verklebtes Haar.

Langsam beruhigte sie sich. Als sie sich von ihm löste, fiel ihr Blick auf den auf dem Boden kauernden Architekten. Sie erstarrte. Der formte Worte, die sie nicht verstand. Nicht verstehen wollte. Sie wandte sich ab.

„Keine Bange, der tut Ihnen nichts mehr“, lächelte er sie an.

„Wer ...? Ich meine ...“

„Ich bin von der Flensburger Kripo. Mein Name ist Blaschke, Kriminalhauptkommissar Horst Blaschke. Und Sie sind vermutlich Elfriede Hartmann?!“

Sie nickte und lächelte ihn dabei dankbar an.

„Kommen Sie. Wir gehen am besten ins Haus. Der da“, sagte er mit einem verächtlichen Blick in Richtung des Fixierten, „muss leider draußen bleiben. Ich alarmiere zunächst einmal meine Husumer Kollegen und den Rettungsdienst. Die Wunde an Ihrem Kopf muss vermutlich genäht werden. Und auch Ihr rechtes Schienbein sieht so aus, als ob da schleunigst ein Fachmann ran müsste. Sie gehören ins Krankenhaus.“

„Aber ...“

„Keine Widerrede. Ihre Gesundheit geht vor.“

„Aber meine Tochter ... Was wird aus meiner Tochter?“

Sie hatten den Flur betreten.

„Ihre Tochter? Ist sie im Haus? Oder hat der Typ sie etwa in seiner ...“

„Nein, nein! Das nicht. Sie ist bei meiner Nachbarin. Die kümmert sich heute, weil ich doch die Polizei anrufen wollte ... Das ist jetzt egal. Sie sind ja da. Aber heute Abend bringt sie Anneken zurück. Und da muss ich doch zu Hause sein, verstehen Sie?“

„Anneken? Ein sonderbarer Name. Aber auch schön.“

Sie lächelte ihn schwach an.

„Finden Sie?“

„Aber ja! Klingt so ... Wie soll ich sagen? So zerbrechlich ... Irgendwie. Wie alt ist denn die Kleine?“

„Vier. Meine Tochter ist vier Jahre alt.“

Nachdem er die Kollegen in Husum kontaktiert und den Notdienst alarmiert hatte, hatte er aus dem Bad ein in Wasser eingetauchtes Handtuch geholt. Er hatte es Elfriede, die sich mittlerweile auf das Sofa gelegt hatte, auf die Wunde gedrückt. Ihr Schädel brummte gewaltig, das merkte sie jetzt erst. Anschließend hatte er in der Küche die Kaffeemaschine in Gang gesetzt. Den Rest der Zeit bis zur Ankunft der Kollegen und der Ambulanz hatten sie sich ihre Geschichten erzählt. Mehr als einmal hatten sie ungläubig ihre Köpfe geschüttelt. Nach und nach wurde ihnen klar, wie eng ihre beiderseitigen Schicksale während der letzten Nacht aneinandergeknüpft gewesen waren.

Als nach einer guten halben Stunde dann die Kripo den Architekten in Empfang genommen, und der Sanitäter provisorisch die Platzwunde an ihrem Hinterkopf verarztet hatte, war Horst Blaschke im Krankenwagen mit nach Husum gefahren. Als er neben ihr saß, hatte sie seine Hand ergriffen.

„Können Sie sich heute Abend um meine Tochter kümmern?“

„Ich weiß nicht ... Ich kenne sie doch gar nicht. Ein wildfremder Mann ...“

„Bitte! Ich vertraue Ihnen. Sie sind ein guter Mensch. Das merkt man sofort.“

„Na ja ...“

Er fühlte sich nicht wohl in seiner Haut. Wer wusste schon, wozu ein Mensch in der Lage war? Aus einem guten Freund konnte, wenn die Umstände danach waren, was haste, was kannste der schlimmste Feind werden. Vorhin war diese Metamorphose hautnah zu erleben gewesen.

Sie schien seine Gedanken erraten zu haben. „Na gut. Manchmal täusche selbst ich mich. Aber dieses Mal ... Nein, ich bin mir sicher. Bei Ihnen ist Anneken gut aufgehoben.“

„Also gut, Elfriede. Ich mache Ihnen einen Vorschlag. Ich suche heute Abend Ihre Nachbarin auf und erkläre der die Situation. Dann weiß sie jedenfalls Bescheid. Und Ihre Tochter schläft noch eine Nacht bei der guten Frau. Nun, was halten Sie davon?“

„Okay. Machen wir's auf Ihre Weise. Aber morgen muss ich wieder nach Hause.“

„Das findet sich. Jetzt lassen Sie sich erstmal in Ruhe untersuchen. Mit einer Gehirnerschütterung ist nicht zu spaßen. Und danach sollten Sie einen Psychologen aufsuchen. Das, was Ihnen während der letzten Stunden passiert ist, steckt man nicht so einfach weg. Glauben Sie mir, ich weiß, wovon ich rede.“

XVI

Wat is mit de Deern? Allns klor so wiet?“

„Un wat is mit hers Dorter. So wat is doch n Schock, allns wat Recht is. Mann o Mann, de Vadder is een iskolter Killer. Deibel noch mol!“

„Glücklicherweise ist er ja nicht ihr wirklicher Vater.“

„So or so. De Lütte glöövt, dat he dat is. Un so is he dat uck.“

Nicht schlecht gekontert! Horst Blaschke musste grinsen. Peter Grosse war ein ziemlich helles Köpfchen, auch wenn er nicht so aussah.

Es war Sonntagabend. Sie saßen in einer Husumer Kneipe und tranken bereits ihr zweites Flens. Der Ermittler aus Flensburg hatte den beiden Streifenpolizisten seit ihrer Ankunft vor gut einer Stunde von den Ereignissen des gestrigen Tages erzählt. Die waren aus dem Staunen nicht mehr herausgekommen und hatten immer wieder mit der flachen Hand auf den Tisch gehauen.

Der Hauptkommissar hatte sein Versprechen wahr gemacht. Nachdem er am Nachmittag in einem Kabuff der Husumer Polizei seinen Abschlussbericht mit dem Zweifingersystem in den Rechner getippt hatte, hatte er beschlossen, den beiden Mitstreitern der vorgestrigen Nacht vorzuschlagen, noch am selben Abend etwas für das Wohlbefinden zu tun. Denn morgen früh wollte er der grauen Stadt am Meer fürs erste den Rücken zukehren. Er musste zurück nach Flensburg. Dort wartete Arbeit auf ihn. Und Hertha. Ein voraussichtlich extrem unerquickliches Finale. Bei dem bloßen Gedanken an die möglichen Konsequenzen der Aussprache bekam er weiche Knie.

Die beiden liebenswerten Plattschnacker hatten, als er ihnen auf dem Flur begegnet war, freudestrahlend zugesagt. Sie hatten zwar heute Bereitschaftsdienst. Aber der ging bloß bis 18 Uhr. Den Rest des Abends hatten sie frei. Und es war allemal besser, klönend in einer Kneipe mit einem hohen Tier zuzubringen, als zu Hause vor der Glotze einzuschlafen. Zumal der Spezialist ein echt dufter Kumpel zu sein schien. Ein Mensch wie sie eben. Und von einem Kriminalhauptkommissar aus Flensburg auf ein Pils eingeladen zu werden, das kam auch nicht alle Tage vor.

„Un nu? Wat kümmt nu?"

„Nun fahre ich zurück in den hohen Norden, Helle", schmunzelte er. „Ich habe meine Schuldigkeit getan. Schade eigentlich. Summa summarum waren es doch ein paar schöne Tage in Husum und auf Nordstrand."

„In echt? Ick weet nich. De dore Storm, dat het nich sien mut."

„Sie haben Recht, Kollege Grosse. Darauf hätte ich auch gut und gern verzichten können. Aber sonst ..."

„Wat sunst? Sunst wär jo nich veel."

„Das stimmt. Aber ein Erlebnis war es doch. Die Salzwiesenmorde sind aufgeklärt ..."

„Apropos. Wat is mit de dore Börnsen? Is he toröch? Leebig or doot?"

Horst Blaschke schüttelte nachdenklich seinen Kopf. „Nein. Bisher nicht. Entweder der dümpelt immer noch im Arlau-Speicherbecken herum, oder er ist aufs offene Meer hinausgezogen worden. Was ich mir eigentlich nicht vorstellen kann. Bei der Strömung an der Schleuse."

„Wat is, wenn de dore Hurensohn noch leevt? Wat is dann?"

„Das kann ich mir nicht vorstellen, Helmut. Immerhin habe ich ihn angeschossen. Das ist mal sicher."

„Avers wenn doch? Dat is doch nich uttoschleetn."

„Ja ..., dann werden wir Hübschen das noch früh genug erfahren."

Am nächsten Morgen machte sich ein reichlich abgespannt wirkender Horst Blaschke wieder zurück auf den Weg nach Flensburg. Bevor er Husum verlassen hatte, hatte er per Telefon Elfriede Hartmann kontaktiert. Sie war bereits wieder zu Hause. Es ging ihr den Umständen entsprechend. Wenngleich sie wieder zu weinen angefangen hatte, als er sie nach ihrer Tochter gefragt hatte.

Ein herziges Kind. Und plietsch dazu. Sie hatte, als er am Samstagabend bei der Nachbarin im Pesel gesessen hatte, um mit der das weitere Vorgehen abzustimmen, immer wieder Fragen gestellt. Vor allem wollte sie natürlich wissen, wo sich ihre Mutter aufhielt. Als sie erfahren hatte, dass Elfriede voraussichtlich eine Nacht im Krankenhaus in Husum verbringen müsse, hatte sie darauf bestanden, sofort dort anzurufen. Davon war sie nicht abzubringen gewesen. Horst hatte schließlich eingewilligt. Als er die Nummer hatte wählen wollen, hatte ihm die Lütte den Hörer aus der Hand genommen und ihn aufgefordert, ihr die Telefonnummer vorzusagen. Mit ihren kleinen Fingerchen hatte sie die Tastatur bedient, ohne einen Fehler zu machen. Anschließend hatte sie es tatsächlich ohne jede Hilfe geschafft, ihre Mutter ans Telefon holen zu lassen. Unglaublich! Für eine Vierjährige!

Er hatte die schluchzende Elfriede zu beruhigen versucht und ihr abschließend noch einmal gut zugeredet, einen Psychologen aufzusuchen. Sie hatte es ihm versprochen.

Als er dabei gewesen war, sich zu verabschieden, hatte sie ihn unterbrochen.

„Sehen wir uns wieder?", hatte sie ihn gefragt.

Das war überraschend gekommen. Nicht zuletzt, weil sie ihn aus heiterem Himmel geduzt hatte. Er hatte geschluckt. Machte sie ihm etwa ein Angebot? Sie hatte doch gerade erst ihren Freund verloren. Vielleicht ja gerade deswegen. Im Schockzustand taten Menschen Dinge, die sie unter normalen Bedingungen nie und nimmer tun würden.

„Hallo? Bist du noch da?"

„Ja ..."

„Und ... Kommst du mich besuchen? Möglichst bald? Anneken würde sich auch freuen. Sie mag dich. Hat sie mir gestern, als sie mich aus dem Krankenhaus abholte, gleich erzählt."

„Ja, Elfriede, ich werde sehen, was sich machen lässt. Und grüße die Kleine von mir. Ich kann mir vorstellen, dass sie dein ganzes Glück ist."

Dann hatte er mit einem Kloß im Hals aufgelegt.

XVII

Was für eine Nacht!
In der Nacht von Freitag auf Samstag ist es auf Nordstrand hoch her gegangen. Eine Springflut kommt ja hin und wieder in unseren Breitengraden vor. Aber ein Tornado? Glücklicherweise gibt es keine Toten zu beklagen. Und auch die Sachschäden halten sich in überschaubaren Grenzen. Wie durch ein Wunder hat auch der Deich gehalten, trotz des immensen Drucks, der stundenlang auf ihm lastete. Nicht so gut ist es, wie die Husumer Polizei gestern auf einer Pressekonferenz mitteilte, einigen Menschen ergangen. Der Reihe nach.
Auf dem Damm sind am frühen Freitagabend zwei Streifenpolizisten mit ihrem Dienstwagen verunglückt. Offenbar ist ihr Wagen von einer Windböe erfasst und durch die Luft geschleudert worden. Die beiden Beamten – Heinz H. und Michael F. – sind bei diesem tragischen Unfall zu Tode gekommen.
Der steckbrieflich gesuchte Einbrecher Werner G. ist mit seinem Motorrad aus ungeklärter Ursache bei Strucklahnungshörn von der Fahrbahn abgekommen und in einen Wassergraben gestürzt. Er konnte nur noch tot geborgen werden. Warum der schwere Junge sich ausgerechnet auf Nordstrand aufgehalten hat, konnte die Polizei nicht sagen. Die Ermittlungen laufen noch.
Endlich ist auch das Geheimnis um den seit Jahren sein Unwesen treibenden sogenannten Salzwiesenmörder gelüftet worden. Seine Identität steht fest. Aus ermittlungstaktischen Gründen wollte die Polizei noch keine Details mitteilen. Fest steht lediglich, dass der erbarmungslose Killer zu guter letzt auch noch seine auf der Insel wohnende Mutter erschossen hat! Es bleibt zu hoffen, dass das Monster seiner gerechten Strafe zugeführt wird. Im übrigen – es ist bei dem reichlich chaotischen Stand der Dinge nicht leicht, den Überblick zu behalten – ist das vorletzte Opfer des Würgers, eine ebenfalls auf Nordstrand lebende Frau, am Freitagabend vor der großen Flut auf den Salzwiesen des Elisabeth-Sophien-Koogs von einem Spaziergänger entdeckt worden.
Der Kieler Universitätsprofessor Doktor Bernd-Günther B. ist in dieser verfluchten Nacht aus noch ungeklärter Ursache am Holmer Siel zu Tode gekommen. Er befand sich offenbar in Begleitung einer jun-

gen Romanistikstudentin, die an selber Stelle von einem auf der Insel heimischen Mann erdrosselt worden ist. Über die näheren Umstände dieser grauenvollen Tat wollte die Husumer Polizei noch nichts mitteilen. Der Täter befindet sich in polizeilichem Gewahrsam. Das letzte Verbrechen scheint allerdings irgendwie mit dem sagenumwobenen Schatz von Rungholt zu tun zu haben. Haben die hierein Involvierten womöglich auf der Weite des Wattenmeers etwas entdeckt? Liegt hier das Motiv für die Eskalation körperlicher Gewalt?
Zählen wir nach: Sieben, in Zahlen 7! Tote in einer Nacht, sofern wir uns nicht verrechnet haben. Und das auf dem sonst doch so beschaulichen grünen Herzen des Wattenmeers. Wir leben offenbar in unsicheren Zeiten, und es bleibt zu hoffen, dass nicht allein die Husumer Polizei in Zukunft daraus ihre Lehren zieht.
Wir werden Sie in den kommenden Tagen über alles auf dem Laufenden halten.
(Husumer Nachrichten vom 11.04.2011)

Holmer Siel/Nordstrand.
Durch einen tragischen Unfall ist in der Nacht von Freitag auf Samstag an der Westküste Schleswig-Holsteins der an der Christian-Albrechts-Universität lehrende Romanist Professor Doktor Bernd-Günther B. ums Leben gekommen. Eine Riesenwelle soll ihn erfasst und ins Meer hinausgezogen haben. Wie uns die Polizei in Husum mitteilte, befand sich der glücklich verheiratete Professor und Familienvater in Begleitung einer ebenfalls unter mysteriösen Umständen ums Leben gekommenen Studentin. Warum der Lehrer und die im siebten Semester studierende junge Frau sich bei der Jahrhundertflut des Wochenendes ausgerechnet auf dem Deich des Elisabeth-Sophien-Koogs aufgehalten haben, entzieht sich unserer Kenntnis. Die Universitätsleitung bedauert den schweren Verlust ihres über die Grenzen Deutschlands hinaus bekannten und hochgeschätzten Mitarbeiters. (Kieler Nachrichten vom 12.04.2011)

Nachruf
Durch einen tragischen Unfall ist unser hochverehrte Kollege, mein lieber Gatte und Vater zweier Söhne viel zu früh aus seinem tätigen, der Wissenschaft geweihten Leben gerissen worden. Jäh hat einen liebenswerten, hochangesehenen Menschen der Tod ereilt, der vermutlich noch nicht einmal die Hälfte des Weges beschritten hatte, den Gott ihn zu gehen bestimmt hatte. Sein Verlust wiegt privat mindestens ebenso schwer, wie er für die Wissenschaft gravierend ist. Ein Unersätzlicher ist vor seiner Zeit von dem Höchsten abberufen

worden. Gottes Ratschluss ist unergründlich. Ruhe in Frieden. In unseren Herzen lebst du weiter. (Kieler Nachrichten vom 13.04.2011)

Tote Frau in Königlichem Garten

Im Garten des Königlichen Schlosses von Sonderburg ist in den gestrigen Abendstunden eine Frauenleiche entdeckt worden. Berichten der dänischen Kriminalpolizei zufolge wurde die vierundvierzigjährige Frau erwürgt. Ob diese Tat mit den Morden des sogenannten Salzwiesenmörders von Nordstrand in Zusammenhang steht, konnte die dänische Polizei noch nicht sagen. Die Leiche des ehemaligen Hauptkommissars der Husumer Kriminalpolizei Norbert B., der für die Morde an vier Frauen und seiner Mutter verantwortlich sein soll, ist nach wie vor nicht aufgefunden worden. Sollte er doch den knapp zwei Monate zurückliegenden Sturz in die Arlau am Holmer Siel überlebt haben? Nicht auszudenken! (Flensburger Tageblatt vom 07.06.2011)

XVIII

Bis in den Winter hinein trieben sich, angestachelt durch die Gerüchteküche, Berufene und Unberufene auf dem Wattenmeer zwischen der Hallig Südfall und Pellworm herum. Wochenlang herrschte Goldgräberstimmung in Nordfriesland. Die von zwei Personen ganzjährig bewohnte Hallig mit dem reetgedeckten Wohnhaus und dem weiß eingezäunten, annähernd kreisrunden Teich mit teilweisem Schilfbewuchs war bis zu den irgendwann einsetzenden Winterstürmen der Publikumsmagnet im hohen Norden der Republik. Gefunden allerdings wurde nichts Nennenswertes. Jedenfalls drang nichts an die Öffentlichkeit, was hätte aufhorchen lassen. Rungholt bewahrt sein Geheimnis, auch wenn es in jener stürmischen Nacht, die für mehrere Menschen unterschiedlichen Geschlechts und abweichender Motivation so ausgesprochen dramatisch verlaufen war, kurzfristig ganz anders ausgesehen hatte.

ENDE

Ich gestehe …

Ich gestehe, ein ganz klein wenig gemogelt zu haben. Genauer: Ich habe, was eine bestimmte Örtlichkeit auf Nordstrand angeht, ein bisschen an der Streckenführung gedreht. Die auf den Seiten 55 folgende beschriebene Auffahrt zum Fährhafen von Strucklahnungshörn sieht heute, wie jeder Einheimische weiß, etwas anders aus. Begradigt und verbreitert einerseits. Verschnörkelter und reichlich unübersichtlich mit dem von Buschwerk bewachsenen und in die Hörnstraße aberwitzigerweise integrierten Parkplatz andererseits. Oder ist, eine Schikane (!), die Hörnstraße umgeleitet worden? Egal! Für meine Geschichte musste ich diese Örtlichkeit aber so ummodeln, wie sie sich noch in den 70er Jahren des letzten Jahrhunderts dem Blick darbot. Denn heute ist es ein Leichtes und jedenfalls nicht übermäßig gefährlich, mit dem PKW von Norderhafen her kommend mit hundert oder mehr Sachen auf den Deich und die dahinter gelegene Hafenanlage zuzuhalten. Selbst bei Nacht und absolutem Sauwetter. Ich habe es ausprobiert ... Bitte nicht weitersagen. Damals allerdings war das ein halsbrecherisches Manöver. Und genauso brauchte ich es für meine Geschichte. Deswegen musste die Topographie dran glauben ... Hier und da, um auch dies noch zu erwähnen, habe ich ein paar Häuser oder ein zwar anmutiges, für den Fortgang meiner Geschichte aber eben ‚hinderliches' Gehöft von der Landkarte und damit aus der Realität meiner Geschichte gestrichen. Ihre Besitzer, die wissen werden, wen oder was ich meine, mögen mir dies nachsehen. Manchmal muss, wie es sich für ein Produkt der Phantasie gehört, das reale Drumherum der Einbildung und ihren schillernden Gebilden weichen. Deit mie Leed. Avers so un nich anners is dat mit de dore Produkschion vun Seemannsgorn …

Im übrigen: Dat wär tüchtich goot, wenn ju veel Spoß bie de Lektüüre vun mien Roman hebt het, leeve Lüüt! Un so or so: Schreewt mie. Dat wer mie eene Ehr, vun ju to erfohrn, wat gau is. Un wat nich.

(purednues@freenet.de)